MARK WATSON

DIE STADT IM NICHTS

Roman

Aus dem Englischen
von Norbert Jakober

Wilhelm Heyne Verlag
München

Die Originalausgabe
The Place That Didn't Exist
erschien 2016 bei Picador, an imprint of Pan Macmillan, London.

MIX
Papier aus verantwortungsvollen Quellen
FSC
www.fsc.org
FSC® C083411

Verlagsgruppe Random House FSC® N001967

Vollständige deutsche Erstausgabe 05/2017

Printed in Germany
Redaktion: Loel Zwecker
Umschlaggestaltung: Nele Schütz Design, München,
unter Verwendung eines Motivs von © shutterstock/Macrovector
Satz: Satzwerk Huber, Germering
Druck und Bindung: CPI books GmbH, Leck
ISBN: 978-3-453-27116-6
www.heyne-encore.de

Prolog

»Kennen Sie das Rätsel vom verschwundenen Dollar?«, fragte der Fixer in die Runde.

Er formte mit seinen langen Fingern eine Pyramide. »Okay. Drei Gäste checken in einem Hotel ein, so wie wir hier. Macht dreißig Dollar, sagt der Typ hinterm Tresen, also zahlt jeder zehn. Später bemerkt der Rezeptionist, dass er zu viel berechnet hat – es hätte nur fünfundzwanzig ausgemacht. Er gibt dem Pagen fünf Dollar, damit der sie den Gästen zurückgibt. Fünf lässt sich schwer durch drei teilen, also behält der Junge zwei Dollar und gibt jedem Gast einen. Das heißt, jeder von ihnen hat jetzt neun Dollar bezahlt. Okay?«

Alle stimmten ihm zu.

»Und der Page hat zwei Dollar behalten. Insgesamt haben sie also drei mal neun Dollar bezahlt, macht siebenundzwanzig. Der Junge hat zwei. Wir sind aber von dreißig Dollar ausgegangen. Wo ist der eine Dollar geblieben?«

Sofort stürzten sich alle auf das Problem. Eine Frau verkündete, schon einmal von dem Rätsel gehört zu haben, erinnerte sich aber so vage an die Lösung, dass sie die anderen damit nur noch mehr verwirrte. Einer murrte, er könne Zahlenrätsel nicht ausstehen und es sei schlimm genug, dass einem heute überall Sudokus begegneten. Der Regisseur begann auf einer Serviette eine Lösung zu skizzieren. Ein anderer erzählte eine Geschichte von seinen Mathe-Problemen in der Schule. Bei einer Klassenarbeit sei er dermaßen in Panik geraten, dass er nur noch die Zahl 33 hingeschrieben habe, die ganze Seite voll. Daraufhin berichteten auch andere von ihren schulischen Misserfolgen, und die Frage des verschwundenen Dollars war schnell vergessen.

Was durchaus verständlich war; sie hatten einen langen Reisetag hinter sich, und Dubai – so viel ließ sich schon sagen – war eine Stadt, in der es tausend Dinge zu bestaunen gab. Die Luft verströmte den unvergleichlichen Duft heißer Länder. Kaum hatten sie das Flughafengebäude verlassen, wurden sie von einem würzigen Aroma umfangen, das an Urlaub und Abenteuer erinnerte, obwohl sie eigentlich hier waren, um zu arbeiten. Vor ihnen auf der Terrasse stand ein Stutzflügel, und eine Frau etwa Mitte fünfzig in einem roten Kleid erschien zusammen mit einem aalglatten Pianisten und verkündete, es sei Zeit für einen Drink oder drei – sie ließ die Bemerkung einen Moment lang wirken – und für ein paar schöne alte Klassiker.

Zudem waren sie alle hungrig und wollten etwas essen, bevor die offizielle Begrüßung begann. Immerhin wartete ein verblüffend reichhaltiges Buffet auf sie, das sich über mehrere Tische im Freien erstreckte. Die Düfte der Speisen aus verschiedenen Erdteilen vermischten sich auf appetitanregende Weise. Es dauerte zwanzig Minuten, bis sich alle Angehörigen des Teams einen Überblick über die atemberaubende kulinarische Vielfalt verschafft und ihre Tabletts gefüllt hatten. An das Rätsel des verschwundenen Dollars verschwendete niemand mehr einen Gedanken.

Vielleicht kam es dem einen oder anderen später noch in den Sinn, als tröstliches Detail, bei dem man einen Augenblick verweilte, um dem verstörenden Geschehen zu entfliehen, mit dem wir konfrontiert waren. Die von uns, die noch da waren.

Teil 1

1

Wir werden das Leben vieler Menschen verändern

Ihre Reise hatte in London Heathrow an einem Morgen begonnen, der so düster war, als würde gleich die Nacht hereinbrechen. Und nun, zehn Stunden später, das genaue Gegenteil: Die blauviolette Nacht war taghell erleuchtet. Während der Fahrt durch Dubai bestaunte Tim die von zahllosen Lichtern hervorgehobenen Formen der Gebäude, die noch viel eindrucksvoller wirkten als auf den Bildern im Internet. Eines der Hochhäuser erinnerte an eine Tulpe, von einem Kranz aus stählernen Blütenblättern gekrönt. Andere hatten pfeilförmige Spitzen, die den Himmel wie scharfe Klingen zu durchschneiden schienen. Manche Gebäude veränderten auf halber Höhe ihre Form. Die Skyline schimmerte grün und violett – Farben, die niemand erwartet hätte. Und hier in ihrer Ferienanlage waren die Bäume mit Lichterketten behängt, als würde hier permanent gefeiert. Die Wege waren von Laternen gesäumt.

Als Tim über die Köpfe der ihm Gegenübersitzenden hinausblickte, sah er in der Ferne das Burj Al Arab, das berühmteste Wahrzeichen Dubais, dessen segelförmige Silhouette von roten und blauen Lichtern hervorgehoben wurde. Wochenlang hatte er in Vorfreude auf diese Reise ein Bild des Gebäudes auf seinem Desktop gehabt. Sein Verstand hatte Mühe zu begreifen, dass er nun das echte Gebäude betrachtete. Eigentlich fühlte sich nichts hier so richtig echt an. Es erschien ihm so unwirklich, dass er morgen in einem Bett aufwachen würde, das an ein Seerosenblatt erinnerte, in einem sonnengewärmten Chalet zwischen Pools und Swim-up-Bars, während seine Kollegen zu Hause zum Bus hetzten und mit gesenkten Köpfen durch den herbstlichen Sprühregen schlurften. Er blickte in die Runde seines neuen Teams und konnte sich das Lächeln kaum verkneifen.

Christian Roper räusperte sich, um zur Begrüßungsansprache anzusetzen. Obwohl kaum hörbar, war das genauso wirkungsvoll, als hätte er mit der Gabel gegen sein Glas getippt. Die Stimmen am Tisch verstummten. »Okay«, begann er, »vielleicht ein paar kleine Formalitäten vorweg. Zuallererst: herzlich willkommen. Jo und ich – und alle anderen von WorldWise – freuen uns riesig, Sie hier begrüßen zu können. Wir haben die Chance, eine tolle Kampagne zu starten. Was heißt toll – eine geniale Kampagne. Absolut genial.«

Roper sprach mit dem eindringlichen Ton eines Politikers und suchte auf die gleiche Weise den Augenkontakt mit seinen Zuhörern, doch Tim fand, dass er dabei um einiges überzeugender wirkte als die meisten Politiker. Er verstand es immer noch, eine Verbindung zu seinem Publikum herzustellen – eine Gabe, die ihn in den Neunzigerjahren zu einer bekannten Fernsehpersönlichkeit gemacht hatte. Als er später anfing, sich für humanitäre Anliegen zu engagieren, beklagten sich Tims Eltern, sobald sein Gesicht im Fernsehen erschien, er sei »in letzter Zeit ziemlich ernst geworden«. Roper war nicht so groß, wie Tim ihn sich vorgestellt hatte, doch er war eine dieser Persönlichkeiten, die mit der Größe ihres Publikums an Statur gewannen.

»Wie Sie alle wissen, erwarten wir morgen einen Star der Extraklasse: den großartigen Jason Streng. Wir haben ein starkes Konzept.« Roper deutete auf Tim, von dem das Konzept stammte; der nahm das Lob mit einem Schauer der Genugtuung auf. »Es geht um unglaublich viel. Nie hat die Welt diese Initiative mehr gebraucht als heute. Jeden Tag hungern Menschen, sterben Kinder. Meine Damen und Herren, wir werden das Leben vieler Menschen verändern.«

Die Pause, die er folgen ließ, war genau richtig bemessen, um seine Worte bedeutungsvoll, aber nicht zu bombastisch klingen zu lassen. »Ich habe mir gedacht, dass sich alle erst einmal vorstellen. Mit ihrem Namen, ihrer Rolle in unserem Projekt und vielleicht einem interessanten Detail über sich. Der Reihe nach? Ich fange an: Ich bin Christian Roper, Gründer und CEO von WorldWise.«

»*Mit*-Gründer«, murmelte Jo, doch Christian sprach unbeirrt weiter. »Und mein persönliches Detail: Ich will nächstes Jahr einen Marathon laufen, habe aber ein klein wenig Angst, ich könnte zu alt dafür sein. Bitte nicht alle auf einmal, falls Sie mich überzeugen wollen, dass meine Angst unbegründet ist!« Er lachte, und seine Zuhörer lachten mit ihm, manche ein wenig bemüht.

»Jo, Kommunikationsdirektorin von WorldWise«, stellte sich Christians Frau vor, die Tim ebenfalls von der Website kannte. Wie Christian wirkte sie genauso beeindruckend wie auf den Online-Bildern, die die Ropers bei verschiedenen humanitären Projekten in Entwicklungsländern zeigten. Sie hatte die hohen Wangenknochen eines Models und auffallend dunkle Augen, die – so kam es Tim vor – direkt auf seinem Gesicht ruhten. »Leidgeprüfte Ehefrau. Und mein Detail ist, dass ich zwei amerikanische Präsidenten persönlich kennengelernt habe. Das heißt, falls Obama gewinnt. Wovon ich überzeugt bin.«

Tim dachte mit einer gewissen nervösen Unruhe an das »interessante Detail«, das er über sich preisgeben sollte. Er hatte diese Situation schon einmal erlebt, als er sich etwas unbedacht zur Theatergruppe an der Universität angemeldet hatte. Eine Kommilitonin hatte die Vorstellungsrunde genutzt, um über alte Ängste und ihre Neigung, sich selbst zu verletzen, zu sprechen, eine andere hatte ihre Minute dafür verwendet, der Kommilitonin Mut zu machen. Als Tim der versammelten Runde dann erzählt hatte, dass er Kapitän des Schachteams seiner Schule gewesen sei, hatte es sich ziemlich belanglos angehört.

Was sagst du in einer solchen Situation, wenn dein bisheriges Leben ohne herausragendes Ereignis verlaufen ist? Tim begann Leute zu beneiden, die mit einer sechsten Zehe geboren oder aus dem Koma ins Leben zurückgekehrt waren. In Gedanken erwog er verschiedene Möglichkeiten. Ich habe einen Bruder, der im Londoner Finanzviertel arbeitet, und … na ja, wir sehen ihn kaum noch. Mein Vater ist Kurator eines Miniaturdorfes. Ich habe früher Orientierungslauf betrieben und das Land bei U-16-Meisterschaften vertreten. Nichts davon erschien ihm bemerkenswert genug. Zu seiner Erleichterung ging es mit der Vorstellungsrunde in der anderen Richtung weiter – so konnte er sich erst einmal die Beiträge der anderen anhören.

Als Nächster folgte der Chef-Kameramann, ein stämmiger, freundlich aussehender Mann, der die Haare zu einer Rockabilly-Tolle frisiert hatte. Trotz der Kälte in London war er in Kaki-Shorts am Flughafen erschienen; heute trug er ein T-Shirt mit dem Schriftzug einer Science-Fiction-Serie, von der Tim vage gehört hatte.

»Miles Aldridge, Kameramann. Mein persönliches Detail ist, dass ich *Das Imperium schlägt zurück* von vorne bis hinten zitieren kann. Wort für Wort.«

»Ruth Lingard, ich bin die … ähm Produktionsassistentin.« Sie war eine Frau um die vierzig und hatte im Flughafenbus neben Tim gesessen. Dabei waren ihm vor allem ihre Gewohnheit, sich mitten im Satz zu unterbrechen, und ihre rote Haarfülle aufgefallen. »Ich habe einmal einen Einbrecher bei meiner Oma überwältigt und festgehalten, bis die Polizei kam.«

»Mein richtiger Name ist Ali«, verkündete der Fixer. »Mein Job ist nicht so klar definiert wie Ihrer; kurz gesagt, ich tue alles, was für das Projekt notwendig ist. Ich bin einmal auf einem Zebra geritten, obwohl das als unmöglich gilt. Ich hab auch mal Zebrafleisch gegessen. Nicht vom selben Tier.« Der Fixer grinste und rückte seinen Panamahut zurecht. Seit er sie vom Flughafen abgeholt hatte, lächelte er bei jeder sich bietenden Gelegenheit, als wäre die ganze Werbekampagne ein einziger Schabernack, von dessen Gelingen er überzeugt war.

»Raf Kavanagh, Produktionsleiter. Ich habe mit einer berühmten Schauspielerin geschlafen, bevor sie berühmt wurde. Ich will hier keine Namen nennen. Nur so viel: Sie heißt Kate und ihr Nachname reimt sich auf Dinslet.«

Die meisten lachten. Raf war nicht wie die anderen Businessclass geflogen, sondern hatte beim Check-in dank seiner Vielfliegerpunkte ein Erste-Klasse-Ticket ergattert. Er trug seine Haare mit viel Gel gestylt, und sein Hemd war mit Sicherheit teuer gewesen. Während der Fahrt zum Hotel auf der dicht befahrenen Sheikh Zayed Road hatte sein Handy geläutet, mit einem Song als Klingelton, der erst diese Woche herausgekommen war. »Ich bin in Dubai«, hatte er geblökt, während die anderen Passagiere so taten, als hörten sie nicht zu. »Ich weiß: *Dubai*, Alter!«

Tim fühlte sich zunehmend unwohl in seiner Haut, als die Reihe an Bradley, dem kleinen Mann zu seiner Rechten, war. Er hatte auch im Flugzeug neben Tim gesessen, eine Dose Cola Zero nach der anderen geleert und ein Buch über

Stummfilme gelesen, ohne die Baseballkappe auch nur ein Mal von seinem kahlen Schädel zu nehmen. Tim hatte keine Lust gehabt, ein Gespräch anzufangen, und Bradley war es offenbar genauso gegangen, sodass sie während des gesamten siebenstündigen Fluges kein einziges Wort gewechselt hatten – eine stille Übereinkunft, mit der beide zufrieden waren.

»Bradley Ford Richards, Regisseur. Ich arbeite seit über fünfzehn Jahren in der Werbung. Ich hatte Aufträge von Budweiser, CNN, Sony und ...«

»Wir wollen nur ein Detail hören, keinen CV«, fiel ihm Raf Kavanagh ins Wort.

»Wie bitte?« Der Amerikaner blinzelte überrascht.

»Lebenslauf«, erklärte Ruth. »Er meint, wir brauchen keinen Lebenslauf.«

»Ach so.« Bradley fuhr sich mit der Zunge langsam über die Lippen. »Okay.«

Er machte keine Anstalten, ein persönliches Detail hinzuzufügen. Die angespannte Pause kam Tim durchaus gelegen – so waren alle erleichtert, als er das Wort ergriff. »Ich heiße Tim Callaghan«, begann er und hörte sich selbst beim Reden zu; leider war die Hintergrundmusik verstummt – die Sängerin hatte soeben eine Pause angekündigt, nachdem sie mit etwas Mühe »The Girl from Ipanema« abgespult hatte.

»Ich arbeite für Vortex – die Werbeagentur. Ja, und mein persönliches Detail ist, dass ich schlafwandle, und auch, dass ich oft starkes Nasenbluten habe. Unabhängig voneinander.«

Trotz der launigen Schlussbemerkung zeigten die Zuhörer keine nennenswerte Reaktion, und er fragte sich, ob der

Orientierungslauf nicht doch mehr Eindruck gemacht hätte. Jedenfalls war das erledigt, und Tim griff nach der Weinflasche, die vor ihm stand. Er goss sich ein Glas ein und spürte, wie ihm eine Last von den Schultern genommen war. Für einen Moment berührte sein rechter Fuß unter dem Tisch Jos linken. Er blickte zum Himmel, der verschwenderisch mit Sternen besprenkelt war, und glaubte, das sanfte Rauschen des Meeres am Privatstrand gleich unterhalb der Terrasse zu hören. Ich hab schon ein unglaubliches Glück, dachte er zum zweiten Mal in einer halben Stunde.

Aber vielleicht hatte es gar nicht so viel mit Glück zu tun. Tims Chef Stan hatte immer gesagt, dass es in ihrem Job darum gehe, Geschichten zu erzählen – und wenn sie gut genug seien, konnten sie wahr werden. Für Leute, die grundsätzlich nicht viel von Werbung hielten, mochte das hochtrabend oder dumm klingen. Tims Bruder Rod hatte die Werbebranche mit den Worten »Geld für nichts« beschrieben, obwohl er selbst einmal im Wertpapierhandel mit drei Mausklicks 50.000 Pfund verdient hatte. Doch auch wenn es einem Außenstehenden vielleicht unverdient erscheinen mochte, hatte Tim ein Recht auf seinen Stolz oder wenigstens auf dieses schöne Gefühl, etwas geschafft zu haben. Seine Idee hatte maßgeblich dazu beigetragen, dass dieses Team aus erfahrenen Leuten nun hier zusammensaß. Er hatte eine Geschichte erzählt, und sie war Wirklichkeit geworden und hatte ihn hierher nach Dubai geführt. Er musste sich zusammennehmen, um seine Teamkollegen nicht anzustrahlen wie ein Vollidiot.

Wenn Tim Monate und Jahre später auf diese Momente zurückschaute, dann so, wie man sich an ein Familientreffen kurz vor einem dramatischen Ereignis erinnert: mit ungläubigem Kopfschütteln darüber, wie wenig er und alle anderen damals wussten, und vielleicht mit einer gewissen Sehnsucht nach dieser Ahnungslosigkeit.

2
Kredit

Begonnen hatte alles im Jahr zuvor, 2007, als Tims Chef Stan ihm gesagt hatte, dass *Visit Dubai* zu Gesprächen nach London kommen werde – mit einem beeindruckenden Budget und einem klaren Ziel: möglichst viele Touristen nach Dubai zu locken. Eigentlich sollten die Ziele immer so deutlich formuliert sein, doch die Kunden gaben nicht gern zu, dass sie eine Werbeagentur anheuerten, um den Umsatz anzukurbeln. Viel lieber palaverten sie von »Leistungen«, vom »Etablieren der Marke« und von »Geschichten«, die rund um das Produkt zu erzählen seien. Das klang gut und war weniger peinlich, als offen auszusprechen, worum es bei einer Werbekampagne wirklich ging: dass die Kasse klingelte.

Die Vertreter aus Dubai hingegen hatten keine derartigen Hemmungen. In Diagrammen veranschaulichten sie, wie viele Touristen im vergangenen Jahr das Land besucht hatten (eine erstaunliche Anzahl) und wie viele es nach ihren Vorstellungen in fünf Jahren sein sollten (noch um einiges mehr). Ihre zentrale Botschaft – was Stan die »Take-Home-Message« nannte – lautete: Dubai ist leicht erreichbar, familienfreundlich und vor allem sonnig und warm. Wärmer als die Kanaren und sogar als Barbados, quasi mit Sonnengarantie. Ein Urlaubsort, an dem der Gast vor Enttäuschungen sicher ist. Der Auftraggeber fügte hinzu, dass man sich eine »humorvolle Umsetzung« wünsche. Tims Agentur Vortex bekam eine Woche Zeit, um sich mit der Aufgabe zu beschäftigen, und sollte die Ideen dann bei einem Mittagessen im Ivy Club präsentieren.

Obwohl seine Position in der Agentur immer noch die eines »Junior Creative« war, erhielt Tim immer öfter solche Aufträge. Erst kürzlich hatte er eine Kampagne für *Yorkshire Tourism* ausgearbeitet. In dem Dreißig-Sekunden-Werbespot sah man ein gelangweiltes Paar wortlos in einem kahlen weißen Wohnzimmer sitzen. Er erhielt eine SMS und beantwortete sie; sie tat das Gleiche. Ansonsten Schweigen. Das Bild wechselte zu einer prächtigen Ansicht der Yorkshire Dales, dazu die Worte: EINFACH MAL RAUS. Der Kunde war begeistert, Tim erhielt eine Nominierung für die *Tourism and Travel Viral Campaign Awards*, und niemand merkte, dass die Aufnahme im Spot in Wahrheit vom Peak District stammte.

Mit diesem Erfolg im Rücken wurde Tim auch damit betraut, ein Konzept für den Dubai-Auftrag zu entwickeln. Natürlich hatte er einiges über die Stadt in den Arabischen

Emiraten gehört. Oft stellte sich heraus, dass bekannte Persönlichkeiten, von denen man länger nichts gehört hatte, sich nach Dubai zurückgezogen hatten. Es war ein bevorzugter Urlaubsort der Superreichen, ideal für halb-mythische Gestalten wie die Beckhams. In Zeitungsbeilagen waren Berichte über die aktuellen Turbulenzen in der Weltwirtschaft oft von Bildern der Skyline und des Sieben-Sterne-Hotels Burj Al Arab begleitet. Dennoch wurde Tim erst im Laufe seiner Recherchen für den Auftrag klar, wie reich diese Stadt tatsächlich war und dass sie ihren Reichtum nicht schamhaft versteckte, sondern bewusst zur Schau stellte. Neben den zu erwartenden Aufnahmen von sonnigen Stränden, die ihm Google Images lieferte, den Bildern von riesigen Wolkenkratzern und Glaspalästen, zwischen denen sich glücklich aussehende Leute unterschiedlicher ethnischer Herkunft bewegten, fanden sich die typischen PR-Botschaften: »Dubais kometenhafter Aufstieg ist eine der großen Erfolgsgeschichten unserer Zeit«, hieß es auf einer Website. »In Dubai sind Wunsch und Wirklichkeit dasselbe«, verkündete eine andere. Oft las man von »Ikonen der Architektur« und von Projekten, wie sie »nur ein Mal in einer Generation« verwirklicht würden. Zum Glück war es nicht Tims Aufgabe, solche Mythen zu bedienen. Er musste bloß vermitteln, dass dort immer die Sonne schien.

Er suchte im Internet unter dem Begriff »sunshine holidays« und stieß auf eine Website mit Reiseanekdoten, wo eine Frau berichtete, wie sie auf einem Ausflug mit Selbstversorgung einmal Sonnencreme in ihren Salat gerührt habe, in der Annahme, es sei Salatdressing. Die Frau gestand, sogar ein wenig davon gegessen zu haben, weil ihr »zu heiß war, um etwas anderes zuzubereiten«. Das brachte Tim auf einen Werbeslogan für Dubai: IN DIESER HITZE IST ALLES NORMAL! Tims Vorschlag zeigte Touristen, die von Sonne und Hitze auf launige Weise verwirrt waren: Sie hielten die Eistüte verkehrt herum, trugen ihre Shorts mit der Hinterseite nach vorne und versuchten, mit dem Auto im Meer zu fahren wie mit einem Tretboot. Vortex legte seine Idee vor, kam in die engere Wahl für den Auftrag und wurde zu einem Treffen mit einem Araber im makellosen Armani-Anzug geladen.

»Die Idee gefällt mir sehr gut«, begann der Mann das Gespräch. Tims Hoffnungen begannen zu schwinden.

»Ich habe nur einen kleinen Einwand«, fuhr der Mann – für Tim nicht mehr unerwartet – fort. »*In dieser Hitze ist alles normal*. Ich frage mich, ob die Leute, die das lesen, nicht vielleicht denken: Dort ist es zu heiß.«

Tim wusste, dass es in einer solchen Situation darauf ankam, sich der idiotischen Sichtweise des Kunden anzuschließen und gleichzeitig dagegen zu argumentieren. »Ich verstehe, was Sie meinen«, begann er, »aber wir sagen ja nicht, dass es tatsächlich zu heiß ist. Es ist einfach … eine humorvolle Übertreibung.«

Tim musste seine Idee überarbeiten und kam zu der Lösung: SO HEISS, DASS MANCHES EIN BISSCHEN ANDERS LÄUFT! In der Rückmeldung aus Dubai hieß es, der Slogan klinge immer noch ein wenig beunruhigend. Die

Leute könnten denken, dass man in dieser Hitze allzu leicht den Pass verlegen oder die Reiseunterlagen vergessen könne. Tim nahm einen neuen Anlauf und vereinfachte die Botschaft: DAS MACHT DIE SONNE. Der Kunde mailte zurück, er habe »immer noch Zweifel wegen der Betonung der Sonne«, obwohl in der ursprünglichen Zielvorgabe kaum etwas anderes vorgekommen war. Tim schlug eine seichte, humorlose Variante vor, in der das Wetter gar nicht mehr erwähnt wurde. Vortex hörte eine Weile nichts, bis *Visit Dubai* in einer E-Mail mit Bedauern mitteilte, »einen anderen Partner für diese Reise« gewählt zu haben. Später sah Tim auf einem Plakat in der U-Bahn den siegreichen Slogan: FLIEG NACH DUBAI.

»Trotzdem«, betonte Tims Chef Stan, der allem etwas Positives abgewinnen konnte außer dem Einfluss seiner kleinen Kinder auf seine Ehe, »wir haben jetzt schon mal einigen Kredit bei diesen Leuten.«

In der Agentur war überhaupt viel von »Kredit« die Rede – einem Wort, das nicht nur ins Spiel kam, wenn man sich ein Haus oder ein Auto zulegen wollte, sondern auch, wenn es um weniger handfeste Dinge wie Respekt und Ansehen ging. Tim hatte den Eindruck, dass Wörter wie »Kredit« und »Markt« zwar sehr konkret klangen, oft aber eine ziemlich verschwommene Bedeutung hatten. Manchmal jedoch wurden sie wieder zu etwas Greifbarem. Im April 2008 traf eine E-Mail von der in Dubai ansässigen Hilfsorganisation WorldWise ein. Tim sei der Organisation empfohlen worden – von wem, wurde nicht erwähnt –, und man lade ihn ein, einen Vorschlag für einen Fernsehspot zu erarbeiten, der für

Online-Spenden werben sollte. »Die Ungleichheit auf unserem Planeten ist unglaublich«, hieß es in der E-Mail. »Bis 2016 wird ein Prozent der Weltbevölkerung mehr besitzen als die restlichen 99 Prozent zusammen. Mit dem Budget für einen Fernsehstar und vielfältigen Verbreitungsmöglichkeiten suchen wir nun eine Idee, die diese extreme Statistik auf humorvolle Weise ins Bewusstsein der Menschen rückt.«

»Viel Glück beim Versuch, *das* humorvoll zu verpacken«, bemerkte Tims Mitbewohner Pete, als er die Vorgabe des Auftraggebers las, die Tim ausgedruckt und auf dem Küchentisch liegen lassen hatte. Pete war, wie fast jeden Abend, betrunken aus dem Pub heimgekommen. Er war Lehrer geworden, um etwas Positives in der Welt zu bewirken – stattdessen hatte der Job etwas Negatives bei ihm bewirkt.

»Ich will den Auftrag haben«, verriet ihm Tim und betrachtete zum zehnten Mal das PR-Foto unter dem Text. Es zeigte Christian Roper mit einer Schaufel über der Schulter und die schlanke, braun gebrannte Jo an seiner Seite. Die beiden schienen einen neu gebauten Brunnen zu begutachten. Unter dem Bild waren ein paar bemerkenswerte Zahlen zu lesen: die Höhe der Spenden, die WorldWise bisher gesammelt hatte, die Anzahl der Menschen, die durch dieses Geld zu Häusern und medizinischer Versorgung gekommen waren, und einiges mehr. »Das sieht nach einer großen Sache aus. Außerdem … diese Armut. Ein Prozent der Weltbevölkerung besitzt … also, das ist echt unglaublich.«

»Mmm«, stimmte Pete zu. »Ich hab übrigens ein bisschen Mayo draufgekleckert.«

Die besten Einfälle kamen Tim oft unter der Dusche oder wenn er sich die Kleidung für den nächsten Tag zurechtlegte, doch an den nächsten beiden Tagen tat sich diesbezüglich nicht viel. Je mehr er sich um Ideen bemühte, desto mehr schienen sie sich seinem Zugriff zu entziehen. Auch als er es mit einem Trick versuchte und so tat, als interessiere ihn die Sache gar nicht mehr, ließ sich sein Gehirn nicht überlisten und brachte erst recht nichts Brauchbares hervor.

Als er zwei Tage nach dem Eintreffen der E-Mail auf dem Weg in die Agentur in Shoreditch war, lief Tim an einem Mann vorbei, der in einem Türeingang hockte und ein Pappschild vor sich liegen hatte: ICH HABE HUNGER! Passanten aller Art eilten an ihm vorbei: Banker im Maßanzug, junge Männer mit Bart auf dem Weg zu ihrer Schicht als Barkeeper. Sie betrachteten den Mann und seine Bitte um etwas Kleingeld nicht mit feindseliger Ablehnung; es war vielmehr so, als wäre er gar nicht da. Als Tim ihm ein Pfund gab, fragte er sich, ob der Mann jeden Morgen hier saß und er ihn erst heute bemerkte, weil er mit der Kampagne für diese Hilfsorganisation beschäftigt war. Er nahm den Aufzug zum Großraumbüro im fünften Stock, in dem ein Künstler aus dem East End eine Aufschrift in absichtlich krakeliger Schrift unter das Vortex-Logo gesetzt hatte: VORTEX (SUBSTANTIV): EIN ORT, AN DEM DIE NORMALEN GESETZE AUSSER KRAFT SIND. Die Espressomaschinen und Kickertische verdankten wir dem Umstand, dass Stan einen Kurs mit dem Thema »Mach deinen Arbeitsplatz zu etwas Besonderem« besucht hatte. Als sich Tim an seinen

Mac setzte, fragte Stan, wie er mit dem WorldWise-Projekt vorankomme.

»Ich hab's fast«, versicherte Tim und wartete, bis Stan gegangen war, bevor er die Word-Datei öffnete, die erst vier Wörter enthielt.

An diesem Abend versuchte er Pete zu erklären, warum es ihm so bedeutungsvoll erschien, dass er diesen Obdachlosen auf der Straße gesehen hatte. »Das sind normalerweise Sachen, die man sieht und gleich wieder vergisst, oder nicht einmal bemerkt, aber es steckt etwas Tragisches dahinter. Ein Kerl, der einmal Eltern hatte, und … Zukunftspläne und so was. Und jetzt hat er keinen anderen Plan mehr, als sich mit einem Schild hinzusetzen, auf dem steht, dass er Hunger hat. Die Leute ignorieren ihn – ich meine, ich hab ihm zwar ein Pfund gegeben, aber das tu ich sicher nicht jeden Tag.«

»Er versäuft es ja doch nur«, tröstete ihn Pete.

»Würdest du auch tun.«

Pete hob die Hände, ohne auf die Bemerkung einzugehen. »Mich interessiert etwas anderes: Seit wann hast du – als Werbemensch – ein … wie sagt man …?«

»Ein soziales Gewissen?«

»Ja.«

»Ich weiß nicht.« Tim griff nach der Weinflasche, die nach ihrem Abend mit Pete beunruhigend leicht war. »Vielleicht eine verfrühte Midlife-Crisis.«

In dieser Nacht konnte er lange nicht einschlafen. Das Bild des Mannes in dem Türeingang ließ ihn nicht los. In gewisser Weise stand er für die vielen Notleidenden, von denen WorldWise sprach, und hielt Tim vor Augen, wie wenig er das Leid dieser Menschen an sich heranließ. Natürlich konnte man nicht jedem helfen, und deshalb gingen die meisten Leute achtlos an dem »ICH HABE HUNGER«-Mann vorbei. Jeder sah durch seine Windschutzscheibe nur einen kleinen Ausschnitt des Geschehens, das in keinem Bezug zum eigenen Leben stand. Wenn der Laptop Ärger machte, hatte das für einen selbst genauso viel Gewicht wie ein tragisches Ereignis im Leben eines anderen. Das war oft reiner Selbstschutz gegen die Flut der Probleme, die einen umgaben. Die Welt war voller Katastrophen, die der Einzelne zumeist überhaupt nicht beeinflussen konnte. Politische Gefangene, Flüchtlinge, Hungernde. Da es unmöglich war, alles zu verändern, beschloss man irgendwann, gar nichts zu tun.

Das bedeutet nicht, dass man kein »soziales Gewissen« hat, sagte sich Tim. Es ist vielmehr normal. Ein einfacher Mensch kann die Tatsache, dass es so viel Elend auf der Welt gibt, nicht wirklich verarbeiten. Es ist – wie hatte es in dem Briefing von WorldWise geheißen? – unglaublich.

Tim tastete nach seiner Brille auf dem Nachttisch, knipste das Licht an und griff nach dem Blatt mit der ausgedruckten E-Mail. *Die Ungleichheit auf unserem Planeten ist unglaublich.* »Das ist es!«, rief er und hörte Pete auf der anderen Seite der Wand stöhnen. Pete kannte diese Selbstgespräche, die Tim führte, wenn ihm etwas einfiel.

Als Tim am nächsten Morgen bei strömendem Regen aus der U-Bahn-Station kam, wusste er, wie er die Werbebotschaft umsetzen würde. *Das Unglaubliche glauben*. Der Star des Werbespots spazierte nackt die Straße entlang, hob plötzlich ab und flog ein Stück. Die Passanten glotzten zuerst ungläubig, lernten aber schnell, mit der Situation umzugehen: Einer spendierte dem Star ein Bier, nachdem er gelandet war, ein anderer bot ihm seinen Mantel an, damit er seine Blöße bedecken konnte. Wenn wir das Unglaubliche mit eigenen Augen sehen, sind wir gezwungen, es als real zu akzeptieren – das war die Botschaft des Spots. Jeden Tag sind wir mit der extremen Ungleichheit in unserer Welt konfrontiert. Warum weigern wir uns, sie zur Kenntnis zu nehmen?

Tim schrieb drei Seiten über seine Idee und gab sie Stan, damit er sie dem Auftraggeber vorlegte. Während sich das Tourismusprojekt unnötig in die Länge gezogen hatte und am Ende doch geplatzt war, ging diesmal alles ungewöhnlich schnell. Schon nach zwei Tagen hatte Tim eine Skype-Konferenz mit Christian Roper persönlich.

Als Tim ihn auf seinem Bildschirm sah, trug Roper ein blaues Designerhemd. Sein Gesicht strahlte im gleißenden Sonnenlicht. Er saß in einer blitzblanken weißen Küche mit einer Reihe von Töpfen und Pfannen über seinem Kopf – vielleicht eine stilistische Anlehnung an das Farmhaus in Wiltshire, in dem Roper aufgewachsen war, wahrscheinlich aber eher von anderen reichen Leuten inspiriert, die ihre Luxushäuser mit rustikalem Geschirr schmückten.

Christian Roper betonte, dass ihm die Idee hinter seinem Spot sehr gefalle; er warte nur noch auf grünes Licht von seinen Geldgebern.

»Aber der größte Geldgeber«, fügte Roper mit einem schelmischen Lächeln hinzu, »bin ich selbst.«

»Dann hoffe ich, dass Ihre Gespräche mit dem größten Geldgeber erfolgreich verlaufen«, bemerkte Tim. Christian Roper warf den Kopf zurück und lachte. Tim sah erfreut, dass er mit seinem Scherz ins Schwarze getroffen hatte.

Er war es gewohnt, seine Erwartungen zu zügeln. Es gab eine Regel, die einem half, in diesem Geschäft zu überleben: sich auf nichts zu verlassen, was irgendjemand sagte, gerade wenn es besonders vielversprechend klang. Dennoch sprang in solchen Momenten eine Art innerer Erfolgsticker in ihm an. Das Ticken begleitete ihn in den folgenden Tagen im Büro, lenkte ihn von der Arbeit ab und ließ ihn, aufgewühlt wie er war, eines Nachts schlafwandeln. Er erwachte, als er gerade eine Scheibe Brot in den Toaster steckte. Mit Pete sprach er nicht weiter darüber – der hatte seine eigenen Probleme mit einem Schüler, der ein Samurai-Schwert in die Schule mitgebracht hatte –, auch nicht mit seiner Mutter, die ohnehin an der Dauerhaftigkeit seiner Laufbahn zweifelte und ihm gelegentlich Broschüren über das Jurastudium schickte. Tim wusste, wie es in der Werbebranche zuging. Es war so, wie Stan gern sagte: Das meiste im Leben passiert gar nicht.

Eine knappe Woche nach seinem Skype-Gespräch leuchtete Tims Handy auf, während er mit Pete und ein paar Freunden bei einem sonntäglichen Mittagessen in einem drei Jahrhunderte alten Pub in Clapham saß. Das Pub war vor einiger Zeit modernisiert worden, verfügte über eine beachtliche Speisekarte und einen Großbildschirm für Sportübertragungen, doch nun wurde es erneut umgestaltet, damit es wieder alt aussah. Der Anruf kam von Stan, der normalerweise nie sonntags anrief. Tims Herzschlag nahm Fahrt auf. Er ging mit dem Handy hinaus zu den Toiletten, wo das freigelegte Mauerwerk mit Sepiabildern von Industriellen behängt war, die einst in der Gegend gelebt hatten.

»Wir haben Dubai«, meldete Stan.

Tim ballte triumphierend die Faust und stieß einen kurzen Schrei aus, wie ein Tennisspieler nach einem gewonnenen Punkt. Eine Frau kam aus der Toilette, und er tat so, als hätte er geniest.

»Die Sache ist die«, fuhr Stan fort, »normalerweise würde ich selber hinfliegen. Aber du weißt ja, welchen Ärger ich zu Hause kriege, wenn ich nur mal abends länger weg bin. Louise hätte mich fast erschossen, als ich neulich nach Chingford gefahren bin; ich glaube nicht, dass sie mir den Nahen Osten durchgehen lässt.«

Tims innere Aufregung steigerte sich, da er ahnte, was als Nächstes kommen würde.

»Willst du es machen, Kumpel?«, fragte Stan.

Nach dem Anruf nahm sich Tim einen Moment, um die Nachricht zu verdauen: Er hatte Vortex nicht nur einen Riesenauftrag verschafft, sondern durfte jetzt auch noch nach Dubai fliegen, eine exotische Stadt, die er als Reiseziel nie auch nur in Erwägung gezogen hatte und die nach allem, was er gehört hatte, sensationell sein musste. Es war ihm ohnehin schon länger peinlich, dass er nicht annähernd so viel gereist war wie die meisten Leute, die er auf Partys traf und die mit

Geschichten über Cancún und Kambodscha aufwarten konnten. Seine eigenen Erfahrungen als Weltenbummler beschränkten sich auf einen Sommer in Australien mit seinem älteren Bruder, eine einzige Abfolge von billigen Hotels und verkaterten Busfahrten, die ihm heute, da er kaum noch etwas von Rod hörte, furchtbar fern erschien. In etwas jüngerer Vergangenheit hatte er eine romantische Reise zu zweit nach New York unternommen, wo es mit der Liebe jedoch schnell zu Ende ging. Seine Freundin Naomi hatte im Big Apple eine Art Erleuchtung erlebt, die sie dazu bewog, in der Stadt zu bleiben, genauer gesagt, bei einem Barmann namens Moses, den sie am zweiten Abend kennengelernt hatte. Das war nun zwei Jahre her, und seither hatte Tim keine großen Sprünge mehr gemacht – weder in der Liebe noch im geografischen Sinn. Und nun – wie aus dem Nichts – das hier.

Die anderen gratulierten begeistert – vielleicht auch ein wenig neidisch –, als er an den Tisch zurückkehrte. »Weißt du eigentlich, was für ein Scheißglück du hast?«, blökte Petes Freund Duncan. »Heiliger Bimbam, Du-bai!«

»Könnte ganz nett werden«, meinte Tim bescheiden.

»*Ganz nett*?« Duncan schüttelte den Kopf. »Dubai ist der Hammer. Sonne satt, die Straßen blitzsauber, und wer will, kann sich jeden Abend zuschütten. Die haben dort ein Unterwasser-Restaurant, ein Sieben-Sterne-Hotel und weiß der Kuckuck was noch alles. Es gibt praktisch nichts, was du dort nicht tun kannst.«

Als Tim nun seinen ersten Abend in der Stadt Revue passieren ließ, schienen sich die Erwartungen zu bewahrheiten.

Er legte die Kleidung für den nächsten Tag zurecht – ein Ritual aus der frühen Schulzeit, als er es gehasst hatte, das warme Bett verlassen zu müssen – und sah sich im Zimmer um. Über dem Bett, das mehr als genug Platz für zwei bot, hing ein Bild der neonbeleuchteten Skyline der Stadt, daneben Schwarz-Weiß-Fotos aus Dubais Vergangenheit: ein alter Falkner, ein paar Männer, die eine Dau, ein traditionelles Segelschiff, ins Wasser zogen. Ein riesiger Fernseher schien über den Raum zu wachen. DAS VILLAGE HEISST MR. CALLAGHAN WILLKOMMEN!, war auf dem Bildschirm zu lesen, dazu der Hinweis, 234 anzurufen, falls er irgendwelche Wünsche habe. Sein Badezimmer war doppelt so groß wie das in seiner Wohnung zu Hause, das Wohnzimmer war mit einem Esstisch und einer Minibar ausgestattet, und auf der Terrasse stand ein Liegestuhl bereit.

Eigentlich war es an der Zeit, Pete eine Nachricht zu schicken und ganz offen zu sagen, dass diese Reise ein Riesenglücksfall für ihn war. Aber das Bett schmiegte sich so wohlig an seinen Körper, als würde es ihn nicht mehr loslassen wollen.

3

Service

Es klopfte an der Tür. Dreimal, dann wurde ein Schlüssel ins Schloss gesteckt. Tim war es nicht gewohnt, so tief zu schlafen, und hatte keine Ahnung, wie spät es war, als er erwachte. Einen Moment lang wusste er nicht einmal, wo er war. Er rollte sich aus dem Bett und versuchte, die Jalousien zu öffnen, doch sie wollten sich nicht bewegen. Nicht einmal die Nachttischlampe ließ sich anknipsen. Tim schlüpfte in ein T-Shirt. Ein kleiner Mann stand in der Schlafzimmertür und räusperte sich entschuldigend.

»Sir, störe ich?«

»Nein, gar nicht«, antwortete Tim verschlafen, obwohl es schwer gewesen wäre, ein passenderes Wort als »stören« für das Eindringen des Mannes zu finden. »Ich wollte gerade …«

»Ich heiße Ashraf, Sir.« Der Mann trug ein grünes T-Shirt mit dem Village-Logo und einen eigentümlich gekräuselten Schnurrbart, wie ihn sich manchmal ein Kollege in Tims Agentur mehr aus Jux stehen ließ. »Wie ist Ihr Aufenthalt bisher, Mr. Callag… ähm, Callag…«

»Callaghan«, half ihm Tim. »Das G ist stumm.«

»Entschuldigen Sie, Sir … könnten Sie das bitte wiederholen?«

»Das G … also, es wird nicht ausgesprochen.«

Ashraf beschloss offenbar, das Thema nicht weiter zu verfolgen, und begann mit einem Vortrag. »Sir, aufgrund Ihrer späten Ankunft gestern war es nicht mehr möglich, Ihnen alle nötigen Informationen über das Village zu geben. Würde es Ihnen jetzt passen?«

»Ja, gern.« Tim blickte auf seine Unterwäsche hinunter. »Obwohl ich nicht ganz …«

»Vielen Dank, Sir.« Ashraf stand bereits neben dem Bett und machte sich an einem LCD-Panel an der Wand zu schaffen. »Hier können Sie die Jalousien und Lampen bedienen und das ›Bitte nicht stören‹-Schild beleuchten, falls Sie private Aktivitäten vorhaben.« Tim hockte vor seinem Koffer, um Shorts herauszusuchen, und bekam nicht viel von Ashrafs Ausführungen mit, der bereits zum nächsten Steuerpanel weiterging, das in eine Wand des Wohnzimmers eingebaut war. »Hier schalten wir Stimmungsbeleuchtung und Musik ein, falls Musik nötig ist.« Er drückte zwei Tasten, worauf mehrere Deckenspots angingen und drei Sekunden eines Dido-Songs erklangen. Beides schaltete sich aus, bevor Tim hatte erkennen können, wie es sich bedienen ließ. Ashraf demonstrierte bereits die Steuerung der Klimaanlage – er ließ sie für Tims Gefühl viel zu hoch aufgedreht – und wandte sich dann dem Badezimmer zu, während er unentwegt in seinem gepflegten, aber nicht ganz korrekten Englisch weitersprach, wie eine wandelnde Bedienungsanleitung.

»Hier hinterlassen wir Handtücher, falls Handtücher wünschen, gewechselt zu werden. Aber wir denken an die Umwelt.«

Das Finale der Führung bildete die Dusche mit ihren zehn Einstellungen, darunter »tropischer Sturm« und »Londoner Regen«. Tim verfolgte höflich, wie Ashraf Ersteres vorführte, indem er per Knopfdruck ein Donnergrollen sowie einen dramatischen Anstieg des Wasserdrucks auslöste.

Zurück im Wohnzimmer, legte Ashraf ein Formular auf den Couchtisch.

»Das ist ein Zufriedenheitsfragebogen, Sir. Hier können Sie eintragen, was bei dieser Einführung gut war und was nicht so gut.«

Seine Stimme klang fast leidend, und Tim versprach, den Fragebogen auszufüllen.

»Wünsche Ihnen einen sehr wunderbaren Aufenthalt im Village, und bitte rufen Sie 234 an, falls Sie etwas brauchen.«

Während Tim noch der Kopf schwirrte von dieser gnadenlosen Gastfreundschaft, überlegte er, was er unternehmen sollte. Es war kurz nach halb zehn. Sie würden sich erst um fünf Uhr im Büro von WorldWise treffen, um zusammen zur offiziellen Präsentation des Projekts zu fahren, bei der der

Star der Kampagne, Jason Streng, und – für Tim besonders aufregend – auch sein Spot den Investoren und Medienvertretern vorgestellt wurden. Das bedeutete, ihm blieb fast der ganze Tag, um sich ein wenig umzusehen und den Aufenthalt in Dubai zu genießen. Als er sein kleines Chalet verließ, war die Luft bereits so warm, als würde er in eine Badewanne steigen.

Der Himmel war leuchtend blau, und die Sonne strahlte etwas Phlegmatisches aus, wie ein älterer Arbeiter in der zweiten Hälfte seiner Schicht. Tim ließ sich in den Liegestuhl auf der Terrasse sinken, um den Fragebogen auszufüllen, und blickte auf die Ferienanlage hinaus. Das gesamte Filmteam war in einem eigenen Bereich untergebracht, der den Namen *Ocean Chalets* trug. Zur Linken führte ein sanfter Abhang zum Strand und zu den Bars und Restaurants hinunter, wo sie den gestrigen Abend verbracht hatten. In der anderen Richtung lag der Mittelpunkt des Village, ein Hochhaus aus blitzendem Chrom, Centrepiece genannt. Dort hatte der Fixer sie alle eingecheckt, indem er ihre Papiere an sich nahm und die Sache mit wenigen Worten und einer beiläufigen Geste erledigte.

Tim verließ Ocean Chalets und trat zu einem Plan, auf dem das gesamte Resort dargestellt war. Er verschaffte sich gern einen Überblick, wenn er an einem neuen Ort war. Vom Orientierungslauf war ihm eine Wertschätzung für Karten und Pläne geblieben; er wusste um das tiefe Bedürfnis des Menschen, sich in seiner Umgebung zurechtzufinden. In New York hatte er darauf bestanden, den *Lonely Planet*-Reiseführer eingehend zu studieren, was mit Naomis Wunsch kollidierte, spontan loszuziehen und die Stadt zu erkunden. Die Folge war ein ungewöhnlich heftiger Streit gleich am ersten Tag – dem Tag bevor sie ihn gegen einen anderen austauschte.

Das Village war vor etwa zehn Jahren errichtet worden – für Dubai war es damit eine relativ alte Anlage. Die Leute schwirrten mit Badetüchern über den Armen vorbei, und Tim betrachtete sie mit dem Respekt des Neuankömmlings für die alte Garde. Angestellte mit grünen Shirts brachten Rasensprenger in Position und trugen Cocktails zu Frauen mit Gurkenscheiben auf den Augen. Ältere und müde Gäste rollten in Strandbuggys durch die Gegend. Überall sah man Palmen. Alles war genauso, wie Tim es sich vorgestellt hatte, obwohl sich dieses »Village« stark von einem richtigen Dorf wie dem unterschied, in dem Tim aufgewachsen war – Saddlecombe in Devon, wo man nach acht Uhr abends nirgends mehr Fish and Chips bekam und eine Affäre des Pfarrers aus dem Jahr 1965 immer noch für Gesprächsstoff sorgte.

Und doch war dieses Resort in mancher Hinsicht wie ein Dorf: Es wollte ein Ort sein, den Menschen bewohnten und nicht bloß als Touristen besuchten. Die zahlreichen Schilder waren aus Stein gefertigt und sahen aus wie handgraviert, als stünden sie an einer Landstraße in England. Tim stand eine Weile am Strand und machte sich bewusst, wie unwahrscheinlich es war, dass er den Sand unter den Schuhen spürte und die Weite des Meeres vor sich sah. Vor vierundzwanzig Stunden hatte er sich noch in London befunden, mitten unter wetterfesten Spendensammlern, Tauben und Leuten, die einander mit höflicher Abneigung begegneten. Ein Mann glättete den Sand mit einem langen Rechen. Entlang des Wassers waren Liegen aufgestellt, doch nur wenige Gäste lagen zu dieser Vormittagsstunde schon unter den Sonnenschirmen. Die gut dreißig leuchtend weißen Boote in dem kleinen Jachthafen wirkten wie vergessenes Badespielzeug. Auf seiner eigenen maßgeschneiderten Insel thronte das Burj Al Arab, das mit seiner unverwechselbaren Segelform auch jetzt bei Tag aufregend exotisch wirkte. Tim fragte sich, mit welch unvorstellbaren Extravaganzen es seinen sechsten und siebten Stern erworben hatte, und stellte sich vor, wie die Gäste in diesem Moment den ganzen Luxus dieses einzigartigen Hotels genossen.

Er beschloss, seine Erkundung beim Centrepiece, dem Herzstück der Anlage, zu beginnen. Drinnen traf ihn erneut der abrupte Wechsel von heiß auf kalt. Hinweistafeln informierten ihn über die verschiedenen Einrichtungen, die in dem Gebäude untergebracht waren: das Body, Mind and Soul Centre, die Shop City, der Catering Planet. Über den Köpfen des Empfangspersonals prangte ein Bild des verwegen lächelnden Scheich Mohammed. Ein Fernseher zeigte wechselnde Bilder der Ferienanlage: Ein Golfer schwang den Schläger mit vollendeter Technik, Eisskulpturen wurden einem begeisterten Publikum präsentiert. Auf einer Tafel war das Service-Versprechen des Village zu lesen:

Wir empfangen Sie mit einem Lächeln
Wir bieten unsere Dienste mit Freude an
Wir erfüllen all Ihre Wünsche
Wir sagen Lebewohl und gute Reise

Tim besuchte den Catering Planet im fünften Stock – eine Art Food Court der gehobenen Kategorie, mit einer Speisekarte so dick wie ein Telefonbuch, die eine reiche Auswahl von Speisen und Gerichten aus aller Welt bot:

JIMMY'S BURRITOS – direkt von einer Ranch an der heißen mexikanischen Grenze.

BŒUF BOURGIGNON – wie man es an den Ufern der Seine genießen kann.

FISH AND CHIPS AND MUSHY PEAS – wie in Old Blighty! Der Himmel mag grau sein, aber die Jungs haben den Fang an Land gebracht …

Tims etwas durcheinandergeratene innere Uhr konnte ihm nicht sagen, ob er es als Frühstück oder Mittagessen sehen sollte; schließlich entschied er sich für einen »God Bless the Stars and Stripes«-Burger. »Is' gleich da«, versicherte die Kellnerin, und er fragte sich, ob der amerikanische Akzent ein kleines Extra von ihr war, weil er den Burger bestellt hatte, und ob sie sich ein Repertoire für das gesamte Angebot zurechtgelegt hatte. Der scheinbar absurde Gedanke wurde plausibler, als plötzlich »Achy Breaky Heart« aus den Lautsprechern tönte. Tim musste daran denken, dass nicht weit von hier Menschen lebten, die die Vereinigten Staaten so sehr hassten, dass sie bereit waren, dafür zu sterben. In dieser Umgebung war Amerika jedoch – so wie alles andere – kaum mehr als eine Idee, eine Ansammlung von Stichworten.

Tims Reisen hatten ihn noch nie auch nur annähernd an einen solchen Ort geführt. Die Callaghans hatten ihre Urlaube auf Campingplätzen in irgendwelchen feuchten Winkeln Frankreichs verbracht. Mr. Callaghan hatte jeden Morgen Brot und Käse besorgt, bevor er ihnen den Plan für eine quälend lange Radtour darlegte. Es gab höchstens ein, zwei Cafés in der Nähe des Campingplatzes, und am letzten Abend gingen sie essen. Tim fragte sich, was seine Eltern von diesem Village halten würden – einem Ort, wo Restaurants und Fitnessstudios nicht bloß zur Stärkung der Gäste zwischen ihren Unternehmungen dienten, sondern selbst zu den Attraktionen gehörten.

Das Büro von WorldWise befand sich im obersten Stockwerk. Tim schaute kurz hinein, um Hallo zu sagen. Ruth und Raf waren gerade damit beschäftigt, alles für die Ankunft des Filmstars vorzubereiten. Ansonsten schien niemand aus dem Team da zu sein, was aber auch keine Überraschung war. Der Fixer, hatte ihm Ruth gestern Abend erklärt, arbeitete nach keinem festen Zeitplan. In seinem Vertrag war nur festgehalten, dass er jederzeit innerhalb von zwanzig Minuten hier sein musste, falls er gebraucht wurde. »Er hat von Anfang an auf dieser Grundlage für die Ropers gearbeitet«, fügte Ruth hinzu, »und es hat immer gut funktioniert.«

»Ich lasse Jason um vier Uhr von Superior Limos abholen«, sagte Ruth ins Telefon. »Ja, und seine Agentin.« Sie hörte kurz zu und verdrehte die Augen zu Tim. »Ja, wir sorgen dafür, dass niemand direkt mit Jason spricht.«

»Kannst du mal aufhören zu telefonieren und dir das hier ansehen?«, rief ihr Raf zu.

»Kannst du's mir mailen?«, flüsterte Ruth zurück, während sie sich am Telefon anhörte, was die Vertreter des berühmten Schauspielers forderten.

»Könnte ich«, erwiderte Raf, »oder du tust einfach, was ich dir sage.«

Ruth zuckte zusammen, als hätte man sie geschlagen, so kam es Tim vor. Er verschwand durch die Schiebetür und machte sich auf die Suche nach dem Body, Mind and Soul Centre.

Wie viele Londoner ging Tim ohne große Begeisterung ins Fitnessstudio, als wäre es ein unvermeidlicher Teil des Lebens. Als er die Auswahl an Geräten im Body, Mind and Soul Centre sah, kam ihm sein Studio in Shoreditch vor wie ein Puppenhaus. Mindestens hundert Laufbänder, Fahrrad- und Crosstrainer standen in Zehnerreihen bereit. Auf den Fernsehern darüber liefen Dutzende Kanäle gleichzeitig: ein Popvideo, ein Pferderennen und ein Nachrichtensender – »… WARNEN FINANZEXPERTEN«, lautete das Ende einer eingeblendeten Meldung. Aus den Lautsprechern tönte Motivationsmusik: *I wanna get so high*. Und an den Wänden sorgten knackige Slogans für zusätzliche Aufmunterung: KANN EINE TRAININGSEINHEIT SCHADEN? NUR WENN DU SIE AUSFALLEN LÄSST.

An diesem Vormittag schienen sich die ausgefallenen Trainingseinheiten zu häufen – es war fast niemand im Studio zu sehen. In dem riesigen leeren Raum klang die hyperaktive Musik fast ein bisschen verzweifelt, als würde sich jemand bemühen, einer winzigen Zuhörerschaft Applaus zu entlocken. Als Tim zum Wasserspender ging, sah er Jo, die auf einer Matte hoch konzentriert Liegestütze machte. Er dachte an letzte Nacht, als sie mehr als alle anderen geraucht und getrunken hatte. Die Muskelstränge an ihren Armen traten hervor, während sie ihren schlanken Körper senkte und krümmte. Er beobachtete sie einen Tick länger, als es sich gehörte, und ging hinaus, um den »Mind«- und »Soul«-Bereich zu erkunden.

Auch hier waren die Besucher rar: Panflötenmusik pfiff wie der Wind durch ein Spukhaus. Eine Dame im Kimono begrüßte ihn hinter einem mit Orchideen geschmückten Empfangstresen.

»Möchten Sie eine Massage?«

Es war eines der typischen Gesprächsthemen im Büro. Stan prahlte regelmäßig, er habe sich in Soho »den Rücken weichklopfen« lassen. Tim hatte nie etwas daran gefunden. Warum nicht jetzt?, sagte er sich. Er war weit weg von zu Hause, an einem Ort voller Möglichkeiten, und er fühlte sich bereits ungewohnt entspannt.

»Sehr gerne«, antwortete er.

Tim wurde in einen Raum geführt, in dem sich eine Frau mit einem einsilbigen Namen vorstellte, von dem er nicht gewusst hätte, wie man ihn schrieb. Sie reichte ihm eine Tasse grünen Tee und forderte ihn beiläufig auf, sich ganz zu entkleiden. »Sie ziehen bitte das hier an.« Sie gab ihm eine Unterhose aus einem Material, das sich wie Krepppapier anfühlte. »Bitte legen Sie sich auf Tisch, den Kopf vorne in das Loch. Welche Musik Sie möchten hören?«

Tim begutachtete die CD-Box, die sie ihm reichte. Die Stücke trugen Titel wie »Secrets of the Forest« und »The Wondrous Ocean«. Produziert hatte sie eine Firma namens *Weapon* in Basingstoke. Er wählte »Pure Island Bliss«.

Tim legte sich, wie sie ihn angewiesen hatte, mit dem Gesicht in eine Aussparung am Ende des Tisches und fühlte sich wie ein Patient vor der Operation. Ohne Brille sah er den Fußboden nur verschwommen. Sobald ihre Hände begannen, seinen Rücken mit Öl einzureiben, verwandelte sich die Hilflosigkeit in angenehme Entspannung. Ihm wurde bewusst, wie gut es sich anfühlte, berührt zu werden – nicht sexuell, sondern einfach als wärmender zwischenmenschlicher Kontakt. Es war eine Weile her, seit die Sache mit Naomi in die Brüche gegangen war, und auch sie hatte seine Haut nur selten mit dieser Selbstverständlichkeit erkundet. Er war erleichtert, als die Masseurin zu sprechen begann.

»Arbeiten Sie hier?«

»Ja«, antwortete Tim, »wir drehen einen Spot.«

»Spot …?«

»Einen Werbespot.«

»Ah! Werbung.« Sie schien die Vorstellung so faszinierend zu finden, als hätte er gesagt, er würde Wildtiere beobachten. »Viel Druck?«

»Na ja, ein bisschen Druck hat man wahrscheinlich in jedem Job, aber es hält sich in Grenzen. Ich muss eigentlich nur zusehen, dass alles …«

»Nein, Druck *hier*«, präzisierte sie und presste ihre Finger etwas stärker in seine Schulterblätter. Tim spürte die Röte in seine Wangen steigen.

»Ah, verstehe. Also … so ist es perfekt, danke.«

»Kann versuchen mit ein bisschen mehr Druck für die extreme Entspannung«, schlug sie vor. Tim stimmte zu. Die Masseurin sprang mit katzenhafter Gewandtheit auf den Tisch und rammte ihm den Ellbogen mit solcher Wucht in den Rücken, dass ihm die Luft wegblieb.

»Nein, ich glaube … doch lieber wie vorher.«

Vierzig Minuten verharrte er in schlafähnlicher Entspannung, aus der der eine oder andere besonders wohlige Moment herausragte. Einmal mehr wurde ihm bewusst, wie bemerkenswert es war, das alles hier zu erleben, während andere ihrer Arbeit nachgingen. Der Gedanke löste sich gleich wieder auf, wie alle anderen, die am Rande seines Bewusstseins auftauchten.

Danach fühlte er sich wie in einer Welt, in der laute Geräusche keinen Platz hatten. Tim saß im Bademantel in einer durch einen Vorhang abgetrennten Nische und trank grünen Tee. Nach ein paar Minuten stand er auf, um zu gehen, zog den Vorhang zurück und erschrak: Vor ihm saß Jo in einem

Korbstuhl und las eine amerikanische Zeitung – auch hier eine Schlagzeile über die Finanzmärkte. Sie war wie er selbst in einen Bademantel gehüllt. Sein Blick fiel unwillkürlich auf ihre nackten Füße. Jo lachte.

»Sie hätten es mir sagen sollen! Wir hätten uns gemeinsam massieren lassen können!«

Es klang ein bisschen, als würde sie mit ihm flirten, und Tim rief sich in Erinnerung, dass sie eine überaus wichtige Kundin seiner Werbeagentur war.

»Ich hatte eigentlich nicht geplant, mich massieren zu lassen«, gab er etwas belämmert zurück.

»Sie müssen nichts planen!« Sie lächelte gelöst und wirkte für einen Moment fast mädchenhaft. Ihr Gesicht spannte sich jedoch schnell wieder an, als wolle sie nicht, dass man sie so sah. »Sie sind im Urlaub.«

»Nicht wirklich. Wir sind vor allem hier, um zu arbeiten.«

»*Ich* bin hier, um zu arbeiten.« Mit einem schelmischen Ausdruck griff Jo nach ihrem Wasserglas und nahm einen Schluck. »Ich werde heute bis in die Nacht zu tun haben und mit grauenhaften Leuten Kontakte knüpfen und pflegen. Aber bis dahin sag ich: Sorry, geschätzte Partner, jetzt ist erst mal Vergnügen angesagt.«

»Wie oft kommen Sie hierher?«

»Ist das ein Anmachspruch? ›Kommen Sie oft hierher?‹« Tim spürte, dass sie seine Verlegenheit genoss, und möglicherweise war ihm das nicht einmal unangenehm. »Täglich Fitnessstudio – und zur Belohnung in die Wellness-Suite.«

»Ziemlich beeindruckend, das alles«, meinte Tim.

»Da gibt's noch viel mehr. Und heute Abend bekommen Sie ein bisschen was von Dubai selbst zu sehen.«

»Dann bis heute Abend«, verabschiedete er sich und ging an den Saunas vorbei, in denen Elektroöfen für eine Temperatur sorgten, die nur ein paar Grad über der Außentemperatur lag. Am Empfangstisch wollte er für die Massage bezahlen, doch die Kimono-Lady schüttelte lächelnd den Kopf. »Ist schon bezahlt.«

»Ich glaube nicht …«

»Von dem Mann, dem Fixer.«

Während er auf den Lift wartete, fragte sich Tim, wie der Fixer gesehen haben konnte, dass er in den Massagebereich ging, und warum er für etwas bezahlen sollte, das eindeutig nicht im Budget des Werbespots enthalten war. Er fand keine Antwort auf seine Fragen, doch er fühlte sich so entspannt, dass er nicht weiter darüber nachdachte.

Tims Chalet war so makellos aufgeräumt, als hätte er es nie betreten. Die Klimaanlage schnurrte leise vor sich hin. Das Bett war mit geometrischer Präzision gemacht. In einer Schüssel lag eine aufgeschnittene Ananas – die »Frucht des Tages«, wie es in dem beigelegten Text hieß, aus dem Tim außerdem erfuhr, wo die Ananas wuchs und wie sie in der Küche verwendet werden konnte. Er ließ die Haustür offen stehen, um nicht ganz von dem Luxus draußen abgeschnitten zu sein. Aus den Bars am Strand wehte Musik herauf. Der Nachmittag fühlte sich an wie ein riesiges Kissen, auf dem er liegen konnte, so lange er wollte.

4

Die Zukunft ist heute

Ruth und Bradley warteten bereits vor dem Centrepiece, obwohl Tim einige Minuten zu früh eintraf. Er hatte die vergangene Stunde auf der Terrasse verbracht und sich auf seinem Laptop über Jason Streng informiert. Das meiste, was er fand, hatte er bereits gewusst. Streng war vierunddreißig, sah aber jünger aus. Seine Eltern waren aus Antigua nach England eingewandert. Er war früher Leichtathlet gewesen und hatte nach einigen Werbespots für Nike eine bemerkenswerte Wandlung zum Filmschauspieler vollzogen, angefangen mit einer Hauptrolle in einer Gaunerkomödie. Der Film war beim amerikanischen Publikum beliebt, weil er in einem London spielte, das die Londoner kaum wiedererkannten. Als sie sich im Auto über den Schauspieler unterhielten, versuchte Tim, so zu tun, als sei es ganz normal, dass Streng ab morgen Sätze vortragen würde, die er getextet hatte – nur einige wenige zwar, aber immerhin.

»Mir haben besonders diese … ähm, Sachen von ihm gefallen, diese …«

»Fernsehfilme?«, riet Miles.

»Nein, das meine ich nicht.« Ruth trug ein schwarzes Kleid mit Polokragen, das die Sommersprossen oberhalb des Brustbeins verdeckte. Die langen roten Haare fielen offen über ihren Rücken. »Wie heißen diese …?«

»Komödien?«, riet Tim. »Theaterstücke?«

»Wanderfalken. Er hat eine Serie über Wanderfalken gedreht, für Discovery Channel.«

»Klingt spannend«, bemerkte Raf.

»Ich kann's nicht glauben, dass wir ihn tatsächlich heute treffen«, meinte Jo auf dem Beifahrersitz. Christian war vorausgefahren, um den Star persönlich zu begrüßen, bevor die Präsentation der Werbekampagne begann. »Wahrscheinlich werde ich kichern wie ein verlegenes Schulmädchen.«

»Kann ich mir vorstellen«, murmelte Ruth außer Hörweite, und Tim unterdrückte einen Anflug von Eifersucht und betrachtete die Gebäude, die draußen vorbeizogen. Sie waren unterwegs in die Innenstadt. Reklametafeln prangten auf den Dächern, und die Straßen waren von Plakatwänden gesäumt. Die abgebildeten Sportwagen waren mit Aufklebern versehen, die die Preise in Dirham angaben. Telefon- und Satellitenfernsehanbieter buhlten um die Aufmerksamkeit der Autofahrer. Dazwischen erschien immer wieder auf riesigen Plakaten das freundliche Gesicht von Scheich

Mohammed. Vor allem aber wurde die Stadt selbst beworben. SEI TEIL VON ETWAS AUSSERGEWÖHNLICHEM, hieß es auf einer Plakatwerbung für ein Wohnprojekt mit kalkweißen Gebäuden und grünen Bäumen. DUBAI PEARL: WO SIE DIE ZUKUNFT SCHON HEUTE ERLEBEN.

Christian hatte Tim verraten, dass er in das Projekt investiert hatte. Wahrscheinlich besaßen die Ropers Anteile an halb Dubai. Ihr eigentliches Zuhause befand sich auf den Palm Islands, einer künstlich angelegten Inselgruppe aus Fels und Meeressand, auf der man zahlreiche Villen, Hotels und Wohnblocks errichtet hatte. Ein solcher Reichtum lag fernab der Welt, in der Tim zu Hause war, und es war wahrscheinlich vulgär, sich auch nur auf die touristisch-oberflächliche Weise davon faszinieren zu lassen, wie er es gerade tat. Doch als die Wolkenkratzer draußen vor dem trotz der frühabendlichen Stunde immer noch strahlend blauen Himmel an ihnen vorbeizogen, konnte er sich dem Reiz der Geschichte nicht verschließen, die alle großen Städte zu erzählen versuchten: dass dieser Ort irgendwie zu ihm gehörte.

Die Sands Mall, in der die Präsentation der Kampagne stattfand, hatte noch geöffnet, als sie eintrafen, doch der Andrang zu den Geschäften hatte bereits spürbar nachgelassen. Eine Handvoll Emirater begutachteten die Schaufenster von Designerläden, deren Vorderseiten mit falschen Ziegelwänden gestaltet waren. Vor der Filiale eines britischen Herrenmodegeschäfts stand ein Briefkasten der Royal Mail. Zur Kongresshalle gelangten sie in einem gläsernen Aufzug, der sie wie die Hand eines Riesen hochzuheben schien. In einer Zwischenetage stiegen sie aus und traten durch mehrere Türen, die von muskelbepackten Männern bewacht wurden. Im Saal wiesen die bekannten Bilder auf Projekte von WorldWise hin. Bradley Ford Richards, der zusammen mit Christian früher gekommen war, studierte die Kärtchen, die er als Erinnerungshilfe vorbereitet hatte, und prägte sich lautlos wichtige Schlüsselbegriffe ein. Die Kellner, die überall im Saal Cocktails anboten, schienen jedes Mal den Blick abzuwenden, wenn sich einer der knapp fünfzig Anwesenden einen Drink nahm. In einem Winkel saß neben einer entschlossen dreinblickenden Blondine – wahrscheinlich der Agentin – Jason Streng. In seinem dunklen Anzug sah er mindestens so gut aus wie in seinen Filmen. Er trank Cola Zero – das Getränk, das auch Bradley, der Regisseur, bevorzugte – und hörte teilnahmslos zu, während die Agentin seine Wünsche an Raf übermittelte.

»Jason will die Sachen, die Sie ihm geschickt haben, nicht lesen. Er wird nur kurz sprechen, danach können Sie ihn drei Leuten vorstellen, wie wir es im Vertrag vereinbart haben.«

Tim blickte sich um, ob das noch jemand gehört hatte, und lächelte innerlich über die absurde Situation, doch selbst Ruth zuckte kaum mit der Wimper. Zu Hause würde er tolle Geschichten zu erzählen haben, dachte Tim im Weitergehen und nahm sich einen Cocktail von einem Tablett. Er bedankte sich betont herzlich beim Kellner, um keine Kluft aufkommen zu lassen, doch es klang selbst in seinen Ohren ein wenig übertrieben. Als er an einer Gruppe von Briten vorbeikam – Frauen mit Stöckelschuhen und stämmigen Männern im Anzug –, begann gerade einer mit einer Geschichte.

»Erinnert ihr euch an das Reich-und-Arm-Dinner?«

Die anderen lachten zustimmend, und der Erzähler fuhr fort. »Jeder Teilnehmer hat dreihundert Dirham bezahlt, aber der Trick dabei war, dass die Hälfte ein richtig schönes Dinner mit allem Drum und Dran bekam, während sich die andere Hälfte mit Brot und Wasser zufriedengeben musste. Ihr wisst ja – um zu zeigen, wie ungerecht es zwischen Reichen und Armen zugeht.«

»Erzähl ihnen, was dann passiert ist«, forderte ihn ein Freund auf.

»Also, Colin blättert wie alle anderen dreihundert Piepen hin, er hat so eine thailändische Tussi dabei. Dann steht Christian Roper auf und hält seine Ansprache – er sagt, wenn Sie sauer sind, weil Sie heute Abend nichts Anständiges zu essen kriegen, dann stellen Sie sich vor, wie es für jemanden sein muss, der nichts hat. Das leuchtet fast allen ein. Aber Colin hat den ganzen Tag gebechert und ruft: Ich zahle nicht so viel für ein verdammtes Stück Brot! Christian antwortet ihm: Genau darum geht es ja! Dieses Dinner soll die Ungerechtigkeit aufzeigen! Für dreihundert Dirham, sagt Colin, esse ich lieber im Restaurant und mach mir ein andermal Gedanken über die Ungerechtigkeit! Und dann – jetzt wird's lustig …«

Der Fixer verhinderte, dass sie das Ende der Geschichte erfuhren. Er legte dem Erzähler seine kräftige Hand auf die Schulter und nahm ihm damit den Wind aus den Segeln.

»Meine Damen und Herren«, verkündete der Fixer, »wir kommen zum Hauptteil des Abends.«

Im nächsten Augenblick wurden die Lichter gedämpft. Da und dort ertönte ein leicht beschwipstes »Ah« und »Oh«. Christian Roper trat ans Mikrofon und wurde mit Applaus und ein, zwei derben Ausrufen begrüßt. Er lieferte eine Zusammenfassung seiner Ansprache vom Vortag – dass diese Werbekampagne dazu beitragen würde, die extreme Ungleichheit zu bekämpfen, indem die Menschen zum Spenden motiviert würden; dass sie das große Glück hatten, auf Jason Streng zählen zu können; dass sie mit dem Fernsehspot und seiner Online-Version zwanzig Millionen Menschen zu erreichen hofften. Einmal mehr war Tim überwältigt von der Dimension des Projekts. »Und nun«, schloss Christian seinen Vortrag, »freue ich mich, Ihnen einen Regisseur zu präsentieren, den man nicht lange vorstellen muss: Bradley Ford Richards.«

Der Amerikaner bog das Mikrofon nach unten, um den Größenunterschied zu seinem Vorredner auszugleichen. Schweiß glitzerte auf seiner Nase, als er seine Stichwortkarten – für Tims Gefühl quälend langsam – vor sich aufs Pult legte.

»Was ist ein Werbespot?«, begann er endlich.

»Das weiß doch jeder, du dumme Nuss«, murmelte Raf.

»Ein Werbespot ist eine kreative Arbeit, die eine Reaktion auslösen will«, beantwortete Bradley seine eigene Frage. »Es handelt sich also um einen Dialog zwischen den Machern des Spots und dem Publikum. Eine Diskussion.«

»Gott im Himmel«, schnaubte Raf laut genug, dass alle es hören konnten.

Tim spürte Jos Hand auf seinem Arm. »Kommen Sie«, flüsterte sie.

Er starrte sie ungläubig an. »Was?«

»Kommen Sie.«

Niemand schien ihn zu beachten, als er ihr folgte und sie beide wie Fische durch ein Aquarium glitten. Bradley Ford Richards' Stimme schwadronierte im Hintergrund weiter. »… Bewusstsein. Bewusstsein ist alles.« Mit einer Geschicklichkeit, die Tim trotz seines mulmigen Gefühls bewundernswert fand, schnappte sich Jo zwei Cocktails von einem Tablett und drückte mit der anderen Hand die Tür auf.

Die Luft auf dem Balkon war warm und stickig. Unten auf der Straße brummte der Verkehr vorbei. Am Himmel stand eine dünne Mondsichel, die Sterne wurden von den Neonlichtern überstrahlt.

»Tut mir leid.« Jo nahm einen großzügigen Schluck von ihrem Cocktail und reichte ihm das andere Glas. »Aber ich habe oft genug gehört, wie Christian die Werbetrommel rührt.«

»Sind Sie nicht …?« Tim war sich nicht sicher, was er überhaupt fragen wollte. »Ich meine …«

»Sorry, ich klinge wahrscheinlich wie eine verzogene Göre.«

»Nein, überhaupt nicht.«

»Ich habe schon lange nicht mehr mit jemandem richtig reden können.«

»Sie können mit mir sprechen. Wenn Sie möchten.«

»Wissen Sie, alle da drin klopfen Christian auf die Schulter, und mich sehen sie höchstens als eine Jumeirah Jane, die …«

»Eine …?«

»So nennen sie diese Ehefrauen, die alles haben: persönlichen Fitnesstrainer, Kreditkarte, Maniküre, Pediküre, Chauffeur und so weiter. Alles, bis auf ihren Ehemann; der ist ständig unterwegs, um sein Projekt voranzubringen, und danach spielt er Golf und gönnt sich ein paar Drinks mit den *Jungs aus der Firma.*« Sie sprach es mit einem eisigen Unterton aus. Tim hüstelte taktvoll.

»Aber Sie sind doch nicht so … ich meine, Sie beide …«

»Nein, sicher nicht«, betonte Jo. »Ich bin die Kommunikationsdirektorin und schaukle achtzig Prozent von World-Wise. Das war schon immer so. Christian war nie da, als ich mich um die Kinder kümmerte, von meinem dreiundzwanzigsten Lebensjahr an. Er war irgendwo in der Zentralafrikanischen Republik oder in Bangladesch. Ich wechselte Windeln, musste zusehen, wie mein Körper unförmig wurde, und durfte abends auch noch Medientermine organisieren.« Ihre Augen glänzten. »Aber sein Gesicht war überall bekannt, also war er der Held. Er bekam den Order of the British Empire und war im *Time Magazine*. Und ich war die ›hinter jedem erfolgreichen Mann‹ …«

Sie verstummte und kippte den Rest ihres Cocktails hinunter.

»Und wie kommen Sie beide …?«

»Wie unsere Ehe läuft?« Jo lächelte, als wäre das eine altmodische Frage. »Sie ist eigentlich ganz in Ordnung. Ich meine, wir lieben uns. Aber ich weiß nicht – manchmal reicht das nicht, oder?«

Von drinnen war leiser Applaus zu hören. Tim fragte sich, ob es klug war, zu zweit hier draußen zu stehen. Er wollte etwas sagen, da fasste ihn Jo am Handgelenk, zog ihn ruhig, aber bestimmt zu sich, und sie küssten sich. Er spürte ihre weichen, festen Lippen, die ein bisschen nach ihrem Cocktail schmeckten. »Du riechst so gut«, murmelte sie. »Ich wollte vorhin schon, dass du noch bleibst. Wir zwei im Whirlpool, das wäre nett gewesen.«

»Ich …«, stammelte Tim.

Sie seufzte und griff nach seinem Gürtel, und plötzlich spürte Tim mit einem unglaublichen Hochgefühl und zugleich mit Entsetzen ihre Hand zwischen seinen Beinen, und er taumelte zurück.

Jo musterte ihn fragend. Tim errötete verwirrt; er nahm die Brille ab, als würde das helfen, rieb die Gläser an seinem Hemd und setzte sie wieder auf.

»Ist das nicht ein bisschen riskant?«

»Wir können irgendwohin gehen.«

»Aber …« Tim senkte den Blick zu Boden. »Ich weiß nicht, ob es richtig ist.«

»Willst du's nicht mir überlassen, das zu beurteilen?« Jo verschränkte die Arme vor der Brust.

»Ich meine …«, ruderte Tim zurück. »Es tut mir leid, ich …«

»Okay.« Jo ging an ihm vorbei zur Balkontür. Tim griff impulsiv nach ihrer Hand, doch sie entzog sich ihm und verschwand im Saal. Er folgte ihr mit zehn Schritten Abstand. Jason Streng hatte soeben seine kurze Rede beendet und stand mitten im Blitzlichtgewitter der Fotografen.

Die Party dauerte nicht lange; gleich morgen früh würden die Dreharbeiten beginnen. Im Auto plauderten sie darüber, wie freundlich Jason Streng aufgetreten war, im Gegensatz zu seiner paranoiden Agentin. Jo sah Tim nicht an, als sie sich beim Centrepiece trennten. Tim, Bradley und Ruth gingen zusammen zu ihren benachbarten Chalets.

»Was für ein Arschloch«, murrte Bradley unvermutet, als sie im Begriff waren, Gute Nacht zu sagen.

»Raf?«, fragte Ruth.

»Er ist ein *erstklassiges* Arschloch.« Bradley rieb sich das Gesicht.

»Alles okay, Tim?«, fragte Ruth. »Du bist so schweigsam.«

Er hätte ihr gern von Jo erzählt, aber der Vorfall sprach nicht unbedingt für ihn, zudem hätte Christian irgendwie davon erfahren können. Tim fürchtete ohnehin, dass ihn Bradley während seiner Rede hatte hinausgehen sehen und es zu seiner miesen Laune beitrug. Alles in allem fand Tim, dass er für heute genug Mist gebaut hatte. Es war besser, die Sache auf sich beruhen zu lassen, statt vielleicht noch tiefer ins Fettnäpfchen zu treten.

Die klimatisierte Luft in seinem Chalet fühlte sich unangenehm kalt an. Er hatte sich inzwischen daran gewöhnt, dass die Klimaanlage anscheinend tat, was sie wollte, egal wie er sie einstellte. Tim legte wie immer die Kleidung für den nächsten Tag bereit, schloss per Tastendruck die Vorhänge und ging gleich zu Bett. Ein paar Minuten lag er da und wartete, dann beschloss er, eine Flasche Chardonnay aus der Minibar zu holen. Nach zwei Gläsern akzeptierte er, dass es sich nicht vermeiden ließ, an Jo zu denken, an die kurzen Momente, in denen sie ihn berührt hatte. Danach fühlte er sich besser. Morgen früh würde die Welt wieder in Ordnung sein, sobald die Sonne strahlte, so wie jeden Tag. Er versuchte einzuschlafen, indem er an das Rätsel vom verschwundenen Dollar dachte, doch er war sich nicht mehr sicher, was die eigentliche Frage war.

5

Old Town

Die Chalets waren alle mit Fußabtretern aus Pferdehaar und mit soliden Türschlössern ausgestattet, obwohl die Türen mit einer elektronischen Schlüsselkarte zu öffnen waren. Vermutlich sollte den Bewohnern ein Gefühl von Behaglichkeit und Sicherheit vermittelt werden, wie es sich für ein richtiges »Dorf« gehörte. Und tatsächlich fühlte sich Tim bereits wie zu Hause, obwohl ihm vieles hier fremdartig erschien, nicht zuletzt der Aufruf zum Gebet, der regelmäßig über den Strand hereinwehte. Es war schwer zu sagen, ob der klagende Ruf des Muezzin vom Band kam oder nicht; er klang leicht verzerrt, was aber auch an der Entfernung liegen konnte. Jeder Atemzug des Geistlichen zog sich über mehrere höhere und tiefere Töne. Während Tim noch zuhörte, erschrak er, als Ashraf mit einem Servierwagen hereinkam. In einem großen Eiskübel klapperten Flaschen aneinander.

»Guten Morgen, Mr. Callaghan.« Die Aussprache war diesmal perfekt; er musste geübt haben. »Es sieht so aus, als wollen Sie ausgehen. Darf ich bei Ihnen aufräumen?«

»Ja … ja, natürlich.« Tim hatte eigentlich auf die Toilette gehen wollen, doch das erschien ihm nun unpassend.

»Danke, Sir.« Ashraf fragte um Erlaubnis, seine Minibar aufzufüllen. Plötzlich war da ein feuchter, fast sentimentaler Ausdruck in seinen Augen. »Ich wollte mich noch bedanken, dass Sie mir eine so gute Bewertung auf dem Fragebogen gegeben haben.«

»Oh, gern geschehen.«

»Für mich ist das sehr gut. Meine Vorgesetzten führen darüber Buch. Im März war ich der am meisten überbewertete Angestellte.«

»Wie bitte? Oh … der am höchsten bewertete Angestellte.«

»Ja, Sir.«

Während Tim den beschilderten Wegen folgte, vorbei an Wartungsarbeitern und den ersten Urlaubern, die sich draußen blicken ließen – vor allem sehr junge und sehr alte –, fragte er sich, woher Ashraf wissen konnte, wie er den Fragebogen ausgefüllt hatte. Wurden diese Befragungen denn nicht anonym durchgeführt? Was, wenn er eine kritische Bewertung eingetragen hätte?

Tim wandte seine Gedanken den bevorstehenden Dreharbeiten zu. Er hatte schon öfter mitverfolgt, wie seine Arbeit vor der Kamera umgesetzt wurde, aber noch nie mit einem so großen Filmteam, und noch nie hatte ein so berühmter Star mitgewirkt. Als er den Tagesplan durchging, fiel ihm auf, dass Jos Name fehlte. Sie und Christian würden heute nicht am Set sein; sie wollten sich ganz auf die Öffentlichkeitsarbeit konzentrieren und den anderen ihren »kreativen Freiraum« lassen. Tim dachte mit einem zwiespältigen Gefühl an den Kuss gestern Abend. Er schwankte zwischen zwei Gedanken: dass es nicht hätte geschehen dürfen und dass es viel zu abrupt geendet hatte. Was sich tatsächlich zugetragen hatte, war für ihn die quälendste aller Möglichkeiten. Er fragte sich einen Moment lang, wie Jo es in Erinnerung hatte, was in diesem Moment in ihr vorgehen mochte, und nahm sich schließlich etwas halbherzig vor, nicht mehr daran zu denken.

Der Plan für die heutigen Dreharbeiten sah vor, dass Jason am Drehort in der Innenstadt nackt eine Straße entlanggehen würde, wenngleich die tatsächlichen Nacktszenen ein Double übernahm. Morgen würden sie einen Golfklub aufsuchen und dort die »Flugszene« drehen. An den übrigen drei Tagen würden sie an einen oder beide Drehorte zurückkehren, um eventuell noch fehlende Einstellungen nachzuholen. Der Zeitplan erschien Tim recht großzügig angesetzt, doch als er zum Team stieß, das sich bereits vor dem Centrepiece versammelt hatte, ärgerte sich Raf, dass das Auto noch nicht eingetroffen war.

»Wenn man sich auf diese verdammten Einheimischen verlässt«, murmelte er, steckte seine Pilotensonnenbrille zornig ans Hemd und warf einen Blick auf sein Handy.

Tim nahm einen kräftigen Schluck aus einer Wasserflasche. Er hatte im Internet gelesen, dass es ratsam war, mehr zu trinken, als man für notwendig hielt, da die Dehydrierung schnell und unbemerkt einsetzen konnte. Ruth versuchte auf verschiedene Weise, ihre widerspenstigen Haare zu bändigen, was jedoch nicht recht gelingen wollte. Schließlich riss sie Tim spielerisch die Wasserflasche aus der Hand. »Es ist schon wieder viel zu heiß.«

»Wird ordentlich warm heute, wie die Geordies in Newcastle sagen«, bemerkte der Fixer.

»Woher wissen Sie, wie man in Newcastle spricht?«, konnte sich Tim nicht verkneifen zu fragen.

»Verwandte in South Shields«, erklärte der Fixer. Er kam nicht dazu, diese überraschende Mitteilung näher zu erläutern, da Raf ihn frustriert aufforderte, dem Fahrservice etwas Dampf zu machen. Als hätte er Zauberkräfte, schien der Fixer nur mit den Fingern schnippen zu müssen, und schon fuhr ein geräumiger Minivan beim Centrepiece vor. Sie stiegen ein, und Raf schien den Fixer fragen zu wollen, warum er das nicht gleich getan hatte, ließ es dann aber sein.

Tim saß zwischen Ruth und Bradley eingezwängt, der ein kleines Notizbuch in der Hand hielt. Soweit Tim erkennen konnte, las er immer dieselben paar Sätze und formte mit den Lippen gelegentlich lautlos ein Wort. Raf erhielt einen Anruf und teilte laut und deutlich jemandem, den er »Babe« nannte, mit, dass er sich in Dubai aufhielt. Der Fahrer fuhr offenbar in die falsche Richtung, denn der Fixer wies ihn in scharfem Ton auf Arabisch zurecht, worauf der Mann etwas murmelte und mitten auf der Schnellstraße wendete, was ein wütendes Hupkonzert zur Folge hatte. In Erwartung eines Zusammenpralls war Tim innerlich angespannt. Wenig später hielt er den Atem an, als der Fahrer erst im letzten Moment vor einer roten Ampel bremste.

»Der Typ ist ein bisschen …«, murmelte Tim zu Ruth.

»In Dubai ist das normal. Hier fahren die meisten so.«

»Warst du schon mal hier?«

»Ich hatte schon mal in der Stadt zu tun … ähm, für WorldWise, ist aber schon ein paar Jahre her. Ich hab sogar im selben Resort gewohnt. Die Stadt hat sich sehr verändert, mindestens tausend neue Gebäude.«

An der Sheikh Zayed Road folgte eine Baustelle der anderen. Männer in orangen Overalls saßen in ordentlichen Reihen wie Kinder in der Schule, während andere bei den Baggern standen.

»Würden sie alle zugleich arbeiten, wären sie schneller fertig«, meinte Raf.

»Sie machen Pause«, erklärte der Fixer. »Aber sie können nirgendwohin gehen, also setzen sie sich einfach hin.«

Als die beiden Fahrspuren zu einer zusammengeführt wurden, schleppte sich der Verkehr nur noch träge dahin, vorbei an Plakatwänden, auf denen für den neuen Hotel- und Freizeitkomplex Atlantis geworben wurde. Tim fragte sich, warum sie das Projekt nach einer versunkenen Stadt benannten, doch ein plötzlicher Druck auf der Blase ließ den Gedanken in den Hintergrund treten.

»Ist es noch weit?«, fragte er.

»Nein, überhaupt nicht«, versicherte der Fixer, »aber in Dubai misst man Entfernungen nicht nach Kilometern, sondern nach den Autos, die man vor sich hat.«

Sie hielten schließlich an einem zur Fußgängerzone umgestalteten Boulevard an, vor einer Ansammlung von Baumaschinen. Auf Gerüsten tummelten sich Dutzende Männer in Overalls. Als Tim den Blick nach oben richtete, erkannte er, wofür der ganze Aufwand gut war: Ein schlanker Wolkenkratzer ragte aus den Gerüsten hervor wie ein halb ausgepacktes Geschenk. Die Sonne knallte auf die Glasfront, und Kräne standen davor wie Bodyguards.

»Das ist der Burj Dubai«, erklärte der Fixer, »oder wird es einmal sein. Das höchste Gebäude der Welt.«

»Was kommt da rein, wenn's fertig ist?«

Der Fixer rümpfte die Nase. »Darüber haben sie sich noch nicht geeinigt.«

Tim warf einen Blick auf den Drehplan. »Sollten wir nicht in die Altstadt?«

Der Fixer nahm seinen Panamahut ab und machte eine ausladende Geste. »Das ist ein Missverständnis. Das ganze Projekt hier trägt den Namen *Old Town*: der Burj Dubai, die Dubai Mall und diese Wohnhäuser, die im Stil der klassischen arabischen Architektur gebaut werden. Das neue Einkaufszentrum dort wird wie ein traditioneller Souk gestaltet.« Aus unsichtbaren Lautsprechern klang Sitarmusik aus der Richtung, in die der Fixer deutete. Das Einkaufszentrum schien bereits fertig zu sein, auch wenn niemand zu sehen war.

»Gibt es nicht auch eine richtige Altstadt?«

»Das wirklich alte Viertel ist der Dubai Creek – ein Meeresarm, an dem die ersten Gebäude entstanden, aber keine Stadt im eigentlichen Sinn. Was sie hier ›wiederherstellen‹, hat es so nie gegeben.« Der Fixer gab ihnen ein Zeichen, dass sie ihm folgen sollten. »Egal. Es wird auch älter, je länger wir hier sind. Gehen wir.«

In einem Winkel des Boulevards stand ein großer World-Wise-Wohnwagen, wo Miles und Bradley – äußerlich ein ziemlich ungleiches Team – die Kameras aufstellten. Tim ging direkt zum Trailer, in dem ihn das vertraute Schnurren einer Klimaanlage empfing. Auf einem Tisch standen Imbisse und Getränke bereit. Aus einer Seitentür hörte er das Zischen von Wasserrohren. Auf einem Aufkleber auf dem WC-Spülkasten stand: »Wie sind Sie mit dieser Einrichtung zufrieden?« Tim hatte gerade angefangen zu pinkeln, mit dem wohligen Gefühl der lange aufgeschobenen Befriedigung, als er nebenan das Klacken hoher Absätze und zwei bekannte Stimmen hörte: Jason Streng und seine Agentin.

»Ich bin da in eine unmögliche Situation reingeschlittert«, klagte Streng. »So geht das nicht, okay? Es ist verdammt gefährlich.«

»Ich weiß, ich weiß«, beschwichtigte die Agentin, und Tim erkannte mit Schrecken, dass er sich in Strengs Wohnwagen befand, nicht in einem zur allgemeinen Benutzung, wie er gedacht hatte. »Es kommt nicht wieder vor.«

»Es *darf* nicht wieder vorkommen«, betonte Streng. Sein Akzent war von der Art, wie man ihn des Öfteren bei britischen Stars beobachten konnte, wenn sie einige Zeit in Hollywood gearbeitet hatten: die gepflegten britischen Vokale und die schleppende Westcoast-Sprechweise. »Es steht zu viel auf dem Spiel, Elaine.«

Tim überlegte verzweifelt, was er tun würde, falls jemand versuchte, die Tür zu öffnen. Ihm würde nichts anderes übrig bleiben, als zuzugeben, dass er ein Gespräch mitgehört hatte, das offensichtlich privat war und irgendein heikles Thema betraf. Sein Herzschlag galoppierte. Er klappte lautlos den Toilettendeckel nach unten, setzte sich darauf und versuchte, seine Atmung zu beruhigen. So verharrte er, während das Gespräch draußen weiterging. »Es sollte in dem verdammten Vertrag stehen«, insistierte Streng, und seine Agentin versicherte ihm, dass das der Fall sei. Dann verließen die beiden den Wohnwagen, Elaines Absätze klapperten auf den Stufen. Tims Erleichterung war so groß, dass ihm fast schwindlig wurde. Er wartete eine halbe Minute, dann schlich er ins Freie und duckte sich hinter den Wohnwagen, um nicht gesehen zu werden.

Doch niemand schaute in seine Richtung. Miles und Bradley waren in ein intensives Gespräch darüber vertieft, wo die Hauptkamera positioniert sein sollte. Miles deutete zur Sonne und schüttelte den Kopf; Bradley blickte durch die Kamera und überlegte. Raf sah gereizt auf seine Uhr. Tim ging zu ihnen hinüber und fragte sich, worüber Jason mit seiner Agentin gesprochen haben mochte.

Tims Erfahrung aus früheren Dreharbeiten hatte ihn gelehrt, dass es immer länger dauerte als vorgesehen. Und je mehr

Leute beteiligt waren, desto langsamer ging es. Dennoch war er überrascht, dass an diesem ersten Vormittag des millionenteuren Projekts absolut nichts aufgenommen wurde.

Die Crew war in ständiger Bewegung, besonders Ruth. Von Raf angetrieben, schaffte sie eine Flasche des walisischen Mineralwassers nach der anderen herbei. Sie besänftigte Elaine, die Agentin, die wiederholt einen Sonnenschirm verlangte, für den Fall, dass Jason in der Sonne stehen musste. Zudem war Ruth das Bindeglied zwischen Raf und den erstaunlich vielen zusätzlichen Mitarbeitern, die nach und nach am Set erschienen: eine Maskenbildnerin mit Fingernägeln so pink wie Kuchenglasur, eine Script/Continuity-Mitarbeiterin, die darauf zu achten hatte, dass sich in Bild und Text keine Fehler einschlichen, und ein Fotograf mit modischem Dreitagebart und Kakijacke. Trotz des Aufwands kam kein nennenswertes Ergebnis zustande – jedenfalls konnte Tim keines erkennen. Die Zeit verging damit, dass man Kameras in Stellung brachte und Positionen markierte, an denen Leute stehen sollten, um wenig später alles wieder zu verwerfen und von vorne zu beginnen. Bradley mit seiner Baseballkappe stand gestikulierend mittendrin und gab mit seiner näselnden Stimme Anweisungen. Miles, dessen Haartolle unter der Hitze litt, schleppte die schweren Kameras hin und her wie ein groß gewachsener Junge, der mit Modellautos spielte. Gelegentlich erschien auch Jason, beobachtete das Geschehen eine Weile – sein Gesichtsausdruck unergründlich hinter der dunklen Sonnenbrille – und verschwand wieder in seinem Wohnwagen. Dieser Zustand der geschäftigen Untätigkeit dauerte von halb zehn Uhr bis nach Mittag an.

Um halb eins wurde Jason aus seinem Trailer geholt und zur Ausgangsposition geführt. Bradley wies sechs Statisten an, im Hintergrund vorbeizugehen. Miles blickte durch die Kamera und gab das Daumen-hoch-Signal.

»Sind wir so weit?«, fragte Bradley.

Ruth stemmte die Hände in die Hüften, als ihr Blick auf einen jungen Statisten fiel. »Wie alt bist du?«, fragte sie den Jungen im schmutzigen Fußballtrikot mit den braunen Augen und dem melancholischen Blick.

»Sechzehn, Miss.«

»Wir können nicht zulassen … er kann nicht mitmachen«, wandte sie sich an Raf. »Wir haben keine Versicherung für Unter-Achtzehnjährige.«

»Bitte, Miss.« Der Junge machte einen Schritt auf Ruth zu; er war mindestens fünfzehn Zentimeter größer als sie. »Ich will unbedingt arbeiten. Meine Familie braucht das Geld.«

Ruth kaute an ihren Fingernägeln. »Das glaub ich schon. Die Sache ist die, wir dürfen nicht …«

»Bitte, Miss«, versuchte es der junge Mann erneut. »Ich bin der Einzige in der Familie, der Arbeit finden kann. Ich …«

»Ich kann es nicht zulassen!« Ruths Stimme wurde unangenehm schrill. Der Fixer trat dazwischen, fasste den Jungen mit festem Griff am Handgelenk und führte ihn weg. Der Junge protestierte in einer Sprache, die Tim nicht verstand, doch der Fixer brachte ihn mit ein paar belehrenden Worten zum Schweigen.

Um fünf vor eins waren sie endlich so weit, die erste Einstellung zu drehen. Erneut wurde Jason geholt, und Ruth trat mit dem Sonnenschirm an seine Seite. Bradley blickte noch einmal prüfend durch den Sucher der Kamera und zog sich auf seinen Posten im Schatten zurück. Miles, der sichtlich angespannt war, stellte sich hinter die Kamera und nickte.

»Okay«, rief Bradley. »Ton läuft. Kamera ab. Und …«

»Moment«, warf Jason ein, »was sage ich?«

»Hier steht's.« Tim ergriff die Gelegenheit, sich nützlich zu machen. »Ich kann Ihnen das Script …«

»Lesen Sie es ihm einfach vor«, verlangte Elaine. »So geht's am besten.«

Tim hatte tagelang an den wenigen Worten gefeilt und konnte sie aus dem Gedächtnis wiedergeben. »Wollen Sie etwas wirklich Unglaubliches hören? Bis 2016 wird ein Prozent der Weltbevölkerung mehr besitzen als die restlichen 99 Prozent zusammen. Klingt irre, oder? Aber wenn man es mit eigenen Augen sieht, lernt man, das Unglaubliche zu glauben.«

»Okay, Rain Man«, drängte Raf.

»Alles klar«, übernahm Bradley das Kommando, »legen wir los.«

»Wenn ich noch etwas sagen darf«, meldete sich die kleine Frau mit Pferdeschwanz zu Wort, die für Script/Continuity zuständig war. Sie hatte sich bis jetzt so still verhalten, dass Tim ganz vergessen hatte, dass sie da war. »Ich frage mich, ob es so gut ist, von ›etwas wirklich Unglaublichem‹ zu sprechen; man könnte annehmen, dass es tatsächlich nicht wahr ist.«

Tim fand es angebracht, seinen Text zu verteidigen – nicht so sehr, weil er von ihm stammte, sondern weil er den Zielen des Projekts entsprach. »Genau darum geht es eben – das Unglaubliche zu glauben. Wir weisen ganz bewusst darauf hin, wie unglaublich diese Tatsache ist.«

»Das ist mir schon klar«, räumte die Pferdeschwanz-Lady ein. »Ich hab mich nur gefragt, ob man es nicht etwas weniger drastisch formulieren könnte.«

»Ich glaube, man muss es genau so drastisch sagen, damit die Botschaft ankommt«, hielt Tim dagegen. »Der entscheidende Punkt ist eben, dass diese Armut ein Skandal ist.«

Tim setzte sich mit seinen Argumenten durch, doch es waren wieder einige Minuten vergangen. Erneut gab Bradley das Startkommando: »Ton läuft. Kamera ab. Und Action.«

Jason trat ins Bild. Tim spürte, wie ihn nun doch die Aufregung packte, trotz oder vielleicht auch wegen der vielen kleinen Probleme.

»Wollen Sie etwas wirklich Unglaubliches …«, begann Jason und gestikulierte vertraulich in die Kamera.

»Sorry, sorry«, unterbrach der Tontechniker. Von der Baustelle kam das Dröhnen eines Presslufthammers. Der Techniker nahm den Kopfhörer ab, Miles richtete sich hinter der Kamera auf und stemmte die Hände in die Hüften, und Bradley rieb sich die Stirn.

»Okay. Alle zurück an die Ausgangspositionen.«

»Mittagspause!«, verkündete Ruth mit einem Blick auf die Uhr.

Das eine Wort hatte eine äußerst motivierende Wirkung auf das Team. Alle verließen augenblicklich ihre Posten, wie Elfen, die plötzlich von einem bösen Zauber befreit waren. Elaine, die Agentin, führte Jason Streng vom Set, bevor irgendjemand mit ihm sprechen konnte. Raf und Bradley gingen, ins Gespräch vertieft, voraus; beim Rest des Teams zeichnete sich – so kam es Tim vor – eine eigene Hierarchie ab: Der Fotograf, die Script/Continuity-Lady und der Fixer ignorierten die einheimischen Crew-Mitglieder völlig. Tim trat an Ruths Seite.

»Möchtest du dich hinsetzen? Ich bringe dir etwas.«

Ruth sah ihn amüsiert an. »Ich bin kein Versorgungsfall, um den sich die Hilfsorganisation kümmern muss.«

»Nein, nein.« Tim nahm die Brille ab. »Ich wollte nur …«

»Ich bin so etwas gewohnt«, versicherte Ruth. »Das gehört zu meinem Job. Es ist nur so verdammt heiß. Ich schwitze wie ein … wie sagt man?«

»Äh … wie ein … schwein?«

»In der Sauna, ja.« Ruth wischte sich die Hände an ihrem Top ab. »Oh, scheiße.«

Als sie sich vorbeugte, um sich ein Tablett zu nehmen, ließ sie ihre große, unpraktische Tasche fallen, und ihre Sachen verteilten sich auf dem Boden des Catering-Trucks: Münzen und Rechnungen, Lippenbalsam, eine Einwegkamera, ein dicker historischer Roman, ein verblasstes Foto eines etwa elfjährigen Jungen. Tim bückte sich, um ihr beim

Aufheben zu helfen, und verlor dabei seine Brille. Zusammen sammelten sie ihre Sachen auf und bemühten sich, den anderen aus dem Weg zu gehen, die sich bei der Essensausgabe anstellten. Ruth lächelte dankbar.

»Du bist echt in Ordnung.«

»Ist es immer so chaotisch?«, fragte Tim.

»Das mit dem Jungen war schlimm.« Sie stockte einen Moment. »Das war keine normale Situation. Andererseits ist nichts hier normal, weil es bei diesem Projekt ein Problem …«

Sie brach das Gespräch ab, als Raf zu ihnen trat. Wie immer wirkte er leicht geringschätzig und zugleich ungeduldig. »Ruthie.«

»Ich heiße Ruth, danke.«

»Ruth. Ich bitte um Verzeihung. Darf ich fragen, warum wir einen Drehort haben, an dem wir alle zehn Minuten von Baustellenlärm unterbrochen werden?«

»Tut mir leid.« Ruth breitete entschuldigend die Arme aus. »Ich bin davon ausgegangen, dass der Drehort in der Altstadt liegt, nicht im Stadtzentrum.«

Raf schüttelte nur den Kopf und ging. Tim überlegte, was er ihr sagen sollte, doch Ruth drehte sich um und verschwand. Er holte sich etwas zu essen und setzte sich an einen Tisch zu einem Mann, der sich als Ian vorstellte. Er hatte eine ähnliche Statur wie Jason Streng und die gleiche Hautfarbe, sah jedoch nicht ganz so gut aus. Tim erkannte, dass der Mann Jasons Double sein musste.

»Freuen Sie sich darauf?«, fragte Tim, da ihm nichts anderes einfiel.

»Total«, versicherte Ian. »Ein echt cooler Job. Waren Sie schon mal in der Gegend?«

»Nein, noch nie«, bekannte Tim.

»Ich war vor zwei Jahren mal hier«, erzählte das Double. »Bei Freunden, die bei der Deutschen Bank hier arbeiten. Die feiern freitags immer diese Bubble Partys. Freitag ist ja so was wie der heilige Tag hier. Also treffen sich die Briten, Aussies und so weiter und ziehen von einem Hotel zum nächsten, zum Brunch. Aber Brunch ist eigentlich nur ein Codewort dafür, sich nach allen Regeln der Kunst zu betrinken.«

»Klingt toll.«

»Sie sollten mal erleben, wie es hier zu Weihnachten zugeht, ehrlich. Da treffen sie sich schon um neun Uhr früh und knallen sich die Birne zu.«

»Cool«, bemerkte Tim.

»Und Silvester. Ehrlich, Kumpel. Da ist so gut wie jeder – und ich übertreibe nicht …«

Tim schob eilig eine Frage in die kleine Pause ein, die der Mann machte. »Haben Sie so etwas … also so was wie das hier schon mal gemacht?«

»Nacktaufnahmen? Is' meine Spezialität, Kumpel. Ich hatte ein paar Szenen in *Hollyoaks*, ein paar Werbespots, alles nackt. Sicher will man irgendwann auch anders anerkannt werden, als jemand, der auch angezogen gut rüberkommt, der alles Mögliche spielen kann.

Ich hab früher im Fitnessbereich gearbeitet, als Personal Trainer. Das mach ich immer noch gelegentlich. Falls Sie mal Bedarf haben …«

Ian fischte in seiner Hosentasche nach einer Visitenkarte – etwas, das ihm während seiner Arbeit auf dem Set schwer möglich wäre, dachte Tim. Er war erleichtert, als Ruth verkündete, dass die Mittagspause vorüber war.

Sie nahmen die Arbeit wieder auf, und Raf war wegen der verlorenen Zeit so gereizt, dass er jeden anschnauzte, der ihm über den Weg lief. Miles und Bradley begannen aufs Neue mit dem Aufstellen der Kameras, murmelten vielsagend und blickten zur Sonne, deren bloße Existenz sie als Zumutung zu empfinden schienen. Raf sah immer öfter auf die Uhr und seufzte ungeduldig, wie ein Teenager, der gezwungen war, an einem langweiligen Familientreffen teilzunehmen.

»Wir stehen hier ja nicht herum und drehen Däumchen«, erklärte Miles mit unerschütterlicher Ruhe. Er hatte oft genug mit Leuten zu tun gehabt, die ihn zur Eile drängten. »Wenn wir die Sache nicht richtig vorbereiten, kommt nichts Vernünftiges dabei raus.«

Sie hatten den Drehort nur bis vier Uhr zur Verfügung, und es war schon zwei. Der Fixer und Ruth zogen los, um eine Verlängerung auszuhandeln, obwohl die Wahrscheinlichkeit, dass das klappen würde, nach Meinung des Ersteren ungefähr so hoch war wie die, dass es hier zu schneien anfing. Die scherzhafte Bemerkung des Fixers trug nicht gerade zur Verbesserung von Rafs Stimmung bei. Tim fragte sich, warum sie – wenn die Zeit so sehr drängte – nicht früher am Morgen angefangen hatten und warum eine ganze Stunde

Mittagspause notwendig war, da sie doch ohnehin am Set aßen. Er versuchte, sich nützlich zu machen, indem er kleinere Arbeiten übernahm, die normalerweise Ruth erledigte. Er brachte der Crew Wasser und nahm eine Taxirechnung von einem Statisten entgegen, um sie an Ruth weiterzugeben, sobald sie zurück sein würde. Als Jason – wie immer in Begleitung seiner Agentin – aus seinem Wohnwagen kam, stand ihm Tim mit dem Sonnenschirm zur Seite. So kam er dem Filmstar zum ersten Mal ganz nahe, wenn man davon absah, dass er irrtümlich seine Toilette benutzt hatte. Als sie zum Set gingen, fühlte sich Tim, als würde er die Sänfte eines Papstes tragen. Er blickte zu Boden, um sich an die Regel zu halten, dass niemand direkt mit dem Starschauspieler reden durfte. Umso überraschter war er, als Jason ihn ansprach.

»Sind Sie als Set-Runner hier?«

»Nein. Ich bin der Texter des Spots. Tim Callaghan.«

»Freut mich.« Jason Streng schüttelte ihm die Hand. Die Agentin musterte Tim, wie um zu prüfen, ob er diese Ehre verdiente.

»Es gibt keine Runner«, bemerkte sie mit einem vielsagenden Blick zu Jason. »Wir haben ja besprochen, warum.«

»Oh, verstehe.« Jason Streng verfiel in nachdenkliches Schweigen. Tim fragte sich, was das zu bedeuten hatte, und dachte an das Gespräch, das er mitgehört hatte. Doch im Moment war keine Zeit für solche Rätsel – die Dreharbeiten würden jeden Moment beginnen. Elaine, die Agentin, rief Jason seinen Text in Erinnerung. Die Maskenbildnerin fummelte kurz und ohne große Wirkung an seinem Gesicht herum, und die Script/Continuity-Lady machte eine nichtssagende Bemerkung von wegen »Integrität«, die keiner beachtete.

»Ton läuft, Kamera ab. Und Action«, rief Bradley.

»Wollen Sie etwas wirklich Unglaubliches hören?«, begann Jason, und Tim beobachtete staunend, wie der Schauspieler, der eben noch so apathisch gewirkt hatte, mit der größten Selbstverständlichkeit in die Kamera sprach. »Bis 2016 wird …«

»He, halt!«, rief Miles. »Verdammt, zu spät. Jemand ist ins Bild gelaufen.«

Es war Ruth, die von ihrer Mission zurückgekehrt war. Ihr T-Shirt war schweißnass, und nach ihrer Körpersprache hätte man denken können, sie wäre seit Tagen auf den Beinen gewesen, nicht seit einigen Stunden. Als Miles ihr zurief, blickte sie auf und merkte, dass sie ins Bild getappt war, doch es war bereits zu spät. Sie mussten noch einmal von vorne anfangen.

»Sorry.«

»Herrgott, Ruth.« Raf stemmte die Hände in die Hüften. »Hast du uns wenigstens mehr Zeit verschafft?«

»Es ist nicht möglich«, berichtete Ruth.

»Ein schöner Schlamassel«, murmelte Miles ungerührt.

»Der Fixer ist noch dort und verhandelt weiter. Er bietet ihnen etwas an … ein …«

»Bestechungsgeld?«, warf Tim ein.

»Ein U2-Konzert«, erklärte Ruth. »Er bietet ihnen Logentickets für U2. Aber die Sache ist noch nicht entschieden.«

»Oh, ich mag U2«, meinte der Tontechniker. »Ich meine, weniger die neuen Sachen, aber …«

»*Joshua Tree*«, stimmte Miles zu. »Ein Klassiker der Popmusik. Ich hab sie mal gesehen …«

»Himmel, Arsch und Zwirn!«, platzte Raf heraus. »Wir haben noch zwei Stunden hier und so gut wie nichts im Kasten, weil anscheinend niemand hier seinen verdammten Job machen kann. Jetzt rennen auch noch die eigenen Leute durchs Bild. Sind hier lauter Amateure versammelt?«

»Wir drehen hier nicht Däumchen«, stellte Miles seelenruhig klar. »Wenn die Kameras nicht richtig stehen, wird das nichts.«

»Wenn wir so weitermachen, wird es sowieso nichts«, schnappte Raf.

»Ich drehe hier einen Werbespot!«

Der laute Protest kam von dem bisher stets schweigsamen Bradley. Seine entschiedene Stimme sorgte augenblicklich für Stille auf dem Set. Nur der ferne Ruf des Muezzin und das Dröhnen der Baumaschinen war zu hören.

»Das ist kein Highschool-Projekt!«, legte Bradley nach und nahm die Baseballkappe ab. Der Schweiß glitzerte auf seiner hohen Stirn. »Hier geht es um Millionen Dollar! Ich werde jede Einstellung so drehen, wie es sich gehört – und wenn wir bis Thanksgiving hier sind!«

»Ich weiß nicht, wann Thanksgiving ist«, warf Raf ein, »aber …«

»Vielleicht sollten Sie mal auf dem Kalender nachsehen, Freundchen!«, blaffte Bradley, und obwohl die Bemerkung seinem Standpunkt kaum zusätzliches Gewicht verlieh, drehte er sich um und ging, als hätte er den Disput für sich entschieden. Die gesamte Crew sah ihm nach, als er zum World-Wise-Trailer tappte – mit so kleinen Schritten, dass man glaubte, er würde jeden Moment umkehren –, bis er schließlich im Wohnwagen verschwand und die Tür zuknallte.

»Das war'n ausgewachsener Wutanfall«, bemerkte Ruth in ihrem irisch-amerikanischen Singsang.

»Und ich hab gedacht, ich hätte schon alles erlebt«, murmelte Raf.

Einen Augenblick herrschte völlige Stille; das unentwegte Brummen und Dröhnen rund um den Set war verstummt. Die einheimischen Crew-Mitglieder senkten die Köpfe, als gehöre es sich nicht, die Szene zu beobachten. Miles und der Tontechniker sahen einander ratlos an. Tim spürte, dass niemand wusste, wie es weitergehen sollte.

»Ich rede mit ihm«, hörte er sich sagen.

Erst als er vor dem Trailer stand, fragte er sich, warum er sich einmischte, doch er tat das nicht zum ersten Mal. Er war immer schon ein Vermittler und Friedensstifter gewesen. Einmal hatte er einen Streit um ein Taxi zwischen dem betrunkenen Rod und einem Fremden geschlichtet, der sonst zu einer Prügelei geführt hätte. Manche sahen darin eine bewundernswerte Selbstlosigkeit, dabei hatte es viel mehr mit Selbstschutz zu tun, damit, dass er Streit nicht ertrug und Auseinandersetzungen zu unterbinden versuchte.

Niemand weiß, wie Bradley reagiert, ging es Tim durch den Kopf, als er den Wohnwagen betrat. Vielleicht war er so wütend, dass er den Nächstbesten niederschlug oder mit Gegenständen um sich warf. Doch der Regisseur saß ganz ruhig auf einem Stuhl, sein kleines Notizbuch in den zitternden Händen. Er sah Tim fast dankbar an.

»Alles okay?«

Schweigen.

»Ich will nur eins«, begann Bradley. »In Ruhe arbeiten. Sonst verlange ich nichts. Ich will nur, dass die Leute ein bisschen Geduld haben. Das ist alles.«

»Ich glaube, wir stehen alle ein bisschen unter Druck«, meinte Tim.

»Sicher, weil …« Bradleys Stimme schwankte. »Ich will hier einfach nur einen Werbespot drehen.«

»Ich weiß.« Tim tippte ihm freundschaftlich auf die Schulter. Die Geste schien Bradley wachzurütteln, und er erhob sich vom Stuhl. »Es geht halt ein bisschen chaotisch zu«, setzte Tim hinzu. »Und die Hitze ist auch nicht ohne.«

»Klar«, räumte Bradley ein. »Ist cool, dass du gekommen bist«, fügte er hinzu, als hätte Tim eine lange Reise auf sich genommen, um mit ihm zu sprechen. »Okay. Wir ziehen das Ding durch. Ich bin gleich so weit.«

Während Tim zum Set zurückging, fragte er sich, ob Bradleys kurzer Wutausbruch wirklich nur mit Rafs Ungeduld und den kleinen Widrigkeiten bei den Dreharbeiten zu tun hatte, oder ob es noch einen anderen Grund gab, den er nicht kannte. Hing es vielleicht mit den Andeutungen zusammen, die der eine oder andere gemacht hatte und die für Tim keinen Sinn ergaben? Nicht zum ersten Mal hatte er das

Gefühl, dass etwas Unausgesprochenes in der Luft lag. Aber fürs Erste hatte er die verfahrene Situation gerettet. Er spürte die Erleichterung der Gruppe, als er die Nachricht überbrachte, dass Bradley gleich zurückkommen würde. Die Dreharbeiten wurden mit neuer Entschlossenheit wiederaufgenommen. Die Streithähne waren offenbar bereit, an einem Strang zu ziehen. Tim spürte, dass ihm die anderen mit einem Respekt begegneten, den er durchaus genoss.

Am späten Nachmittag fuhren sie im dichten Verkehr zurück ins Village, und Tim bewunderte mit dem Gesicht am Fenster die vielfältigen Gebäude entlang der Straße. Der Himmel war immer noch strahlend blau, und die Hitze hatte die Stadt in ihren Klauen, obwohl es im klimatisierten Auto fast zu kalt war. Ruth, die eben noch ausgesehen hatte, als würde sie gleich in Flammen aufgehen, hüllte sich in eine Strickjacke.

In den letzten zwei Stunden waren sie gut mit der Arbeit vorangekommen, und am Ende hatten sich die Hauptakteure zögernd die Hand gegeben. Doch obwohl sie es nicht allzu eilig hatten, ins Resort zurückzukehren, verschlechterte sich Rafs Stimmung aufs Neue, weil der Verkehr so zäh floss.

»Eine Scheißstadt ist das hier«, ätzte er.

»Es tut mir leid, dass sie Ihren Ansprüchen nicht gerecht wird«, bemerkte der Fixer zum ersten Mal mit einer gewissen Schärfe.

»Wissen Sie, was ich gelesen habe? In den Wohnvierteln haben die Straßen gar keine richtigen Namen – die Adressen der Leute sind irgendwas wie D23 oder so. Das macht es verdammt schwer, ein bestimmtes Haus zu finden. Letztes Jahr ist ein Kind beim Essen erstickt. Der Rettungswagen konnte das Haus einfach nicht finden, obwohl die Eltern den Sanitätern den Weg wiesen – ›Links … an der Kreuzung rechts … bei welcher Nummer sind Sie jetzt?‹ – und das zwanzig Minuten lang. Sie fragten, welche markanten Gebäude man vom Wagen aus sieht, aber da war nichts. Als der Rettungswagen endlich ankam, war es zu spät. Ich geb zu, ich hab mir fast in die Hose gemacht vor Lachen. Ein toller Stoff für eine Sitcom.«

»Sie haben das System verbessert«, erwiderte der Fixer leise.

»Where the Streets Have No Name«, begann Raf zu singen.

Tim spürte, wie sich Ruth neben ihm anspannte. »Vorhin hatte ich nicht den Eindruck, als wären Sie ein Fan von U2«, bemerkte er als kleinen Seitenhieb auf Rafs geschmacklosen Witz.

Raf drehte sich auf dem Beifahrersitz zu ihm um. »Wissen Sie, was ich vorhin gesehen habe? Wie Sie in Jason Strengs Trailer reinspaziert sind. Was zum Teufel hatten Sie da drin zu suchen?«

Tim schluckte. »Ich …«

»Haben wir nicht ausgemacht, dass das tabu ist?«

»Ich habe eine Toilette gesucht.«

»Okay, vielleicht bitten Sie nächstes Mal einen Erwachsenen um Hilfe«, ätzte Raf.

Tims Wangen brannten. Es war so still im Auto, dass er seinen Herzschlag in den Ohren hörte. Raf war nicht einmal sein Vorgesetzter bei dem Projekt, wie er es für die anderen Crew-Mitglieder war. Tim war hier, weil der Spot sein Werk war; er stand eigentlich auf einer Stufe mit Raf. Er blickte sich im Wagen um: Ruth verzog mitfühlend das Gesicht, doch sonst sah ihm keiner in die Augen. Bradley starrte in sein Notizbuch. Miles spielte mit seinen Haaren und versuchte, seine Tolle wieder in Form zu bringen. Der Fixer sah aus dem Fenster auf den hektischen Verkehr hinaus, auf die Minarette, die Plakatwände und die leeren Flächen, auf denen sich Arbeiter und Baumaschinen tummelten. Niemand hätte sagen können, wo er mit seinen Gedanken war.

6

Niemand

Christian Roper tippte so energisch gegen sein Glas, dass Tim fürchtete, es könnte zersplittern. Obwohl er bereits einigermaßen betrunken war, staunte Tim darüber, dass all diese Menschen, die er eben erst kennengelernt hatte, hier in seinem Zimmer versammelt waren. Doch nach diesem langen gemeinsamen Tag und den vielen intensiven Eindrücken empfand er sie nicht als fremd. Vielmehr konnte er kaum glauben, dass er sie erst seit drei Tagen kannte.

»Auf euch alle, die ihr euch heute den Arsch abgearbeitet habt. Ich kann euch versichern, dass sich Blut, Schweiß und Tränen lohnen.«

Nachdem sie ins Village zurückgekehrt waren, hatten sie sich mit den Ropers in einem Restaurant am Strand getroffen, wo ein abgetrennter Bereich für sie reserviert war. Tim war besorgt gewesen, Jo könnte nicht gut auf ihn zu sprechen sein, während er sich insgeheim ein klein wenig die Hoffnung bewahrt hatte, dass es noch einmal zwischen ihnen funken könnte. Doch dann war weder das eine noch das andere der Fall gewesen: Jo hatte ihn mit einem höflichen Lächeln begrüßt und sich dann wieder ihrem Gespräch zugewandt. Nach dem Dinner war sie mit Raf an den Strand geschlendert, um eine Zigarette zu rauchen. Tim sah die beiden vor dem Hintergrund des Burj Al Arab stehen, das in verschiedenen Rottönen beleuchtet war. Dass sie so ungezwungen und vertraut miteinander umgingen, machte Tim ein wenig eifersüchtig, auch wenn er sich deswegen dumm vorkam.

Vielleicht hatte ihn das zusammen mit seiner leichten Betrunkenheit bewogen, sein Chalet anzubieten, als jemand einen letzten Drink vor dem Schlafengehen vorschlug. Der Sonnenuntergang teilte den Himmel in Schichten aus Blau und Rot, bevor es endgültig Nacht wurde und sich der Sternenhimmel über das Meer spannte. Außer Jason und seiner Agentin waren noch alle da. Aufgrund der Öffnungszeiten des Golfklubs würden die Dreharbeiten morgen erst mittags beginnen.

»In meine Hütte können wir nicht«, stellte Bradley vehement klar, um dann erklärend hinzuzufügen: »Im Moment ist es gerade ein bisschen chaotisch.«

»Kümmert sich Ashraf nicht darum?«, fragte Tim überrascht. »Bei mir räumt er auf, als ginge es um sein Leben.«

»Dann auf zu Tims Bude!«, blökte Raf in die Runde. Tim verstand es als eine Herausforderung und stimmte ohne zu überlegen zu.

In den ersten Minuten fühlte es sich eigenartig an, sie alle hier versammelt zu sehen: Der berühmte Christian Roper kniete vor seiner Minibar, um Getränke zu holen, Ruth regelte dic Klimaanlage so gekonnt, wie Tim es nie zustande bringen würde, und der Fixer antwortete ausweichend auf die Fragen, wo er wohnte und was er mit seiner Zeit anstellte. Doch das Chalet gehörte Tim ja nicht und wurde von Ashraf jeden Tag in den vollkommen neutralen Zustand zurückversetzt, in dem Tim es zum ersten Mal betreten hatte. Seine Kleidung lag zusammengefaltet an einem Platz, wo die anderen sie nicht sehen konnten. Das Badezimmer war makellos sauber. Als ein Mädchen im grünen Shirt erschien, um Getränkenachschub zu bringen und einen Zufriedenheitsfragebogen zurückzulassen, fühlte sich Tim bereits hundertprozentig entspannt.

Im Hintergrund lief leise Musik, einige spazierten hinaus auf die Terrasse und kamen wieder herein. Tims Uhr meldete mit einem zweifachen Piepton, dass es Mitternacht war, und wenig später schlug Raf mit der Bierflasche in der Hand ein Spiel vor.

»Ich hab ’ne Idee. Erinnert ihr euch noch, was der Mann hier am ersten Abend von uns wollte? Ein persönliches Detail.« Er schaute in die Runde. »Okay, dann lassen wir mal die Märchen beiseite. Wie wär’s, wenn wir eine *wahre* Tatsache aus unserem Leben erzählen. Etwas *wirklich* Interessantes. Eine Geschichte. Ein Geheimnis.«

Tim sah Raf an, der bereits ziemlich betrunken klang. Der Augenkontakt war folgenschwer. Raf streckte den Arm aus und gab ihm einen kumpelhaften Klaps auf die Wange. »Na los, mein lieber Gastgeber. Willst du nicht anfangen?«

Einmal mehr hatte Tim trotz seines etwas benebelten Zustands das sichere Gefühl, herausgefordert zu werden. Das Alphatier der Gruppe stellte ihn auf die Probe, doch in der gelösten Atmosphäre versicherte ihm sein Gehirn, dass das kein Problem war und er alles sagen konnte, was ihm in den Sinn kam.

»Okay. Mein Bruder … ich und mein Bruder Rod, wir waren die besten Kumpel. Wir machten alles zusammen. Lachten über dieselben Witze. Er nahm mich mit in Bars und auf Festivals. Alles Mögliche. Und dann, vor einigen Jahren, verloren wir uns aus den Augen. Er arbeitete in der Londoner City und ging dann ins Ausland. Brach alle Kontakte ab. Wir wissen nicht mal, was er gerade macht. Irgendwas mit Geld. Wir hören vielleicht einmal im Jahr von ihm. Und ich vermisse ihn.«

Tim war sich nicht sicher, ob er sich verständlich ausgedrückt hatte, doch die Geschichte schien gut anzukommen. Christian Roper, der die Hemdsärmel aufgekrempelt hatte, als wolle er hier und jetzt einen Brunnen graben, räusperte sich vernehmlich.

»Ich erzähle euch mein Geheimnis«, begann Christian. »Ich finde diesen ganzen Besitz selbst irgendwie abstoßend … dass wir alle so viel haben. Etwas gegen die Armut zu tun … für mich ist das kein Hobby.«

»Das ist kein Geheimnis, Liebling«, warf Jo ein und drückte ihre Zigarette in einer von Tims Tassen aus.

»Nein«, räumte Christian ein, »aber ich glaube trotzdem, dass den Leuten nicht bewusst ist …«

»Moment mal«, fiel ihm Raf so rüpelhaft ins Wort, dass Tim überrascht war, auch wenn er vom Produktionsleiter einiges gewohnt war. »Glauben Sie nicht, dass das alles hier – dieser Wohltätigkeitsscheiß – am Ende ein Fass ohne Boden ist?«

»Was genau meinen Sie damit?«, erwiderte Christian. Tim versuchte, in seinem umwölkten Zustand zu erkennen, ob Christian sauer war, doch der Sinn für solche Feinheiten war ihm inzwischen abhandengekommen. Immerhin bekam er mit, dass sich Ruth ins Schlafzimmer zurückgezogen hatte und nun mit dem Gesicht nach oben offenbar wach auf dem Bett lag.

»Ich meine … ich weiß nicht«, stammelte Raf. »Dass wir dafür verantwortlich sein sollen. Okay, ich verstehe, warum Sie das tun. Aber ich fürchte, die Welt ist nun mal am Arsch.« Er deutete auf den Couchtisch, als wäre er eine Karte des dem Untergang geweihten Planeten. »Afrika … der Nahe Osten. Krankheiten, Seuchen, überall sterben Kinder.« Er redete mit der typischen Eigenart des Betrunkenen, immer wieder unmotivierte Pausen einzulegen, um dann – kaum dass ein anderer etwas sagen wollte – doch wieder weiterzusprechen. »Humanitäre Hilfe gibt es schon so lange. Aber die Leute bleiben so … verstehen Sie? Was ich sagen will – es tut mir nicht leid, dass ich im schöneren Teil der Welt lebe. Ich entschuldige mich nicht dafür. Anderswo sterben Kinder. Die Welt ist nicht gerecht. Wird sie nie sein. Ist nicht unsere Schuld.«

Christian Roper breitete die Hände aus. »Okay, dann sind wir uns heute wohl nur einig, dass wir uns nicht einig sind.«

Einige Sekunden verstrichen, bevor Miles eine Geschichte erzählte, wie er sich einmal auf eine Schnecke gesetzt und dann behauptet hatte, seine Schwester wäre es gewesen – so überzeugend, dass sie es selbst heute, nach dreißig Jahren immer noch glaubte. Alle lachten. Der peinliche Beigeschmack, den das vorhergehende Thema hinterlassen hatte, war weggewischt. Zumindest hatte Tim diesen Eindruck – doch er nahm alles nur noch durch einen Schleier wahr, der die harten Konturen der Wirklichkeit auf angenehme Weise verhüllte.

Später – als es wegen der Ereignisse wichtig wurde – versuchte Tim sich zu erinnern, in welcher Reihenfolge die Leute gegangen waren. Bradley hatte das Haus als Erster verlassen, dessen war er sich ziemlich sicher, und der Fixer war wenig später wort- und grußlos verschwunden. Danach waren Christian, Jo und Raf gemeinsam auf die Terrasse hinausgegangen und nicht wieder zurückgekommen. Die intimen Momente mit Jo erschienen Tim ferner denn je. Mit einem schmerzlichen Gefühl in der Magengegend zwang er seine Gedanken in eine andere Richtung.

Eine seltsame Leere hatte sich über den Raum gesenkt. Die Teppiche zeigten noch die Abdrücke der Gäste, die Luft war noch aufgeladen von hitzigen Gesprächen. Doch zwei waren noch da. Miles hatte sich aus riesigen Kissen ein Bett zurechtgemacht, lag mitten im Wohnzimmer angekleidet mit dem Gesicht nach unten und schnarchte wie ein Riese im

Märchen. Ruth war nach wie vor im Schlafzimmer. Tim erhob sich von der Couch, um mit ihr zu sprechen, doch sein Gehirn und sein Bauch schickten ihm Warnsignale, und er ließ sich wieder niedersinken.

»Ich schlafe hier«, erklärte sie, »außer es ist dir nicht recht.«

»Nein, ich schlafe einfach auf der Couch.«

»Du kannst ruhig reinkommen. Ich meine, das Bett ist groß genug für …«

»Kein Problem. Wirklich.«

Er war sich nicht sicher, ob er sie damit vor den Kopf stieß, und es ärgerte ihn, dass er zu betrunken war, um es beurteilen zu können. Doch nach dem, was er sich mit Jo geleistet hatte, erschien es ihm ratsam, vorsichtig zu sein. Ruth schlief ohnehin schon fast, und er würde auch schnell einschlafen.

Er stand noch einmal auf und sah sich um: Seine neuen Freunde hatten sein Bett und den Fußboden im Wohnzimmer in Beschlag genommen. Überall standen Flaschen und behelfsmäßige Aschenbecher herum. In der Luft hing der abgestandene Geruch einer beendeten Party, der in einigen Stunden ein Gefühl von Reue und Ekel hervorrufen würde. Unvermeidlich, wie Tim aus Erfahrung wusste. Es war halb drei Uhr nachts in Dubai, also halb zwölf zu Hause. Er schrieb Pete eine kurze Nachricht: *Es ist verrückt hier!* Ein Tippfehler machte daraus »verfückt« – er schickte die SMS versehentlich ab und ließ eine zweite folgen, um es richtigzustellen. Dann zog er sich bis auf die Unterhose aus und legte seine Sachen neben die Couch, die sich als ebenso bequem herausstellte wie das Bett.

Nach und nach sank er in den Schlaf, doch er wachte immer wieder kurz auf und dämmerte eine Weile im Halbschlaf dahin. Irgendwann tappte er ins Badezimmer und drückte den falschen Schalter, worauf das Schlafzimmer taghell erleuchtet wurde. Ruth rührte sich im Bett und murmelte etwas, und Tim entschuldigte sich. Als er zurückkam, war sie wach, und er setzte sich zu ihr auf die Bettkante. Die Uhr auf dem Nachttisch zeigte 04:15 Uhr an; er hatte kaum zwei Stunden geschlafen.

»Du … ähm, rennst viel herum in der Nacht, oder?«, murmelte Ruth.

Sie unterhielten sich ein paar Minuten, Ruth mit der Bettdecke über die Schultern gezogen. Sie forderte ihn erneut auf, ins Bett zu kommen, auch diesmal offenbar aus rein praktischen Gründen. »Warum nicht? Es ist groß genug«, meinte sie, wirkte jedoch nicht beleidigt, als er es sich wieder auf der Couch bequem machte – wie immer an fremden Orten mit den Händen über den geschlossenen Augen.

Draußen rief der Muezzin, und Sonnenlicht flutete durch die Fenster herein. Tims Darm fühlte sich unangenehm voll an, und sein Kopf dröhnte fast schadenfroh. Er sah auf die Uhr: kurz nach neun, obwohl es sich anfühlte, als hätte er nur ein paar Minuten geschlafen. Er zwang sich aufzustehen und registrierte zwei Dinge: Die Tür stand einen Spaltbreit offen, und Miles lag nicht mehr auf dem Fußboden. Ansonsten war alles wie zuvor; Ruth lag immer noch in seinem Bett, den Kopf ins Kissen vergraben. Später wollte es ihm so vorkommen, als habe er schon etwas geahnt in den Sekunden, als er seine Jeans aufhob – worauf eine Handvoll Pennys und Dirhams aus den Taschen über den Boden kullerten –, sich anzog und ins Freie trat, um frische Luft zu schnappen. Als habe er irgendwie gespürt, dass etwas nicht stimmte.

Die Luft war nicht wirklich frisch. Der neue Tag brachte eine Hitze, wie sie sich an den vorangegangenen Tagen nur angedeutet hatte. Das Licht wirkte grell und hart. Außerhalb dieser kleinen Gruppe von Chalets würde das Village bald zum gewohnten Leben erwachen: Die Liegestühle würden im gleichen Muster wie immer aufgestellt werden, die blitzenden Cocktail-Shaker würden auf den Theken bereitstehen, die Swimmingpools würden blau schimmern, so einladend wie frisch gemachte Betten.

Ashraf war der Erste, den er sah: Er stand vor Chalet Nummer sieben. Tim wollte ihm einen Gruß zurufen, der ihm jedoch im Hals stecken blieb. Ashraf fasste sich mit beiden Händen an den Kopf, als wolle er sich alle Haare auf einmal ausreißen. Er schwankte wie ein Seekranker und schien Tim kaum zu erkennen. Der Reinigungswagen stand ein Stück entfernt.

»Ashraf, ist alles in Ordnung?«

Als der Mann auf die offene Haustür deutete, beschlich Tim eine dunkle Vorahnung. Ashraf rang nach Luft und brachte kein Wort heraus. Das Haus zu betreten hatte etwas Beängstigendes, doch Tim sah keine andere Möglichkeit.

Langsam trat er durch eine Tür wie die zu seinem eigenen Chalet. Auf einer Seite lag das Wohnzimmer, auf der anderen das Schlafzimmer. Er ging ins Schlafzimmer. Raf Kavanaghs Kleider waren neben dem Bett verstreut, Uhr und Handy hingegen lagen ordentlich auf dem Nachttisch. Sein Radiowecker zeigte eine absurde Uhrzeit an: 08:88 Uhr. Tim ging zum angrenzenden Badezimmer und wischte sich die feuchten Hände an seinem Hemd ab. Aus reiner Gewohnheit klopfte er an die Tür. Keine Reaktion. Er nahm die Brille ab, setzte sie wieder auf und drückte die Tür auf.

Mitten im Badezimmer befand sich ein Whirlpool – drinnen lag Raf Kavanagh schlaff an die Fliesen des Beckenrands gelehnt. Seine Augen waren starr und leblos, der Mund halb geöffnet. Es gab keinen Zweifel: Er war tot. Tim wollte etwas sagen, da wurde ihm mit einem Gefühl, wie er es noch nie erlebt hatte, bewusst, dass niemand da war. Niemand, mit dem er sprechen konnte.

Teil 2

7
Close-up

Sie fuhren durch die sich herabsenkende Dunkelheit. Niemand sprach. Das Fahrzeug schnurrte über Palm Island. Sie begegneten nur wenigen Autos. Die ganze Anlage schien wie für diesen einen Wagen und diese Fahrt gemacht. Tim vermutete, dass er es deshalb so empfand, weil er sich wünschte, nie anzukommen. Es war recht bequem in dem Fahrzeug. Aus den Armlehnen ragten mehrere Flaschen walisisches Quellwasser, zudem war der Wagen mit einem silberfarbenen Laptop ausgestattet. Solange sie hier drin saßen, konnte nichts Schlimmes geschehen.

Die Ropers bewohnten das oberste Stockwerk eines marmorweißen Hochhauses, dessen Sicherheitsscheinwerfer sofort angingen, als sie aus dem Auto ausstiegen, so als hätten sie etwas verbrochen. Der Fixer gab einem Mann im dunklen

Anzug hinter der Tür ein Zeichen; der fuhr mit der Hand über ein Bedienungsfeld, um die automatischen Türen zu öffnen. Ein Messingschild über dem Tresen hieß sie in den NIRVANA APARTMENTS willkommen. Die Klimaanlage summte leise vor sich hin. Der Concierge saß schläfrig an seinem Platz. Das helle »Ping« des Aufzugs, das die Ankunft im gewünschten Stockwerk verkündete, war das lauteste Geräusch, das ihnen in der letzten halben Stunde untergekommen war.

Sie hörten, wie eine Kette zurückgezogen wurde, wie Riegel und Schlösser betätigt wurden, bevor die Tür aufging. Jo Roper trug ein Männerhemd mit aufgekrempelten Ärmeln. Sie hatte die Haare zurückgebunden und dunkle Ringe unter den Augen. Tim schämte sich der Gefühle für sie, die unwillkürlich in ihm aufwallten.

Im Eingangsbereich hob die kunstvolle Beleuchtung aus Deckenflutern und anderen Lampen nur noch stärker hervor, wie bleich und erledigt sie alle aussahen. In der kollektiven Erschöpfung fühlte sich Tim den anderen umso stärker verbunden. Sie hatten alle zusammen einen Verlust erlitten: nicht nur den Verlust eines Menschen, sondern mehr noch des Gefühls, dass die Welt in Ordnung war und man sich in ihr sicher fühlen konnte.

Von dem Moment an, als Tim Rafs Leiche gesehen hatte, hatten die Dinge ihren Lauf genommen. Hotelangestellte waren herbeigeeilt und hatten die Polizei gerufen, während Tim mit anderen Mitarbeitern wie benommen immer die gleichen flüchtigen Worte wechselte – bis er irgendwann das Gefühl hatte, dass das Ganze nur Theater war, bei dem er mitspielte. Ihm war vage bewusst, dass er wahrscheinlich unter Schock stand, und er war fast erleichtert, als die Polizei etwa eine Stunde später alle anwies, bis auf Weiteres in ihren Chalets zu bleiben. Das gab ihm das Gefühl, dass da jemand wusste, was hier vor sich ging.

In der Agentur in London würde er niemanden erreichen; dafür war es noch zu früh. Aber Pete stand oft schon vor sieben Uhr auf, um eine Runde mit dem Fahrrad zu drehen, als eine Art Buße für seine häufigen Abende im Pub. »Was geht ab, Kumpel?«, fragte er. »Liegst wahrscheinlich am Pool, und sicher nicht allein, du verdammter Glückspilz. Sag, weißt du noch, ob ich neulich die Pastasoße aufgebraucht habe? Ich war mir sicher, dass …«

»Hier ist jemand tot«, fiel ihm Tim ins Wort.

»Was?«

»Der Produktionsleiter des Spots ist tot.« Die Verbindung war erstaunlich klar, als wäre Pete hier bei ihm. Das verstärkte Tims Gefühl, dass er nicht wirklich so weit von zu Hause entfernt war und diese verstörende Situation nicht real sein konnte. »Ashraf … der Typ, der sich um die Zimmer kümmert, hat ihn gefunden.«

»Herrgott, Kumpel. Was ist geschehen?«

»Das weiß niemand. Ich jedenfalls nicht.«

»Heilige Scheiße.« Pete klang geschockt, aber auch beeindruckt. »Halt mich auf dem Laufenden.«

»Mach ich.«

»Und … Tim, pass auf dich auf, ja?«

Eine so deutliche Gefühlsregung hatte in seinem Umgang mit Pete oder irgendeinem anderen Freund normalerweise keinen Platz. Als sie das Gespräch beendeten, war Tim stärker beunruhigt als vorher. Ihm war bisher noch gar nicht zu Bewusstsein gekommen, dass er möglicherweise selbst in Gefahr war. Er schaltete den riesigen Fernseher ein, nachdem er eine Weile mit dem Bedienungsfeld neben dem Bett gekämpft hatte, und sah sich einen Werbeclip an: Eine Frau beim Shoppen in einem blitzblanken Einkaufszentrum; nach der Rückkehr ins Village ließ sie ihre Taschen von einem lächelnden Träger aufs Zimmer bringen. Als Tim zu BBC World News wechselte, wurde das, was er hier erlebt hatte, natürlich nicht erwähnt. Normalerweise stürzten sich die Medien auf solche Ereignisse , doch in diesem Fall wussten sie noch nichts davon. Es war ein seltsames Gefühl, den scheinbar allwissenden Medien einen Schritt voraus zu sein. Er saß auf der Bettkante und verfolgte benommen die wechselnden Bilder von Ereignissen, die sich irgendwo auf der Welt zugetragen hatten, bis zwei Polizisten an seine Tür klopften.

Sie trugen olivfarbene Hemden und dunkelgrüne Barette mit einem Logo, das aus einem Schiff und arabischen Buchstaben bestand. Es fühlte sich merkwürdig an, die zwei Männer in den Raum zu führen, in dem letzte Nacht das ganze Filmteam versammelt gewesen war. Ein säuerlicher Geruch lag in der Luft, und die Wohnung wirkte immer noch etwas unaufgeräumt, obwohl Tim in seiner Benommenheit versucht hatte, ein bisschen Ordnung zu schaffen. Ein Polizist setzte sich auf das Sofa, während sich der andere – er war viel größer und wahrscheinlich der Chef des zweiköpfigen Ermittlungsteams – im Zimmer umsah. Tim fragte sich, ob sie irgendwelche für ihn ungünstigen Schlüsse daraus zogen, dass hier größere Mengen Alkohol konsumiert worden waren. Doch es war dumm, sich deswegen Sorgen zu machen: In Dubai war man es gewohnt, dass Gäste aus dem Westen viel tranken.

Er räusperte sich. »Möchten Sie ein Glas Wasser oder …?«

»Nein, nein.« Den kleineren Beamten schien seine unbeholfene Höflichkeit fast zu amüsieren. »Wir möchten Ihnen nur ein paar Fragen stellen. Sie wissen ja sicher vom Tod Ihres Freundes.«

Aus dem Mund des Mannes klang es noch seltsamer als zuvor, als Tim selbst darüber gesprochen hatte. Das lag zum Teil an der unfassbaren Tatsache des Todes, zum Teil aber auch daran, dass Raf nicht sein Freund gewesen war. Erst jetzt wurde ihm mit wachsendem Entsetzen bewusst, dass der Mann tatsächlich tot war.

»Können Sie beschreiben, wie Sie davon erfahren haben?«

»Ich ging aus dem Haus, und Ashraf, der … äh, Reinigungsmann, deutete auf Rafs Haus.«

»Und dort haben Sie ihn gefunden?«

»Er lag im Whirlpool … tot.«

»War die Tür schon offen?«, fragte der größere Polizist.

»Ja.«

Während er diese Details völlig wahrheitsgemäß wiedergab, hatte Tim zunehmend ein Gefühl, als würde er etwas verheimlichen.

»Glauben Sie … dass es … dass ihn jemand umgebracht hat?«, fragte er unwillkürlich.

In einem Krimi hätte ihn der Polizist vielleicht angeschnauzt, dass er hier die Fragen stelle. Die beiden Beamten erzielten die gleiche Wirkung, indem sie seine Frage völlig ignorierten. Der Kleinere nahm sein Barett ab und erkundigte sich nach der letzten Nacht. Wer hatte sich in Tims Chalet aufgehalten? Was wurde getrunken, und wurden auch andere Drogen konsumiert? Mit wem war Raf weggegangen, um wie viel Uhr?

Tim bemühte sich, alles so präzise wie möglich zu beantworten und sich kooperativ zu zeigen. Die letzte Frage stellte ihn allerdings vor Probleme. Seine Erinnerung war sehr lückenhaft, und er musste mit einer Geste zur Minibar zugeben, dass er etwas zu viel getrunken hatte. Er beeilte sich hinzuzufügen, dass niemand irgendwelche Drogen genommen habe. Insgeheim musste er sich jedoch eingestehen, dass er nicht wissen konnte, was draußen auf der Terrasse vor sich gegangen war.

Der hoch aufgeschossene Polizist verzog den Mund zu einem skeptischen Grinsen über die Hilflosigkeit seiner Antworten, doch sie hakten nicht weiter nach, sondern stellten ihm noch ein paar allgemeine Fragen zum Werbespot, zu Tims Rolle in dem Projekt und zu seiner beruflichen Laufbahn. Während er antwortete, spürte er zumindest einen Hauch von Erleichterung. Die beiden Ermittler nahmen sich noch ein paar Minuten, um das Haus zu durchsuchen, bedankten sich und teilten ihm mit, dass er sich frei bewegen könne, die Vereinigten Arabischen Emirate in den nächsten achtundvierzig Stunden aber nicht verlassen solle.

»Vielen Dank«, sagte Tim, als wären sie Installateure, die soeben eine Reparatur durchgeführt hatten.

Als die Befragung beendet war, verspürte er das dringende Bedürfnis, ins Freie zu gehen. Er streifte durch die Ferienanlage, in der der Tag zweigeteilt verlief. Da war einerseits der Tatort, bizarr, aber unvermeidlich: Polizisten mit summenden Walkie-Talkies, gelbes Absperrband um das Haus, in dem Raf wenige Stunden zuvor ums Leben gekommen war. Doch wenn man das kurze Stück zum Centrepiece ging oder hinunter zum Strand, war alles wie immer. Aus den Bars dudelte Musik, so allgegenwärtig, dass niemand sie noch wahrnahm. Gäste mit Badetüchern und Designeruhrenkatalogen blickten kurz zum abgesperrten Tatort und gingen weiter. Im Centrepiece informierten Mitarbeiter der Anlage die Leute über Fahrten mit einer traditionellen Dau und Falknereivorführungen, als handle es sich um Dinge von allergrößter Wichtigkeit.

Tim hätte gerne mit jemandem aus seinem Team gesprochen, der sich – so wie er selbst – wie in einem Film vorkam. Doch wenn er Ruth oder Miles besuchte, würde man es ihnen vielleicht so auslegen, als wollten sie sich absprechen, um eine falsche Aussage zu machen. Er hatte das beklemmende Gefühl, sich mit nahezu allem, was er tat, noch nachträglich verdächtig zu machen.

Da ihm nichts Besseres einfiel, suchte er den Catering Planet auf, setzte sich an einen Ecktisch und begutachtete ohne große Begeisterung die Speisekarte. An anderen Tischen teilten lächelnde Servicekräfte Zufriedenheitsfragebögen aus und räumten das Geschirr ab, kaum dass die Gäste fertig waren. Eine Kellnerin kam zweimal zu ihm und fragte, was sie für ihn tun könne. Tim bestellte aus einem gewissen Pflichtgefühl heraus eine Cola und nippte daran wie an einem Whisky. Es erschien ihm undenkbar, fast pietätlos, jetzt »Sticky Ribs« oder »Surf and Turf« zu essen, nachdem es gerade einen Todesfall gegeben hatte. Ein *Todesfall*: Das Wort erschien ihm so vertraut wie irgendein Gameshow-Moderator, es klang einfach nicht dunkel und schwer genug für das, was tatsächlich geschehen war: die Auslöschung eines Menschenlebens.

Tim wurde in seinen Gedanken von einem Mann im eleganten schwarzen Anzug unterbrochen, der an seinen Tisch trat und mit einem Stoß Karten wedelte.

»Möchten Sie etwas sehen, Sir? Ziehen Sie eine Karte, welche Sie wollen.«

Obwohl Tim wenig Lust verspürte, gab er nach, als er den Eifer in den Augen des Mannes sah. Er hatte zunehmend das Gefühl, die Kontrolle über die Situation zu verlieren, aber vielleicht war es im Moment besser, sich einfach mit dem Strom treiben zu lassen. Er zog die Karo-Sechs und steckte sie zurück ins Kartenspiel. Der Zauberkünstler fächerte die Karten auf, tippte sie mit dem Zeigefinger an und forderte Tim auf, in seinen Shorts nachzusehen. Die Karo-Sechs steckte in seiner rechten Hosentasche. *Das Unglaubliche glauben*, dachte Tim säuerlich.

»Hat Ihnen die kleine Close-up-Zauberei gefallen, Sir?«

»Sehr gut.«

Tim hoffte, es mit einer gewissen Endgültigkeit gesagt zu haben, damit der Trickkünstler zum nächsten Tisch weiterging. Der Mann schien das Lob jedoch als Aufforderung zum Weitermachen zu verstehen. Er ließ die gesuchte Karte unter der Tischdecke auftauchen, hinter seinem Ohr und schließlich hinter dem Ohr der Kellnerin. Nach jedem Kunststück fragte sich Tim, ob er dem Mann etwas für seine Mühe geben sollte, ob er vom Restaurant bezahlt wurde oder auf die Großzügigkeit der Gäste angewiesen war. Der Zauberer machte unbeirrt weiter, beförderte Karten in Weingläser, ließ sie ganz verschwinden, zerschnitt sie mit einem Messer und setzte sie auf wundersame Weise wieder zusammen. Er ließ Tim eine Karte markieren und förderte sie unter seinem Schuh wieder zutage. Tim verfolgte die Darbietung und applaudierte hilflos, während er sich an einen Jahrmarktsbesuch vor vielen Jahren erinnerte; damals war der Karussellbetreiber ohnmächtig geworden, worauf die Fahrgäste vierzig Minuten auf dem sich drehenden Karussell festsaßen. Als Tim bereits fürchtete, dass ihm hier ein ähnliches Schicksal beschieden war, kam der Fixer durch die Tür. Der Trickkünstler begrüßte ihn.

»Mögen Sie Zauberkunst, Sir?«

»Ich mache es selbst auch ein bisschen«, antwortete der Fixer.

Der Zauberer reagierte mit einem zähneknirschenden Lächeln – er war sofort auf der Hut vor dem Neuankömmling, den er als potenzielle Bedrohung empfand. Tim kannte diesen Ausdruck: So hatten Freunde seines Vaters einmal einen Disney-Animator angesehen, der das Miniaturdorf besuchte. Der Zauberer bot dem Fixer seine Karten an; der nahm sie und forderte Tim auf, eine zu ziehen. Es war die Kreuz-Acht. Der Fixer wies ihn an, die Karte zurückzustecken, dann zog er wie ein Degenfechter in einer jähen Bewegung den Arm zurück und schleuderte die Spielkarten an die Wand. Tim sah sie durch die Luft wirbeln wie Konfetti – doch eine einzige Karte blieb wie durch eine unsichtbare Kraft an der Wand haften. Der Fixer forderte ihn auf, die Karte von der Wand zu ziehen. Er brauchte nicht nachzusehen, um zu wissen, dass es die Kreuz-Acht war.

»Wie haben Sie das …?«

Der Fixer lächelte breit. »Ist alles Übung.«

Tim wollte einwenden, dass das keine Erklärung war, dass das, was er soeben gesehen hatte, unmöglich sei, doch der Fixer hatte ihm etwas mitzuteilen. »Die Ropers haben mich geschickt, um Sie alle zum Abendessen bei ihnen zu Hause einzuladen. Um halb sechs kommen Autos und holen Sie ab.«

»Woher wussten Sie, dass ich hier bin?«, fragte Tim unwillkürlich, ohne wirklich eine Antwort zu erwarten. Der Fixer ging bereits zur Tür, während der Zauberer seine Karten vom Boden aufsammelte.

Sie setzten sich an den Esstisch aus Eichenholz. Als sie angekommen waren, hatten sie sich zunächst einmal in den großzügigen Räumen umgesehen, deren riesige Fenster über den großen Balkon hinweg einen Blick aufs Meer boten. Die Wohnung war nur sparsam dekoriert: ein paar unscharfe Drucke, die New York und London in feuchten Nächten zeigten, mit Liebespaaren, die Arm in Arm schlenderten. Im Küchenbereich hing Kochgeschirr von der Decke, fein säuberlich aufgereiht wie Wäsche an der Leine – wie Tim es schon beim Skype-Gespräch vor Wochen gesehen hatte.

Christian stellte schwere Töpfe auf den Esstisch, und ein Gemenge von köstlichen Düften erfüllte den Raum. Tim wurde mit ein wenig schlechtem Gewissen bewusst, wie hungrig er war und wie sehr es ihn nach einem Glas Wein verlangte.

»Das ist natürlich ein furchtbarer Tag«, betonte Christian. »Furchtbar. Wir wussten nicht, was wir tun sollen, und haben dann beschlossen, Sie alle zu uns einzuladen. Irgendwie hatten wir das Gefühl, dass wir jetzt zusammen sein sollten.«

»Wir wollten Ihnen zeigen, dass Sie nicht allein sind«, fügte Jo hinzu. Die Blicke der Ropers trafen sich für einen kurzen Moment. Christian griff über den Tisch hinweg nach der Hand seiner Frau. Die Bartstoppeln verliehen ihm etwas Markantes, aber auch die anderen wirkten ein wenig verändert, wie Tim mit einem Blick in die Runde feststellte. Ruth trug die Haare streng zurückgebunden, Miles hatte seine Frisur ebenfalls verändert und die Haare glatt nach hinten gekämmt. Bradley trug einen Kaschmirpulli mit Polokragen und hatte auf die Baseballkappe verzichtet. Ihr Bemühen, der Situation gerecht zu werden, verlieh ihnen eine gewisse Würde.

»Niemand ist mit dieser Situation allein«, griff Christian die Worte seiner Frau auf. »Es war für uns alle ein schwerer Schock. Bestimmt wollen Sie reden oder nachdenken und … was immer Sie brauchen – unsere Tür steht Ihnen offen. Das wollte ich Ihnen nur sagen.«

»Es gibt noch mehr zu besprechen«, warf der Fixer ein.

»Das stimmt.« Christian blickte einen Moment auf seinen Drink hinunter, ehe er sich wieder seinen Gästen zuwandte. Entweder fiel es ihm wirklich schwer, es auszusprechen, oder er war ein verdammt guter Schauspieler. Oder beides, dachte Tim.

»Wir müssen darüber sprechen, wie es jetzt weitergehen soll. Mit dem Werbespot«, begann Christian. »Es klingt vielleicht geschmacklos, sich jetzt damit zu beschäftigen. Trotzdem wäre es falsch, es nicht zu tun, finde ich.«

Tim beugte sich auf seinem Stuhl vor.

»Natürlich weiß keiner von uns, was geschehen ist«, fuhr Christian fort. »Wir wissen nur eins.« Er blickte in die Runde und suchte die Augen jedes Zuhörers. »Wir sind hier zusammengekommen, um etwas zu bewirken. Was heute passiert ist, ändert nichts daran, dass wir etwas Wichtiges zustande bringen können. Es muss aber niemand hierbleiben. Ich würde es verstehen, wenn Sie abreisen und das alles vergessen wollen. Wir werden das respektieren. Voll und ganz.«

In der folgenden Stille warf Tim einen Blick in die Runde. Alle betrachteten ihr Besteck oder ihre Fingernägel. Tim fand, dass es gute Gründe gab, die Dreharbeiten abzubrechen und nach Hause zu fliegen, doch er stellte fest, dass er es nicht wirklich wollte. Ganz abgesehen davon, dass er sich damit vielleicht verdächtig machen würde, wollte er sich nicht aus der Situation davonstehlen, in die er hineingeraten war. Er stellte sich die Rückkehr in die schnöde Normalität vor, dachte an seinen Arbeitsweg zur Agentur in Shoreditch, den Regen, das Gesumm von Menschen und Computern.

»Ich bleibe«, verkündete Ruth leise.

»Von mir aus, okay«, erklärte Miles Aldridge und warf einen hungrigen Blick auf einen der Töpfe, der ein ganzes Hähnchen in einer cremefarbenen Soße enthielt. Seine Reaktion erschien Tim ziemlich salopp, wenngleich er nicht hätte sagen können, welche Worte in so einer Situation angemessen waren.

»Ich bin nicht einer, der abhaut, wenn es kritisch wird«, betonte Bradley und richtete sich auf seinem Stuhl auf wie ein Seehund, der sich nach einem Fisch streckt. Er verschränkte seine kurzen Arme vor der Brust. »Wir sind hergekommen, um einen Job zu erledigen. Der Job ist, Aufmerksamkeit auf dieses Thema zu lenken. Und das würde Raf jetzt von uns erwarten.«

Als Tim schräg über den Tisch blickte, sah er, dass Jo die Faust gegen ihren Mund drückte, wie um die Tränen zurückzuhalten. Er begann Rafs Tod als Tragödie zu sehen, als einen schweren Verlust, und nicht bloß als ein beunruhigendes Ereignis. Er stellte sich vor, wie Rafs Mutter, die vielleicht seiner eigenen ähnlich war, in einem mittelgroßen Haus in Oxfordshire gut gelaunt ans Telefon ging und in den folgenden zehn Sekunden eine Nachricht hörte, die ihre Welt zusammenbrechen ließ.

»Ich sehe es auch so«, hörte sich Tim sagen. »Wir sollten hierbleiben.«

Fast alle aßen zuerst zurückhaltend, dann aber mit großem Appetit. Nur Jo stocherte in ihrem Essen herum. Als Christian eine neue Flasche Wein aufmachte, hielt Tim sein Glas hin und wurde von dem plätschernden Geräusch für einen kurzen Moment an die gestrige Nacht erinnert, als sie beisammengesessen und getrunken hatten, bevor das Undenkbare geschah.

Nach dem Essen setzten sie sich ins Wohnzimmer, das von einem gerahmten Druck der New Yorker Grand Central Station in den Zwanzigerjahren beherrscht wurde. Der großzügige Raum war mit drei Ledersofas, einem riesigen Fernseher und einem Kamin ausgestattet. Nach einer Weile bewegte sich das Gespräch in die unvermeidliche Richtung.

»Haben sie irgendwas gesagt über … ähm?« Ruth hielt einen gläsernen Briefbeschwerer in der Hand und begutachtete ihn, als könnte er einen wichtigen Hinweis liefern. »Ich meine, wissen sie schon …?«

»Es wird ein paar Tage dauern, bis das Ergebnis der Obduktion da ist«, erklärte Christian. »Aber es deutet einiges darauf hin, dass er irgendwas genommen hat.«

»Also, wir wissen doch, dass er *irgendwas* genommen hat. So wie immer.« Jo kratzte sich an der Nase. Es störte Tim, dass ihre Bemerkung auf eine gewisse Nähe zum Toten hindeutete. Umso dümmer kam er sich vor, dass er sich eingebildet hatte, zwischen ihm und Jo sei etwas Besonderes gewesen. Er nahm sich zusammen: Jetzt war ganz sicher nicht der Moment für solche Gedanken.

»Dann glauben sie also nicht, dass irgendjemand … dass ihn jemand …?«, begann Bradley.

»Dass ihn jemand umgebracht hat«, fügte Ruth hinzu, als wäre ihm bloß das richtige Wort nicht eingefallen.

»Das können sie zu diesem Zeitpunkt unmöglich sagen«, erklärte Christian.

»Bald werden Reporter kommen«, gab Jo zu bedenken. »Es wird Gerede geben über …«

»Sie werden nichts finden«, fiel ihr Christian ins Wort. »Klar werden sie kommen und ihre verdammten Nasen reinstecken, aber was können sie schon finden?«

»Es ist einfach undenkbar«, warf Tim ein, wie immer selbst ein wenig überrascht, dass er sich zu Wort meldete. »Ich kann mir nicht vorstellen, dass ihn irgendjemand umbringen wollte. Obwohl, obwohl er …«

»Ein K…brocken war«, murmelte Ruth.

»Was?«

Ruth gab sich einen Ruck. »Kotzbrocken.«

Nervöses Gelächter, dann Schweigen, bis Jo auf dem Sofa, auf dem sie neben ihrem Mann saß, nach vorne rückte. »Ziemlich geschmacklos, finden Sie nicht?«

»Schlecht über Tote zu reden«, murmelte Miles.

»Ich hab nur ausgesprochen, was alle denken«, rechtfertigte sich Ruth. Tim bewunderte ihren Mut, auch wenn ihn ihre Direktheit ein wenig schockierte. »Keiner von uns hat ihn gemocht. Wenn persönliche Gefühle dabei eine Rolle gespielt haben, könnte ihn … jeder umgebracht haben.«

»Sicher, aber man bringt einen Kerl nicht um, nur weil er eine Nervensäge am Set ist«, erwiderte Bradley. »Ich persönlich mag es überhaupt nicht, wenn sich jemand so aufführt, aber man bringt jemanden doch nicht gleich um, nur weil er nicht weiß, was sich gehört.«

»Das meine ich ja«, betonte Ruth. »Das tut keiner. Da muss mehr dahinterstecken als eine persönliche Abneigung.«

»Niemand hier würde so etwas tun«, stimmte Christian zu. »Aber es wird sich alles klären. Es hat keinen Sinn, wenn wir uns hier quälen. Will jemand Kaffee?«

Bei Kaffee und einer teuren Flasche Portwein kamen sie wieder auf andere Themen zu sprechen. Es erschien Tim zunächst fast abartig, dass sie es fertigbrachten, über andere Dinge zu reden, nachdem etwas so Einschneidendes geschehen war. Aber vielleicht war es ein notwendiger Schutzmechanismus; vielleicht war das Thema zu bedrückend, um sich pausenlos damit zu beschäftigen. Zudem – und es war erstaunlich, wie schnell der Verstand das akzeptierte – hatten sie einen Job zu erledigen. Christian teilte ihnen mit, dass die Dreharbeiten morgen ruhen würden, weil zu viel Papierkram zu erledigen sei.

»Und natürlich, weil es sich nicht gehört«, fügte Jo angespannt hinzu. »Es wäre nicht richtig, sofort zur Tagesordnung überzugehen.«

»Natürlich«, stimmte Christian zu. Er schien jedoch nichts dabei zu finden, über die Fortführung des Projekts zu sprechen. »Zu Hause müssten wir in einer solchen Situation zwei Wochen pausieren. In Dubai geht alles schneller. Als ich zum ersten Mal herkam, war dieses Tempo ziemlich ungewohnt. Ohne Ali … ich habe ihn anfangs zehnmal am Tag angerufen, stimmt's?«

»Dubai ist ein guter Ort, wenn man auf der Gewinnerseite steht«, bemerkte der Fixer. »Das habe ich Mr. Roper gesagt. Aber ein schlechter Ort, wenn man zu den Verlierern gehört. Dann ist es ein sehr, sehr schlechter Ort.«

Sein Lächeln hatte etwas Grimmiges. Tim fragte sich, auf welches Spiel sich Raf eingelassen haben mochte – ein Spiel, das er mit katastrophalen Folgen verloren hatte. Er spürte, dass den anderen ein ähnlicher Gedanke durch den Kopf ging, obwohl sie es sich nicht anmerken ließen. Jo schien ihr Gesicht absichtlich von ihm abzuwenden, und Miles betrachtete anerkennend die Portweinflasche, aus der sich Christian gerade mehr als großzügig bediente.

»Und meine Antwort war: Okay, wir werden gewinnen.« Christian trank den Wein wie Johannisbeersaft. »Wir werden dafür sorgen, dass die Kinder gewinnen. Und das tun wir hier.«

Keiner wusste etwas darauf zu sagen. Die unermüdliche Energie des Mannes hatte etwas Beeindruckendes und Inspirierendes, auch wenn seine Worte irgendwie unpassend wirkten, als würde man nach einer bedrückenden Nachrichtensendung eine hyperaktive Fernsehserie schauen.

Eine Weile herrschte Schweigen, bis Jo den Abend beschloss.

»Wir haben uns gedacht, wenn Sie heute hierbleiben möchten … es steht für jeden ein Bett bereit. Falls Sie nicht zurückgehen wollen, nach alldem.«

Diese Frage hatte sich Tim noch gar nicht gestellt, doch nun wurde ihm klar, dass er tatsächlich nicht ins Village zurückkehren wollte, mit seinen wohlgeordneten Wegen, dem allzu beflissenen Personal, der beklemmenden Tatsache von Rafs Tod und der Art und Weise, wie die Tragödie verdrängt wurde.

»Ich würde gern bleiben«, meldete sich Tim.

»Das hab ich mir gedacht!« Roper fixierte ihn mit einem Lächeln, das bei Tim sämtliche Alarmglocken schrillen ließ. Mit Schaudern sah er, wie Christian zwischen ihm und Jo hin- und herblickte. Christian wusste, was vorgefallen war. Natürlich wusste er es. Tim hatte etwas Unentschuldbares getan, und mit den dramatischen Ereignissen der letzten Stunden würde alles ans Licht kommen.

Das alles schoss ihm in Sekundenbruchteilen durch den Kopf, dann tätschelte Christian seinen Arm und zeigte ihm sein Zimmer mit einer so unverkrampften Freundlichkeit, dass Tims Befürchtungen schwanden; wahrscheinlich hatte er die Situation falsch interpretiert. Er bekam noch mit, dass auch andere Angehörige des Teams die Einladung annahmen. Als er dankbar auf das Doppelbett sank, hörte er ihre Schritte auf dem Flur und Türen auf- und zugehen.

Er checkte sein Handy und fand eine Handvoll Antworten auf die Nachrichten, die er im Laufe des Nachmittags verschickt hatte. *Bist du okay?*, fragten sie. *Herrgott, alles in*

Ordnung? Danke, dass du DICH GEMELDET HAST, schrieb seine Mutter, die sich mit SMS nie hatte anfreunden können, *und pass bitte auf dich auf.*

Es hatte etwas Verwegenes, im Mittelpunkt dieser dramatischen Ereignisse zu stehen und von den Leuten daheim als Überlebender einer Katastrophe gesehen zu werden. Er hielt sich an diesem einigermaßen tröstlichen Gefühl fest, während er seine Kleidung ordentlich zusammengefaltet ablegte und sich ins Bett verkroch. Es war besser, als an Raf Kavanagh zu denken, der ein paar Kilometer entfernt steif und leblos in einem Stahlschrank lag und darauf wartete, zu den todtraurigen Menschen gebracht zu werden, deren Sohn er war.

Als Tim die Augen aufschlug, hatte er das vertraute Gefühl, dass nur ganz wenig Zeit vergangen war. Er wälzte sich hin und her und versuchte, in der vollkommenen Dunkelheit etwas zu erkennen.

Die Tür schwang auf; er spürte es mehr, als er es hörte, spürte die Anwesenheit von jemandem, der nicht gehört werden wollte. Da waren Schritte neben dem Bett, und Atmen. Genau so war vielleicht jemand in Rafs Schlafzimmer eingedrungen. Panik durchfuhr ihn wie ein Stromschlag, und er hörte seine Stimme mit einer unnatürlichen Schärfe hervorbrechen.

»Was zum Teufel …?«

»Kann ich Licht machen?«

Es war Bradley. Tim atmete langsam aus, als das Licht aufs Bett fiel. Bradley hob entschuldigend die Hände.

»Ich war noch auf – auf einmal sind alle im Bett.«

Tim beruhigte sich einigermaßen und rückte zur Seite, um Platz zu machen. »Du kannst hier schlafen, wenn du willst. Ist groß genug.«

»Sicher?« Bradley stieg ins Bett. »Ich glaube, ich würde heute wirklich nicht gern allein schlafen.«

»Das versteh ich«, versicherte Tim aufrichtig, obwohl sich die Situation etwas seltsam anfühlte. »Als du reinkamst, bin ich fast ausgeflippt.«

»Es ist furchtbar, wenn man sich das vorstellt«, gestand Bradley. »Dass vielleicht jemand da drin auf ihn gewartet hat.«

Es war eine Erleichterung, so offen darüber zu sprechen, doch Tim konnte – oder wollte – sich nicht bildlich vorstellen, was geschehen sein mochte. »Wer sollte das getan haben? Und warum? Ich meine, dann hätte es ja einer von uns sein müssen. Niemand sonst hat eine Chipkarte zum Betreten der Ocean Chalets.«

»Die Stadt ist mir irgendwie nicht ganz geheuer«, meinte Bradley. Tim hatte das Gefühl, dass sich Bradley ihm zuwandte, obwohl sie das Licht ausgeschaltet hatten und er ihn in der Dunkelheit nicht sehen konnte. »Die können noch so oft sagen, dass wir im Village willkommen sind. Aber nicht alle wollen uns hierhaben.«

»Wie meinst du das?«

»Na ja, Dubai ist … das ist immer noch die arabische Welt.« Bradleys Stimme klang ein bisschen schrill ohne das dazugehörige Bild seines haarlosen Gesichts. »Die mögen unsere Lebensweise nicht. Amerikaner – ich und Ruth – sind hier nicht sehr beliebt. Diese Welt ist uns fremd. Wir verstehen die Regeln nicht wirklich, die hier gelten.«

Tim nahm sich einen Moment, um Bradleys Worte zu verarbeiten. »Aber Raf ist nicht einmal Amerikaner. *War* kein Amerikaner.«

»Ich mein ja nur. Diese … wie soll ich sagen – Ausschweifungen. Die Besäufnisse, die Partys. Das muss wahrscheinlich Konsequenzen haben, oder?«

Obwohl sich seine Augen einigermaßen an die Dunkelheit gewöhnt hatten, konnte Tim nur die Umrisse von Bradleys kahlem Kopf erkennen. »Okay«, erwiderte er, »wir machen wahrscheinlich einen schlechten Eindruck auf einige Leute hier. Aber so schlecht auch wieder nicht, dass irgendwer in Rafs Chalet eindringt und ihn umbringt. Das ist doch Wahnsinn.«

»Weißt du, was ich irgendwo gelesen hab? Manche Leute töten aus Gründen, die ihnen selbst gar nicht bewusst sind.«

Tim hob die Hand, um die Brille abzunehmen, und brauchte einen Moment, um zu merken, dass er sie gar nicht aufhatte. »Es ist … trotzdem ist es viel wahrscheinlicher, dass er an irgendeiner Überdosis gestorben ist. Anscheinend hatte er ja einige Erfahrung mit dem Zeug. Und wenn man besoffen ist, kann man sich schon mal in der Dosis vergreifen. Ich meine, er hat sich ja auch oft im Ton vergriffen.«

»Das kann man wohl sagen.« Bradley lachte grimmig. »Ich weiß jedenfalls, dass *ich* ihn nicht umgebracht habe.«

»Ich weiß, dass ich es auch nicht war.« Tim fürchtete, dass er es allzu hastig versichert hatte. Andererseits war es die reine Wahrheit. Wer blieb übrig? Ruth und Miles, die in Tims Wohnung geschlafen hatten – allerdings war Miles am Morgen nicht mehr da gewesen. Christian und Jo, die beide nach Hause gegangen waren. Der Fixer. Vielleicht Jason Streng und seine Agentin, obwohl sie in einem anderen Teil des Village einquartiert waren. Sooft man sich diese Frage auch stellte – es fühlte sich immer gleich absurd an, wie eine dieser Krimipartys, die seine Eltern gelegentlich in Devon veranstalteten. »Wer hatte ein Motiv?«, hörte er seinen Vater fragen, während den pensionierten Immobilienmaklern das Tiramisu serviert wurde. »Wer hatte die Gelegenheit?« Tim brachte es nicht fertig, so über seine Kollegen zu denken und diese kriminalistischen Fragen auf die aktuelle Situation zu übertragen. Das Einzige, wozu er sich durchringen konnte, war der Verdacht, dass es hier Dinge gab, von denen er nichts wusste.

Tim lag einige Minuten still da, bis er den zweifachen Piepton seiner Uhr hörte. Ganz langsam tastete sich Bradleys Arm auf seine Seite und legte sich auf seine Brust.

Tim schlug die Augen auf. Es war völlig still, nichts rührte sich. Tim konnte nicht sagen, ob der Mann schlief. Er lag da und lauschte Bradleys gleichmäßigem Atmen.

Nach einigen Minuten glaubte er, eine laute Stimme aus einem anderen Zimmer zu hören und ein hastiges Zischen als Aufforderung, still zu sein. Er sehnte sich nach seinem eigenen Bett zu Hause statt dieses peinlichen Körperkontakts mit einem Mann, den er kaum kannte, in einem stockdunklen Zimmer in der Luxusbehausung eines Millionärs – eines Millionärs, dessen Frau er geküsst hatte –, vierundzwanzig Stunden nachdem jemand unter ungeklärten Umständen ums Leben gekommen war. Gestern um diese Zeit war ihm all das Fremde noch so reizvoll erschienen.

Er war sich nun fast sicher, dass Bradley schlief, und seine Gedanken schweiften zu ihrem Gespräch zurück. Ihm wurde bewusst, dass er in der Tat fast nichts über Dubai wusste außer ein paar Fakten, die ein attraktives Bild für Touristen ergaben. Er war in die Stadt geflogen, als würde er einen Freizeitpark besuchen. Es wurde einem leicht gemacht, keine Fragen über Dubai zu stellen – das machte zum Teil seinen Reiz aus. Nun jedoch ließen sich gewisse Fragen nicht mehr vermeiden.

8
The World

Man hatte ihnen neue Zimmer in einem der großen Hotels im Village zugewiesen, im elften Stock eines weiß getünchten Gebäudes namens Maritime Tower, das einen Swimmingpool in der Form eines vierblättrigen Kleeblatts umschloss. Vom Fenster in Zimmer 732 aus – eigentlich eine einzige Glaswand, die ihm das Gefühl gab, sich direkt ins Wasser stürzen zu können – sah Tim einige Paare auf Liegestühlen, die mit trägen Gesten dienstbare Grünhemden herbeiriefen.

Ein Tag ohne Dreharbeiten wäre noch vor einer Woche eine verlockende Aussicht gewesen; nun hatten die leeren Stunden etwas Bedrohliches. Tim hatte noch keinen Plan der Stadt im Kopf, und es erschien ihm wenig ratsam, spontan loszuziehen, um sie zu erkunden, selbst wenn er der Typ des abenteuerlustigen Touristen gewesen wäre.

»Wie kann ich Ihnen helfen, Sir?«, fragte die junge Frau am Auskunftstresen des Centrepiece, auf deren Namensschild SOPHIE stand.

»Gibt es … können Sie mir irgendetwas empfehlen, was man hier in der Gegend unternehmen kann?«

»Sir, wir können Ihnen sofort einen Wagen bestellen.«

»Aber ich wollte nur irgendwo ein bisschen spazieren …«

Sophies Augenbrauen drückten zurückhaltende Skepsis aus. »Sie können den Zabeel Park besuchen.«

»Und wie komme ich zu Fuß hin?«

»Wir können Ihnen ein Auto bestellen, Sir.«

»Gehen Sie gerne shoppen, Sir?«, mischte sich der Mann am Tresen neben Sophie in das Gespräch ein.

»Shoppen?«

»Ja, Sir, sind Sie interessiert an Dubais vielfältigen Shopping-Möglichkeiten?«

Er hatte die übereifrige Aussprache von jemandem, der allen zeigen wollte, wie gut er eine Fremdsprache beherrschte. Im Augenwinkel sah Tim das Werbevideo, das ohne Pause lief: Der Golfer schlug den Ball mit elegantem Schwung, die Besucher bewunderten die Eisskulpturen.

»Also, ich …«

»Dann sollten Sie vielleicht die Mall of the Emirates besuchen. Sehr gute Designer und Marken, gute Preise. Schöner Food-Court und Skihalle.«

Nichts davon klang für Tim interessant, aber hierzubleiben – unter all den Touristen, die ihren Freizeitvergnügungen nachgingen – war auch keine verlockende Option.

Die Fußböden der Restaurants und Saunas knarrten über ihm. Wenn er die Mall besuchte, kam er wenigstens hier raus.

»Das klingt gut«, sagte er.

Der Taxifahrer hörte sich eine Aufnahme eines Imams beim Gebet an und trommelte mit den Fingern anerkennend aufs Lenkrad. Die Mall of the Emirates kam in Sicht, mit der Skihalle auf einer Seite. Tim verlor den Shoppingpalast für einen Moment aus dem Blick, als der Fahrer den Wagen über eine Reihe von Überführungen lenkte und dabei versehentlich auf eine falsche Fahrspur geriet. Sie stießen beinahe mit einem Lamborghini zusammen, dessen Hupen Tim zusammenzucken ließ.

»Zum ersten Mal in Dubai, Sir?«

»J…ja.«

»Wie gefällt es Ihnen?«

»Es ist, ähm …«

»Sehr sauber, nicht wahr, Sir?«

»Sehr sauber«, bestätigte Tim.

»Sie werfen nur ein kleines Stück Abfall aus dem Fenster, Sir … tausend Dirham Strafe. Zum ersten Mal in Mall of the Emirates?«

»Ja.« Der monotone Singsang der Gebete lief im Hintergrund weiter; die klimatisierte Luft war fast eisig. »Ist es … ist es ein gutes Einkaufszentrum?«

»Sehr ausgezeichnetes Einkaufszentrum. Mögen Sie Paul Smith?«

»Paul …?«

»Ein Geschäft von Paul Smith ist in der Mall, auch Gucci, Sir. Und Prada für Ihre Frau. Es ist – wie Sie in London sagen – *superb-duperb.*«

Tim unterdrückte ein Lächeln. »Waren Sie in London?«

»Nein, Sir, aber viele Engländer kommen hierher. Engländer gehen sehr gerne shoppen. Sind Sie aus London?«

»Eigentlich aus Devon.«

»Wie bitte, Sir?«

»Ja.« Tim ließ es gut sein. »London.« Er versuchte, irgendein anderes Thema zu finden. Sie fuhren eine spiralförmige Rampe hinunter, die der Fahrer im Stil einer Achterbahnfahrt in Angriff nahm. »Gehen Sie auch hierher zum Shoppen?«

»Ich?« Der Taxifahrer ließ ein strahlendes Lächeln aufblitzen. Tim musste an den Fixer denken und an dieses Gefühl, das ihn hier in Dubai gelegentlich beschlich, als würde zwischen den Leuten ein Witz kursieren, den er als Einziger nicht verstand. »Nein. Ich fahre Auto.«

»Ich meine, wenn Sie nicht fahren.«

»Ich fahre immer Auto, Sir.«

Ein Schild beim Haupteingang zeigte männliche und weibliche Figuren, die mit einem roten X übermalt waren. *Bitte kleiden Sie sich sittsam und angemessen.* Unter einer riesigen Glaskuppel beförderten Aufzüge dunkel gekleidete Frauen und sonnenverbrannte Touristen zwischen den Stockwerken hin und her, wie die Nervenbahnen im Körper. Tim suchte vergeblich nach einem Übersichtsplan. Alle schienen genau zu wissen, wo sie hingingen – so zielstrebig, als folgten sie einem Plan.

Das Einkaufszentrum war um einiges größer, als er auf den ersten Blick gedacht hatte. Was er zunächst für das Hauptatrium gehalten hatte, mündete in ein noch größeres, von dem man erst in das eigentliche Zentrum gelangte. Er folgte den Schildern zur Skihalle und ging unter einem zwei Stockwerke hohen Transparent hindurch, das mit »INTERNATIONALE MARKEN« überschrieben war.

GIVENCHY
CALVIN KLEIN
DKNY
SELFRIDGES
NIKE
GUCCI
VICTORIA'S SECRET
CHANEL
LACOSTE
CLINIQUE
DIOR
HUGO BOSS

Die Liste ging noch weiter und umfasste mindestens vierzig Namen. Es war jedoch nicht zu erkennen, ob diese Marken bereits hier angeboten wurden oder ob erst demnächst ein Geschäft aufmachen würde. Die Namen waren einfach da, als Ausdruck einer Wahrheit, die keiner Erklärung bedurfte. *Engländer gehen also gerne shoppen*, dachte er. Es musste wohl stimmen. Dubai hatte diese Einkaufs- und

Freizeitpaläste nicht für sich selbst hingestellt. Es gab sie, weil ausländische Besucher – auch die englischen – sie haben wollten. Die Skihalle existierte nicht, weil die Emirater so gerne in der Wüste Ski fuhren, sondern weil sich westliche Touristen einen Urlaubsort wünschten, der so dekadent war, dass man in der Wüste Ski fahren konnte.

Dennoch waren auch einige Emiraterinnen hier. Beim Eingang zur Skihalle beobachtete eine Frau durch den Schlitz in ihrem Niqab, wie ein Mitarbeiter im Eisbärkostüm zwei Kinder unterhielt. Zwei andere Frauen im Hidschab standen in der Nähe, jede mit einer juwelenbesetzten Handtasche. Ein philippinisches Mädchen bewachte eine Handvoll Einkaufstaschen mit Designerlabels. Auf ein Zeichen der Frauen hin hob das Mädchen die Taschen auf und ging mit den protestierenden Kindern weiter.

Durch das Sichtfenster beobachtete Tim, wie die Touristen den Skihang hinuntersausten. Eine Gruppe in roten Jacken bestieg eine Bergattrappe mit einer Hütte auf dem Gipfel. Ein Plastikschneemann blickte mit einem schiefen Lächeln vor sich hin. Tim bestellte einen Kaffee in »italienischer Tradition«, wie stolz auf der Serviette vermerkt war. Aus den Lautsprechern erklang »Santa Claus Is Coming to Town«, und er dachte für einen Moment an Weihnachten zu Hause: das Herumhängen am Nachmittag, Miss Marple beim Aufklären eines Mordes in der Oberschicht. Der nächste Song war »Let It Snow«. Vermutlich wurde dieselbe CD jeden Tag gespielt, auch am Weihnachtstag, obwohl es draußen dreißig Grad hatte und Weihnachten im offiziellen Kalender gar nicht vorkam. Er trank den Kaffee aus und ging weiter. »Sir, Gucci?«, fragte jemand. Bevor er reagieren konnte, wurde ihm irgendein Parfüm auf die Hand gesprüht.

Eine große Werbetafel wies auf die EMIRATES PROPERTY EXPO hin. Kellner wuselten mit silbernen Tabletts hin und her. In Pappe waren verschiedene Sehenswürdigkeiten dargestellt, allen voran Big Ben, das Opernhaus in Sydney, ein Regenwald und ein japanischer Tempel. Eine Frau im türkisfarbenen Sarong teilte Tim mit, dass es sich um eine Präsentation für *The World* handle, eine Gruppe von künstlichen Inseln in der Form von Kontinenten und Ländern. Er habe hier die aufregende Gelegenheit, an etwas Einzigartigem teilzuhaben.

»Haben Sie Interesse zu investieren, Sir?«

»Ich wohne zur Miete«, antwortete Tim mit einem – so hoffte er – selbstironischen Lächeln. »Ich weiß nicht, ob ich mir eine Insel leisten kann.«

Die Frau strahlte mit ausdruckslosen Augen. »Sie sind also interessiert, Sir?«

Er bereute seinen versuchten Scherz. »Leider nein. Im Moment jedenfalls nicht.«

»Sie können sich bei meiner Kollegin für eine Bootsfahrt zu den Inseln eintragen lassen, um sich einen besseren Eindruck zu verschaffen.«

Tim schlängelte sich zwischen den Kellnern hindurch. Er betrachtete die Miniaturausgabe des Big Ben und dachte an das Miniaturdorf, das sein Vater zusammen mit anderen leitete und das gelegentlich eine Handvoll Touristen anlockte.

Modelleisenbahnen summten an kniehohen Geschäften vorbei, an einer Kirche und an Pubs mit briefmarkengroßen, in winziger Handschrift beschriebenen Schildern. Eines Morgens hatte ein kleiner hölzerner Tennisspieler auf seinem winzigen handgetrimmten Grasrechteck gelegen. Mr. Callaghan und seine Freunde hatten ihn in einer Begräbniszeremonie beigesetzt, an der Tim und Rod teilnehmen mussten. »Das war richtig blöd«, meinte Rod auf dem Heimweg.

Er wandte sich an Tim – der stimmte ihm zu, um seinen Bruder zu beeindrucken. »Ja. Das Dorf ist blöd.«

Mr. Callaghan lächelte traurig in den Rückspiegel, den langen Rücken über das Lenkrad gebeugt. »Schade, dass ihr das so seht, Jungs.«

Es war keine schöne Erinnerung. Tim dachte sich, dass seine Eltern für ihre Mühe und Geduld nicht gerade reichlich belohnt worden waren, nachdem sie ihre Söhne an unzähligen Tagen herumkutschiert und ihnen so vieles ermöglicht hatten. Sie hatten ihre Jungen auf ihre bodenständige Weise geliebt. Tim war nie aufsässig oder schwierig gewesen, doch er hatte kein Geheimnis daraus gemacht, wie froh er war, in die große Stadt ausbrechen zu können. Seit damals hatte er sich auch nie um einen besonders engen Kontakt bemüht. Rod war darin noch um vieles weiter gegangen.

Sein schlechtes Gewissen brachte Tim auf die Idee, seiner Mutter ein Geschenk mitzubringen. Es war bestürzend, wie wenig es brauchte, um ihr eine Freude zu machen, und wie selten er es tat. Er klapperte die Schaufenster ab, bis er eine schwarze Schafwolljacke an einer Puppe sah. Sie würde seiner Mutter mit Sicherheit gefallen, obwohl sie selbst es sich wahrscheinlich verkniffen hätte, sie zu kaufen. Die Jacke schien sogar die richtige Größe zu haben. Er betrat den Laden mit dem ermutigenden Gefühl, dass der Besuch des Einkaufszentrums einen guten Zweck erfüllen würde. Doch als er nach der Jacke fragte, machte der Verkäufer – ein knochiger Mann mit wachen Augen – ein bedauerndes Gesicht.

»Es tut mir leid, Sir, aber das ist die letzte Jacke.«

»Ist das ein Problem?«

»Ja, Sir. Ich kann Ihnen die Jacke nicht verkaufen, weil sie dann nicht mehr im Schaufenster wäre und die Leute nicht wüssten, dass sie erhältlich ist.«

»Aber sie wäre ja nicht mehr erhältlich, wenn ich sie kaufe«, wandte Tim ein.

Der dünne Mann nickte, als wären sie ganz einer Meinung. »Ja, Sir. Darum lassen wir sie im Schaufenster.«

Tim spürte seinen Puls im Hals pochen. »Verstehe ich das richtig – Sie wollen die Jacke hierbehalten, damit die Leute wissen, dass sie zu haben ist? Aber wenn jemand sie kaufen will, sagen Sie Nein.«

»Ja, Sir.« Der Mann griff hinter die Theke und holte einen Reklamezettel hervor. »Haben Sie Interesse am Shopping Festival?«

Als Tim den Schildern zum Taxistand folgte, empfand er den Besuch in der Mall als ein Missgeschick, das ihm widerfahren war, etwas, in das er irgendwie hineingeschlittert war. Er kam an einem Aquarium vorbei, das in eine Wand eingebaut war: Gestreifte Anemonenfische schwammen kreuz und quer durch das Becken. Vielleicht glaubten die Fische, alles hier gehöre ihnen und die Menschen seien nur zur Zierde da. Ein kleiner Junge trat neben ihn, plapperte auf Russisch und klopfte gegen die Glasscheibe. Er lachte, als die Fische Reißaus nahmen. Draußen schlug Tim die Hitze entgegen, als er zu einem Taxi ging.

»Wo sind Ihre Taschen, Sir?«

»Ich habe nichts gekauft.«

»Sie kaufen nichts?«

»Genau.«

Der Fahrer lenkte den Wagen die gewundene Rampe hinauf. Tim schloss die Augen, und sie tauchten in den Verkehr ein, als wäre das Auto ein Stein, der in einem Teich versank.

Er fand die Taste zum Abstellen der Klimaanlage und öffnete die Jalousien. Draußen war das Wetter unfreundlich geworden: Der frühabendliche Himmel hatte sich zu einem typisch britischen Grau verfärbt. Das Fernsehen würde die Düsterkeit vertreiben, dachte Tim; für solche Momente war ein Fernseher da. Als er einschaltete, wiegte Beyoncé die Hüften vor einer Reihe von Kameraleuten. Er wechselte den Kanal und sah eine Szene, die ihm zunächst wie ein absurder Scherz vorkam. Es war das Village. Eine amerikanische Reporterin sprach in ihr Mikrofon und genoss es sichtlich, vom Ort der Tragödie berichten zu können.

»... betonte, dass der Vorfall den Besuchern Dubais die Gefahren eines exzessiven Alkoholkonsums vor Augen führe. Jacqui Nelson aus Dubai, Vereinigte Arabische Emirate.«

Bevor Tim so richtig begriffen hatte, dass es tatsächlich um das Village ging, lief bereits ein Bericht über die schwankenden Aktienkurse. TURBULENTE KAPITALMÄRKTE, war groß eingeblendet. Tim nahm die Brille ab und fuhr seinen Computer hoch. Im Posteingang fanden sich die üblichen obskuren Angebote, schnell reich zu werden, doch zwischen dem Müll entdeckte er eine Nachricht – erst vor zwei Stunden angekommen –, die ihn den Atem anhalten ließ.

Bruder,
hab im Net von dem Mord gehört. Dein Name wurde erwähnt.
Bist du okay? Ich bin in Kuba. Ruf mal an.
Rod

Es war eine Telefonnummer angegeben, mit so vielen Ziffern, dass Tim nicht hätte sagen können, was die Länder- und Ortsvorwahl und was die eigentliche Nummer war. Doch das war alles unwichtig. Für ihn zählte allein, dass sich sein Bruder zum ersten Mal seit über einem Jahr gemeldet hatte. Er las die kurze Nachricht dreimal, als könne er dadurch etwas mehr herausfiltern. Aus einem vagen, überflüssigen Stolz heraus gestand er sich nicht ein, wie sehr er sich freute und dass sich die Freude wahrscheinlich schnell auflösen würde, wenn er die Nummer anrief und seinen Bruder nicht erreichte. Vielleicht würde er eine Nachricht hinterlassen, aber nie zurückgerufen werden. Oder er würde auf irgendeine andere Weise enttäuscht werden, so wie er und die anderen Callaghans es inzwischen von Rod gewohnt waren. Vorläufig würde Tim darauf verzichten, die Nummer auszuprobieren. Er würde einfach nur den Moment genießen.

Als er sich von der E-Mail losriss, war Facebook die naheliegende nächste Anlaufstelle. Wenn sogar sein Bruder von Rafs Tod erfahren hatte, dann musste es im Web bereits ein großes Gesprächsthema sein. Tim erinnerte sich daran, dass er und Raf gleich am ersten Tag Facebook-»Freunde« geworden waren. So konnte er nun Rafs persönliche Seite anschauen. Sie enthielt ein Bild von ihm, das nur wenige Stunden vor seinem Tod aufgenommen worden war. Es zeigte den Produktionsleiter mit seiner Aviator-Sonnenbrille, darunter die Worte: »Auf dem Set in Dubai – läuft alles bestens!«

Die Seite hatte sich zu einer Gedenkstätte für Raf entwickelt. Es fanden sich jede Menge Kommentare und Fotos, die Betroffenheit zum Ausdruck brachten. Raf war ein geliebter Bruder und Sohn. Einmal hatte er zwei Fremden den Eintritt zum Alton-Towers-Themenpark bezahlt, weil ihre Kreditkarte streikte. Er hatte seinen Schwager unterstützt, der im Rollstuhl saß. Seine Eltern erinnerten sich an den »hübschen blonden Jungen, den alle liebten und aus dem ein brillanter junger Mann geworden war, der die Leute zum Lachen bringen konnte. Raf Kavanaghs Online-Identität war so umfassend, dass man schwer glauben konnte, dass er nicht mehr in der realen Welt existierte. Diese Version von Raf war genauso real wie der unsympathische Mensch, als den Tim ihn kennengelernt hatte. Je mehr er las, desto mehr zweifelte er an seinem unvorteilhaften Urteil über den Mann und machte sich sogar Vorwürfe deswegen.

Ein Link auf Rafs Seite führte zu einer neu eingerichteten Facebook-Gruppe: »RIP Raphael Kavanagh«. Sie hatte bereits 900 Mitglieder, und die letzten Einträge waren erst vor zehn Minuten hinzugefügt worden. Tim las einen:

Die ganze Sache stinkt zum Himmel. Ich weiß, es ist jetzt nicht der richtige Moment, um darüber zu sprechen. Aber eine Obduktion wird die Wahrheit ans Licht bringen. Raf ist nicht durch irgendein »tragisches Missgeschick« gestorben. Jemand weiß etwas. WorldWise wird ein paar Fragen beantworten müssen.

Tim schloss die Seite, saß eine Weile da und fragte sich, welche »Fragen« derjenige, der das gepostet hatte, meinte. Er wechselte auf die Website von WorldWise, doch der Inhalt war vorübergehend entfernt worden. Stattdessen fand sich nur ein Bild von Raf mit einem kurzen Hinweis auf das tragische Ereignis. Die ersten Tropfen eines überraschenden Regengusses prasselten ans Fenster, und obwohl Tim eben erst zurückgekommen war, verspürte er das Bedürfnis hinauszugehen.

Im Aufzug standen zwei ledrige Geschäftsmänner, jeder den Arm besitzergreifend um ein junges Mädchen aus Thailand oder den Philippinen gelegt. Tim blickte zur Seite und betrachtete ein Plakat an der Kabinenwand:

TEX-MEX NIGHT! BUFFALO BILL'S!
Der echte Geschmack des Wilden Westens.
Jeden Mittwoch im Catering Planet, Centrepiece.
Hundertprozentig halal.

Der Regen erinnerte Tim an die Dusche im Chalet, obwohl es eigentlich umgekehrt gedacht war und die Dusche an Regen erinnern sollte. Die Leute am Swimmingpool stopften hastig Badetücher, Zeitschriften und Sonnencreme in ihre Taschen. Sie blickten zum Himmel und verzogen das Gesicht, als wären sie hintergangen worden.

Einem Impuls folgend – vielleicht auch nur aus Gewohnheit – begab er sich zum Centrepiece und sah Miles und Bradley: Miles im Heavy-Metal-T-Shirt und einer unvorteilhaft knappen Badehose und Bradley wie immer mit Baseballkappe und Notizbuch in der Hand. Tim hatte eigentlich nicht vor, die beiden zu belauschen, doch als er näher herankam, hörte er, dass Miles' normalerweise gutmütige Stimme verärgert klang.

»Das ist eine Verarsche. Eine absolute Verarsche.«

»Sehe ich auch so«, betonte Bradley, »aber ich wüsste nicht, was wir dagegen tun können.«

»Ich bin nicht extra nach Dubai gekommen, um mich so behandeln zu lassen«, polterte Miles.

Wie behandeln zu lassen?, hätte Tim gern gefragt. *Wer wird hier von wem verarscht?* Es war, als hätte er die Fragen laut ausgesprochen, denn Miles und Bradley drehten sich beide zugleich zu ihm um, und Tim musste so tun, als wäre er überrascht, sie zu sehen.

»Wir waren im Wasserpark«, erklärte Miles, obwohl Tim gar nicht danach gefragt hatte. »Haben uns ein bisschen umgesehen.«

»Und gearbeitet«, fügte Bradley hinzu und tippte auf sein Notizbuch. »Und du?«

»Ach, nichts Besonderes«, antwortete Tim. »Sehen wir uns später?«

»Ja, vielleicht«, meinte Bradley, und die zwei gingen hinaus und ließen Tim mit dem unausweichlichen Gefühl zurück, ausgeschlossen zu sein. Ihr Wortwechsel und ihre Körpersprache ließen vermuten, dass sie über etwas gesprochen hatten, das Tim nicht wissen sollte. Er dachte daran, wie Bradley in seinem Bett geschlafen hatte, und fragte sich kurz, ob Miles und Bradley vielleicht eine Beziehung hatten. Er verwarf den Gedanken als unsinnig, sagte sich dann aber, dass man in dieser Situation auch das scheinbar Absurde nicht von vorneherein ausschließen konnte.

Rasch trat er ins Freie und hoffte, die beiden noch irgendwo zu sehen, doch sie konnten in jede Richtung gegangen sein. Die Luft war erfrischend kühl, zumindest im Vergleich zu dem, was er bisher gewohnt war. Regentropfen kitzelten ihn im Nacken. Tim sah eine vertraute Gestalt um die Ecke verschwinden. Er folgte ihr um das Haus herum. Es war Ashraf, mit einer schlecht sitzenden Anzugjacke über dem grünen T-Shirt. Seine großen Augen drückten etwas aus, das nach Angst aussah.

»Mr. Callaghan. Wie ist Ihr Aufenthalt?«

»Hallo, Ashraf. Gehen Sie nach Hause?«

Ashraf lächelte schwach, als frage er sich, ob Tim ihn auf den Arm nehmen wolle.

»Nach Hause?«

»Na ja … es sieht so aus, als würden Sie gerade nach Hause gehen.«

Ashraf zupfte unglücklich an seinem Schnurrbart, der jetzt, da sein Gesicht so ernst war, seltsam traurig an ihm wirkte, wie eine Verkleidung, die er gezwungenermaßen trug. »Ich bin entlassen worden, Mr. Callaghan.«

»Entlassen?«

»Ich arbeite ab sofort nicht mehr im Village.«

Ashraf blickte zur Seite, und Tim fürchtete, er könnte anfangen zu weinen.

»Was?«

»Man war mit meiner Arbeit nicht zufrieden«, erklärte Ashraf.

»Ist es wegen des … Todesfalls?«

Ashraf sah ihn schweigend an – es war ihm anzusehen, dass ihn irgendetwas quälte. Tim überlegte verzweifelt, wie er das Vertrauen des Mannes gewinnen konnte, damit er es ihm anvertraute, doch Ashraf wandte sich bereits zum Gehen.

»Geben Sie auf sich acht, Mr. Callaghan. Ich muss zum Bus.«

Tim fragte sich, wie weit Ashraf gehen musste, wie weit vom Village entfernt die Bushaltestelle lag. Er fragte sich, was aus dem Mann werden würde. Wenn er Antworten wollte, musste er schnell handeln.

»Warten Sie, Ashraf. Ich gebe Ihnen Geld für ein Taxi.«

»Nein, danke, Mr. Callaghan.«

»Ashraf …«

Der kleine Mann wirkte einen Moment unschlüssig, dann stieß er ein einzelnes Wort hervor. Ein explosiver Laut – ein B oder P – und zwei kurze Silben.

»Wie bitte?«

Ashraf ging weiter, ohne sich noch einmal umzudrehen.

»Ashraf? Was haben Sie gesagt?«

Tim sah ihn in der Ferne verschwinden, die zu große Jacke über den knochigen Schultern, den Kopf gesenkt. Einen Moment lang war er fast erleichtert, als sich die Gestalt jenseits der beleuchteten Wege verlor.

Was hatte Ashraf gesagt, bevor er gegangen war? Welches Wort? Vielleicht »Ballon« oder »Betrug«? Er hatte es verzweifelt in die Luft geschleudert. Der Moment war vorbei, und der Mann, der es ausgesprochen hatte, war fort. Tim hatte das Gefühl, am Rande eines großen dunklen Etwas zu stehen, als lauere hinter dem Hotel eine Leere, die einen Menschen verschlingen konnte.

Er hätte gerne zu Hause angerufen – oder irgendjemanden, den er kannte –, aber was hätte er schon sagen können, das für andere einen Sinn ergab? Tim ging zum Strand hinunter, vorbei an Bars und Restaurants, in denen alles wie immer war. Das ganze Resort kam ihm vor wie ein Lebewesen, das seine Gäste nicht wirklich brauchte. Würde eines Tages niemand mehr herkommen, so würde trotzdem jeden Morgen alles zum Leben erwachen und sein Pensum abspulen.

Er ging ziellos zum Strand hinunter, da sah er Ruth in ein Gespräch mit einem bebrillten Mann vertieft. Tim wollte sich schon umdrehen, um sie nicht zu stören, als Ruth ihn bemerkte. Es war eine Erleichterung, als sie seinen Namen rief.

»Du siehst aus, als hättest du … ähm, ein Gespenst gesehen.«

»Hab ich irgendwie auch.« Tim berichtete ihr von seiner Begegnung mit Ashraf. Der Fremde, den sie ihm nicht vorgestellt hatte, rief einen Kellner und bezahlte die Rechnung. Doch als Tim mit seiner Geschichte fertig war, stellte sich heraus, dass er zugehört hatte.

»Das ist sehr interessant«, bemerkte der Unbekannte und sah auf sein Handy, als wolle er die Neuigkeit sofort weitergeben.

»Das ist Adam«, erklärte Ruth. »Er ist Journalist.«

»Hoffentlich sehen wir uns bald mal wieder«, sagte Adam, als würden sie sich schon lange kennen. »Das mit dem gefeuerten Arbeitssklaven ist wirklich interessant.«

»Er war kein …«, wollte Tim einwenden.

»Er hat den Toten gefunden, oder?«

Tim bereute es bereits, vor dem Journalisten so offen gesprochen zu haben. Bestimmt hatte der Mann versucht, Ruth Informationen zu entlocken. Möglicherweise mit Erfolg, nach den leeren Bierflaschen auf dem Tisch zu schließen.

»Wir wohnen im ›Executive Compound‹, wie sie es so reizend nennen.« Adam legte Ruth überraschend vertraulich die Hand auf die Schulter. »Aber meistens sind wir in der Bar, die am längsten offen hat.«

»Wir?«, fragte Tim, als der Reporter wegging und sich wieder seinem Handy zuwandte. »Wen meint er mit ›wir‹?«

»Die Journalisten.« Ruth trank ihr Bier aus und knallte die leere Flasche auf den Tisch. »Möchtest du auch …?«

»Ja, unbedingt. Bitte.«

»Noch zwei von diesen, bitte. Oder noch besser vier.« Jemand hinter Tim ging los, um die Bestellung auszuführen. »Es schwirren jede Menge davon herum. Sky, CNN, das ganze Rudel. Ist halt ihr Job.«

»Ja, wahrscheinlich. Es kommt mir trotzdem so absurd vor … irgendwie unwirklich.«

»Sie sind wie eine kleine Bande«, erklärte Ruth. »Manche gehen in Kriegsgebiete, treffen sich irgendwo in Bagdad, um was zu trinken, haben ihre eigenen kleinen Bars, den Korrespondenten-Klub. ›Wir sehen uns in zwei Wochen in Gaza.‹ Und dann gibt es solche wie ihn, die dorthin gehen, wo ein Mord passiert.«

»Ist es ein Mord? Hat er das gesagt?«

Ruth zögerte.

»Sorry«, setzte Tim hinzu. »Es ist einfach so ein blödes Gefühl … ich weiß auch nicht, wie ich es sagen soll.«

»Ich weiß, was du meinst. Mir geht's genauso. Ich wollte mir die Haare schneiden lassen, aber dann hab ich mir gedacht, wenn ich mein Aussehen verändere, denkt vielleicht jemand, ich hätte etwas zu verbergen. Es ist absurd.«

Der Kellner brachte die Bierflaschen und verschwand so eilig, als wäre es eine geheime Transaktion. Tim nahm einen gierigen Schluck und war froh, dass Ruth es ihm gleichtat.

»Aber, es ist doch …«, begann Tim. »Ich meine, es ist doch sicher wahrscheinlicher, dass es *kein* … dass an seinem Tod nichts Verdächtiges ist.«

Ruth nahm ein Büschel ihrer roten Haarfülle in die Hand und saß einige Augenblicke nachdenklich da. »Ich bin jetzt Produktionsleiterin. Logisch. Ich hab mir Rafs Unterlagen angesehen und versteh nicht mal die Hälfte davon. Aber ich habe stark den Eindruck, dass da einiges im Busch war in den Tagen, bevor es geschah.«

»Inwiefern?«

Vom Bier oder dem Wunsch nach menschlicher Nähe beflügelt, streckte Tim die Hand aus und legte sie auf Ruths. Ihre Augen nahmen einen wachsamen Ausdruck an.

»Entschuldige. Ich wollte nur sagen, wenn du mir etwas erzählst, kannst du dich darauf verlassen, dass von mir niemand ein Wort erfährt. Das kannst du mir glauben.«

Ruth schien seine Worte abzuwägen und nickte. »Klar. Na ja, ich weiß sowieso, dass du ihn nicht umgebracht hast.«

Er nahm es zunächst als Kompliment, bis ihm dämmerte, dass es nicht so gemeint war. Es war vielmehr eine Feststellung. »Weil du mich gehört hättest?«

»Genau«, bestätigte Ruth. »Ich hab dich tatsächlich gehört. Du bist in der Nacht ungefähr zweiundneunzigmal aufgestanden, weißt du noch?«

»Oh. Ja.«

»Du bist ins Badezimmer gegangen, danach haben wir uns eine Weile unterhalten«, fuhr Ruth fort. Tim spürte die Röte in sein Gesicht steigen, während sie lächelnd weitersprach.

»Zum Zeitpunkt des Todes – das war angeblich zwischen drei Uhr fünfzehn und drei Uhr dreißig – warst du bei mir im Zimmer, hast irgendwas gemurmelt und nach dem Türgriff gesucht. Das ist übrigens mein Alibi. Das hab ich auch Adam gesagt. Und der Polizei.« Sie verdrehte die Augen. »Ich nehme an, du hast ihnen diese Geschichte nicht erzählt.«

»Ich weiß schon gar nicht mehr, was ich ihnen gesagt habe«, murmelte Tim. »Je länger ich mit ihnen sprach, desto mehr hatte ich selbst das Gefühl, irgendwelche Geheimnisse zu haben.«

»Genau, und jeder *hat* ja auch Geheimnisse. Ich habe welche, und du genauso.« Tim nickte und wünschte sich, sein Leben wäre tatsächlich so komplex, wie Ruth es sich vorstellte. »Du lebst damit jahrelang ohne Probleme – und dann wirst du vielleicht in irgendwas verwickelt, und alles kommt raus. Das kennt man ja aus Krimis. Und in den Krimis passiert es deshalb, weil's … ähm, weil's auch im richtigen Leben so zugeht. Sag … findest du meinen Akzent eigentlich komisch?«

»Nein, warum? Hab ich gegrinst?«

»Weißt du, mir ist schon klar, dass ich eine etwas eigene Sprechweise habe. Das kommt daher, dass ich halb irisch und halb amerikanisch bin.«

»Ich find's nett.«

Sie lächelten einander an. »Ich bin froh, dass du das mit den Krimis erwähnt hast«, fügte Tim hinzu. »Es hört sich vielleicht dumm an, aber mein einziger Bezugspunkt für das hier sind tatsächlich Kriminalgeschichten.«

»Na ja, sie begegnen dir ja auch überall. Die Bücher am Flughafen, die Fernsehkrimis. Mord hat irgendwie etwas … ähm, Unwirkliches. Du glaubst einfach nicht, dass so was auch im eigenen Leben passieren kann, dass du selbst einmal mit so einem Fall zu tun haben könntest.«

Tim war bereits beim zweiten Bier und fühlte sich ermutigt, einen Vorfall anzusprechen, der ihn beschäftigte. »Weil du von Geheimnissen gesprochen hast – ich hab zufällig ein ziemlich merkwürdiges Gespräch zwischen Jason Streng und seiner Agentin mitgehört.«

Ruth hörte aufmerksam zu, als er ihr erzählte, was in dem Wohnwagen vorgefallen war. »Siehst du, genau das meine ich. Vor dem … dem Todesfall hat schon irgendwas nicht gestimmt.«

»Inwiefern?«

»Das kann ich dir auch nicht sagen.« Ruth schüttelte den Kopf, und ihre Haare wehten hin und her. »Ich glaube, ich *will* es gar nicht wissen. Vielleicht hat Raf etwas herausgefunden, und jetzt habe ich seine Position übernommen.« Sie trank ihr Bier aus und saugte mit geübter Präzision die letzten Tropfen auf. »Es ist ein … wie nennt man so was?«

»Ähm … ein vergifteter Kelch?«

»Nein.«

»Eine wenig beneidenswerte Position?«

»Nein. Mach weiter.«

»Du willst, dass ich alle Redewendungen aufzähle, die dafür infrage kommen?«

»Hast du etwas Besseres zu tun? Willst du den Fall aufklären?«

Tim war erleichtert, auf diese Weise über den Todesfall sprechen zu können, als wäre er für ihr Zusammensein hier nebensächlich. Ebenso wohltuend war der scherzhafte Plauderton, der sich zwischen ihnen eingestellt hatte. »Okay. Vielleicht ein Albtraum?«

»Nein, nein. Ein extremerer Ausdruck für eine schwierige Situation.«

Tim überlegte, welche Redewendungen seine Mutter gerne am Telefon verwendete, wie damals, als die Faulkners ihr Haus partout in einer ganz anderen Farbe gestrichen hatten als der Rest der Straße, oder als sie das ständige Schwanken ihrer Lesegruppe zwischen Dienstag und Mittwoch kritisiert hatte. Nur wenn es um Rod ging, kam ihr keiner dieser skurrilen Ausdrücke in den Sinn, sondern nur die etwas hilflose Feststellung, dass er sicher bis über beide Ohren beschäftigt sei. Jedes Mal, wenn das Telefon klingelte, meldete sie sich mit hoffnungsvoller Stimme, um gleich wieder auf dem Boden der Realität zu landen. »Oh, hallo, Wendy. Nein, es ist nur … ich hab einen Anruf erwartet.«

Das rief Tim in Erinnerung, dass er seine Eltern noch nicht angerufen hatte, seit die Medien über den Vorfall berichtet hatten.

»Den Bach runtergehen?«

»Nein, nein.«

»Irgendwas wie … zwischen Pest und Cholera wählen müssen, oder in einer Zwickmühle stecken?«

»Die Arschkarte ziehen.« Ruth schnippte mit den Fingern. »Das habe ich gesucht.«

»Ah, klar. Hätte ich auch draufkommen können.«

Es war wohltuend, zusammen zu lachen, und wenig später kam Biernachschub. Tim fühlte sich, als könne ihm nichts etwas anhaben, solange er hier auf diesem Stuhl in dem fast leeren Restaurant saß, das zu gleichen Teilen italienische und vietnamesische Gerichte anbot.

»Das war echt schräg heute.« Tim berichtete ihr von seinen Erlebnissen in der Mall of the Emirates: von Luxusgütern, die nicht verkauft wurden, von der Skihalle und den Pappmodellen, die »The World« darstellten, welche ihrerseits ein Abbild der realen Welt war, in der sie lebten. »Am Ende kam ich mir vor wie in einer Blase, abgeschlossen von der Wirklichkeit.«

»Dubai kann dir schon dieses Gefühl geben. Du kommst dir auf einmal vor, als wärst du auf einem anderen Planeten als alle anderen. Aber wenn du dann Privatsphäre suchst, findest du sie auch nicht.«

Tim hörte aus ihren Worten den Hauch eines Vorwurfs heraus. »Hast du … hab ich gestört vorhin, als du mit dem Journalisten hier gesessen hast?«

Ruth sah ihm in die Augen. »Wir haben nur geredet.« Die Art, wie sie es sagte, gab ihm das Gefühl, dass er nicht hätte fragen sollen. »Und du? Gibt es bei dir jemanden?«

»Was? Nein.«

Um die angenehme Stimmung des Gesprächs wiederaufleben zu lassen, die durch seinen kleinen Fauxpas getrübt worden war, aber auch, um die Last eines Geheimnisses loszuwerden, beschloss er, es ihr anzuvertrauen. »Es gab da … einen kleinen Vorfall mit Jo.«

Ihr ausgesprochen kühler Blick machte ihm sofort klar, dass sie keinen Wert auf sein Bekenntnis legte. »Ich will das nicht hören.«

»Es war eigentlich gar nichts. Nur ein paar Momente, wo …«

Ruth schüttelte den Kopf. »Ich glaube, das hättest du nicht tun sollen. Und es ist mir lieber, du erzählst es mir nicht.«

Tim spürte, wie ihm die Hitze ins Gesicht stieg. »Tut mir leid.«

Ruth deutete hilflos zum Himmel. »Raf hat auch mit ihr rumgemacht, hast du das gewusst? Jetzt ist er tot. Herrgott, Tim.«

»Du glaubst, Raf wurde umgebracht, weil …?«

»Ich glaube gar nichts. Ich finde nur, es ist kein guter Moment, um herumzuerzählen, dass du mit der Frau des Chefs im Bett warst.«

»Ich hab nicht mit ihr …«

»Okay. Trotzdem.«

Ruth verlangte die Rechnung und bezahlte trotz Tims Protest. Als sie aufstanden, schickten sich die Mitarbeiter an, die Bar zu schließen, als hätten sie nur darauf gewartet, dass er und Ruth gingen. Ein Kellner dankte ihm fürs Kommen und wünschte ihnen einen guten Aufenthalt in Dubai.

Sie sahen das eine oder andere Pärchen aus einer Bar kommen – junge Leute, die sich an der Hand hielten und zusammen lachten. Tim spürte aufs Neue dieses Gefühl der Ausgeschlossenheit, während die anderen einander nahestanden und ihre Zeit an diesem Ort genossen, der ihm selbst immer fremder wurde.

»Tut mir leid, dass ich dich so angefahren habe«, sagte Ruth. »Es ist nur … ich hab im Moment ein bisschen viel Druck.«

»Verstehe.« In Wahrheit hatte Tim das Gefühl, immer weniger zu verstehen.

»Hat Spaß gemacht. Sehen wir uns beim Frühstück?«

Er stand in der Lobby des Maritime Tower und fragte sich, wo Ruth wohnte. Er hatte angenommen, dass sie alle jetzt hier einquartiert seien. Während er das Auf und Ab der Liftanzeige verfolgte, versuchte er, das Gespräch der vergangenen Stunde zu rekonstruieren. Es fühlte sich schon jetzt weit entfernt an, und er begann zu bereuen, dass er sich überhaupt zu Ruth und dem Journalisten an den Tisch gesetzt hatte.

Die Lobby war mit einem opulenten Wandgemälde geschmückt, auf dem zu sehen war, wie sich der Meeresgott Neptun zornig dreinblickend mit seinem Dreizack aus dem blauen Wasser erhob. Das Gemälde stand in krassem Kontrast zur weißen Einrichtung und der nichtssagenden Musik, die in einer Vierzig-Minuten-Schleife vor sich hin dudelte. Es war fast schon beeindruckend, wie wenig man sich hier um Stilfragen kümmerte. Die kühle Luft, die durch die Lüftungsschlitze summte, kam ihm mittlerweile ganz natürlich vor. Es war niemand zu sehen, als er seine Schlüsselkarte ins Schloss schob.

Tims Zimmer war wie üblich mit gnadenloser Gründlichkeit aufgeräumt worden. Seine abgelegten Kleider lagen zusammengefaltet auf dem gemachten Bett, daneben ein Zufriedenheitsfragebogen. Die Jalousien waren geschlossen, und der Fernseher lief – ein Drama in einem englischen Pfarrhaus, das sich seine Eltern gerne ansehen würden, mit arabischen Untertiteln. Der Pfarrer raunte, er spüre »das Böse durch die Pfarre schleichen«. Tim holte sich eine Miniflasche Wein aus der Bar, schaltete den Fernseher aus und legte sich mit dem Fragebogen aufs Bett.

Wie würden Sie folgende Feststellungen auf einer Skala von 1 bis 10 einordnen, wobei 1 für »stimme überhaupt nicht zu« und 10 für »stimme voll und ganz zu« steht?

> Meine Erwartungen hinsichtlich Sauberkeit wurden erfüllt:
> Von meinem Zimmer oder meiner Suite
> Vom Centrepiece
> Von den Toiletten und Umkleideräumen

Wie haben Sie vom Village gehört? Bitte stufen Sie die folgenden Antwortmöglichkeiten auf einer Skala von 1 bis 10 ein, wobei 1 für »das ist völlig falsch« und 10 für »das ist absolut richtig« steht:

Stammgast
Internet-Reiseportal (bitte präzisieren)
Mundpropaganda, z.B. Empfehlung durch Freunde, Verwandte, Kollegen, Geschäftspartner, religiöse Führer
Zufall

Wie wahrscheinlich ist es, dass Sie in den nächsten zwölf Monaten ins Village zurückkehren? Bitte bewerten Sie die Wahrscheinlichkeit auf einer Skala von 1 bis 10, wobei 1 für »es ist – selbst wenn ich sehr kurzfristig einen passenden Urlaubsort bräuchte – absolut undenkbar, dass ich jemals ins Village zurückkehre« und 10 für »ich habe bereits meinen nächsten Aufenthalt gebucht und eine VILLAGE GOLD™ Card reserviert, um das Angebot noch besser ...«

Als Tim aufwachte, stand er und sah erst einmal nichts. Er stützte sich an der Wand ab, taumelte einen Moment lang und stieß einen kurzen Schrei aus. Er tastete nach dem Bedienungsfeld beim Bett, schaltete den Fernseher ein und nutzte dessen Licht, um die Karte aus der Tasche zu ziehen. An der Tür schob er die Karte in den Schlitz, worauf das Licht im Zimmer anging. An der Brust und den Armen hatte er dunkle Blutflecken.

»Herrgott!« Er hatte Nasenbluten gehabt, wie es ihm manchmal passierte, wenn er Temperatur- oder Luftdruckschwankungen ausgesetzt war, und war wohl in Richtung Badezimmer gelaufen. Tim wusch sich das Blut ab und musste lächeln, als er sein belämmertes Gesicht im Spiegel sah. Als er ins Schlafzimmer zurückging und sein Verstand zum Leben erwachte wie ein Computer beim Hochfahren, musste er an sein Gespräch mit Ruth denken. Plötzlich erschien es ihm selbst verrückt, dass er sich auf einen Flirt mit Jo eingelassen hatte, noch dazu an einem Ort, dessen Regeln er nicht wirklich durchschaute. Er dachte daran, wie traurig Ashraf fortgegangen war, nachdem sie ihn gefeuert hatten – aus Gründen, die Tim nicht kannte.

Er drückte den Knopf zum Öffnen der Jalousien – sie setzten sich widerstrebend in Bewegung, als hätten sie auch geschlafen. Draußen war es fast gespenstisch still. Tief unter ihm lag der Swimmingpool – von Scheinwerfern bestrahlt – in geisterhaftem Grün. Es war halb zwei Uhr nachts. Tim dachte an die billigen Jugendherbergen, in denen er in Australien übernachtet hatte, und an die französischen Campingplätze, auf denen die Callaghans ihre Urlaube verbracht hatten. In Ersteren war ständig jemand betrunken hereingeplatzt, und auch auf Letzteren hatte man trotz der herrschenden Ruhe immer gespürt, dass hier Leben war: das Rascheln einer Zeltwand, das Weinen eines Kindes, die spürbare Nähe anderer Menschen. Hier war es nicht so.

Die Erinnerung an die Stunden, in denen er mit Rod im Zelt gelegen und über das Schnarchen der Eltern gewitzelt hatte, weckte in ihm den Wunsch, seinen Bruder anzurufen. *Warum nicht?*, dachte er. *Wen kümmert's, was es kostet oder was Rod denkt*? Das war es, was Tim normalerweise davon abhielt, ihn zu kontaktieren: die Angst, sich lächerlich zu machen oder den Eindruck zu erwecken, dass er seinen Bruder brauchte. Der Ort, an dem er sich befand, und die Einsamkeit der Nacht halfen ihm, seine Befürchtungen für den Moment zu vergessen. Mehrmaliges Klingeln wie aus weiter Ferne, dann der spannende Moment, als Tim – gedämpft, aber unverkennbar – die Stimme seines Bruders hörte.

»Ja?«

»Rod? Ich bin's, Tim.«

Die folgende Pause zog sich in die Länge, und Tim dachte schon, dass die Verbindung unterbrochen worden wäre. »Bist du in Kuba?«

»Ja.« Rods Stimme klang nun schon etwas realer. »Ich habe geschlafen.«

»Oh, sorry. Ich dachte … ich dachte, in Kuba müsste es jetzt Nachmittag sein.«

»Ist es auch«, bestätigte Rod. »Ich schlafe oft am Nachmittag.«

»Ist das so eine kubanische Sitte? Eine Art Siesta?«

»Nein. Das tu ich, weil ich ein fauler Sack bin.«

Tim hörte sich selbst ein bisschen übereifrig lachen, doch mit dem scherzhaften Wortwechsel schien das Eis gebrochen. »Was machst du in Kuba?«

»Ich lebe in einer Art Kommune. Keine Sorge«, fügte Rod hinzu, »mir geht's gut. Ich komm bald zurück.«

»Nach England?«

»Ja. Ich habe ein bisschen Abstand gebraucht. Die City, der ganze Finanzscheiß, das hat mich fertiggemacht. Da ist so viel Bluff und Täuschung dabei. Ich glaube, ich bin gerade noch rechtzeitig ausgestiegen, wenn ich mir ansehe, was da auf uns zukommt.« Tim genoss die unerwartete Leichtigkeit des Gesprächs. »Und du bist in Dubai? Dort, wo das passiert ist?«

»Wie hast du davon erfahren?« Bei aller Freude über die gelungene Kontaktaufnahme empfand es Tim als beunruhigend, dass sein Name in der Öffentlichkeit im Zusammenhang mit Rafs Tod genannt wurde.

»Jemand hat mir den Link geschickt, weil es mit deiner Firma zu tun hat. Ich habe Vortex gegoogelt und erfahren, dass du an diesem Projekt arbeitest.«

»Ich habe das … das Konzept für den Werbespot entwickelt, ja.« Tim spürte, dass er versuchte, wichtig zu klingen. »Ich bin vor ein paar Tagen nach Dubai gekommen. Und dann ist ganz plötzlich der Produktionsleiter gestorben.«

»Und sie wissen nicht, wie?«

»Nein. Vielleicht eine Überdosis. Oder … oder …«

»Heilige Scheiße.«

»Ja.«

Tim wusste nicht so recht, wie er nach diesem heiklen Thema das Gespräch am Laufen halten sollte, da fiel ihm etwas Banales ein. »Hey, ich hab da so ein mathematisches Problem, das kannst du wahrscheinlich lösen. Kennst du dieses Rätsel von den drei Leuten, die in einem Hotel einchecken – das lässt mich irgendwie nicht los –, und jeder von ihnen zahlt …«

»Der verschwundene Dollar«, warf Rod ein. Er klang immer mehr wie früher: der stolze große Bruder, der einsprang, wenn es ein Problem zu lösen gab. Er war es, der Tim geraten hatte, seine Bücher nicht alphabetisch zu ordnen, sondern nach ihrer Qualität. »Da steckt eigentlich ein Trick dahinter. Du sollst glauben, dass jeder neun Dollar ans Hotel bezahlt hat, weil sie einen Dollar von ihren zehn zurückkriegen. Aber die neun Dollar sind nicht die tatsächlichen Hotelkosten. Es ist … ich müsste es dir aufzeichnen, aber das ganze Rätsel beruht auf einer Illusion.«

»Wann kommst du zurück? Dann können wir's uns genauer ansehen.«

Ein paar Sekunden lang herrschte Schweigen, und Tim fragte sich, ob er seinen Bruder mit der Frage etwas zu sehr bedrängt hatte.

»Rod?«

Diesmal war die Verbindung tatsächlich abgebrochen. Tim wählte die Nummer aufs Neue; es kam kein Klingelton zustande.

Sein Herz schlug immer noch schnell. Es war trotz des abrupten Endes so etwas wie ein Durchbruch. Sie hatten zum ersten Mal seit über einem Jahr miteinander gesprochen. Rod hatte sogar vor, nach England zurückzukommen.

Doch als Tim ins Bett stieg – die Uhr auf dem Bedienungsfeld zeigte 02:15 Uhr an –, kamen ihm erneut Zweifel. Ihr Gespräch erschien ihm fast schon wieder unwirklich, und dass das Telefonat so abrupt unterbrochen worden war, verstärkte den Eindruck. So wie sein Gespräch mit Ruth und das beunruhigende Zusammentreffen mit Ashraf schien es – kaum dass es geendet hatte – schon wieder weit weg zu sein.

Ersetzt durch die perfekte Nichtigkeit dieses Zimmers, hoch oben in einem Hotel, in dem Tim in diesem Moment das Gefühl hatte, der einzige lebende Mensch zu sein. Während er auf den Schlaf wartete, versuchte er sich abzulenken, indem er an das Rätsel vom verschwundenen Dollar dachte, doch er war sich nicht sicher, ob er Rod richtig verstanden hatte. Eins schien jedoch klar zu sein: Er hatte versucht, ein Rätsel zu lösen, das nicht wirklich existierte.

9

Luxusvillen

Die Sonne flutete herein. Tim hatte lange geschlafen, und es fühlte sich gut an. Ruth hatte vom Frühstück gesprochen, erinnerte er sich, als er in der Dusche stand und das Wasser auf ihn einprasselte. Die Vorstellung hatte etwas Heimeliges, ließ ihn an englische Landhotels wie das in Saddlecombe denken, wo jeden Tag zu den gleichen Zeiten das Besteck klimperte und Speisekarten gebracht wurden. Diese Alltagsroutine eines ganz normalen Hotels – das war es, was er jetzt brauchte. Er hatte Ruths Nummer nicht, aber vielleicht konnte er sie vom Centrepiece aus anrufen lassen. Er schaltete die Klimaanlage ab, obwohl er wusste, dass sie wieder laufen würde, wenn er zurückkam.

Am Auskunftstresen musste Tim warten, und seine Hoffnungen begannen zu schwinden: Ruth war wahrscheinlich schon im Büro. Die anderen waren sicher längst mit ihren Angelegenheiten beschäftigt, während er hier im Centrepiece stand und wartete. Der Grund für die Verzögerung war ein Mann mit Kinnbart und einem Schlauchboot in Form eines Hais unter dem Arm, der eine Beschwerde in einem russisch gefärbten Englisch vorbrachte.

»Ich bin jetzt zwei Tage hier, zuerst geht meine Frau auf die Immobilienmesse und bekommt keine Freifahrt für Shuttlebus, jetzt will ich zu Wild Wadi Water Park und wieder kriege keine Freikarte.« Er schlug mit der Faust gegen sein Schlauchboot. »Ich fahre zu Wild Wadi Water Park mit Hai, und Leute sagen mir, ich kann nicht hinein, also habe ich vergeudet meine Zeit.«

Endlich war Tim an der Reihe; die Angestellte namens Sophie rief ihn zu sich. Ihr Haar trug sie in einem Netz hochgebunden, ihre braunen Augen stachen aus dem blassen Gesicht hervor. »Wie kann ich Ihnen heute im Centrepiece helfen?«

Tim fragte nach Ruths Zimmernummer und auch gleich nach Miles'.

Sophie schürzte die Lippen in professionellem Bedauern. »Können Sie irgendwelche Papiere vorweisen, Sir?«

»Papiere?«

»Ich meine damit einen Ausweis, der Ihre Identität bestätigt.«

»Ich verstehe schon, aber …«

»Wir können eine Anfrage zu einem Gast nur beantworten, wenn sie von einem legitimen Gast kommt.«

»Ich habe meinen Zimmerschlüssel.«

»Es muss ein gültiger Ausweis sein, zum Beispiel ein Reisepass oder Führerschein«, beharrte Sophie.

»Also, ich bin ganz sicher ein … ein legitimer Gast«, beteuerte Tim. »Wir haben gestern miteinander gesprochen. Über die Mall of the Emirates.«

»Ich weiß, Sir, und Sie können jederzeit 234 anrufen, falls ich Ihnen irgendwie helfen kann.«

Tim sah ein, dass es zwecklos war. Wenigstens würde er im Catering Planet noch ein Frühstück bekommen. Es gab Frühstücksflocken, Wurst und Schinken, Obst und Joghurt. Die anstehenden Gäste beobachteten kritisch, wie eine Frau im grünen T-Shirt Teig in die Pfannkuchen- und Waffelformen füllte; andere gingen zu den Tischen und hoben Deckel von den Schüsseln, als trauten sie den Aufschriften nicht. An einem Tisch verteilte eine Frau Toastscheiben, sobald der riesige Toaster sie auswarf, der mit seinen vielen Schlitzen aussah wie ein Computer aus einem alten Science-Fiction-Film.

»Kann ich … nur ganz normales Brot und Butter haben?«, fragte Tim.

»Das Brot gibt es bei uns als Toast, Sir«, belehrte ihn die Frau.

»Aber können Sie mir nicht einfach direkt zwei Scheiben geben, ohne sie vorher zu toasten?«

Die Frau zog die Stirn in Falten. Tim hatte das frustrierende Gefühl, dass der Weg zu einem ganz normalen Frühstück mit Hindernissen gepflastert war. Er wusste jedoch, wie leicht man solche Dinge zu einem größeren Problem aufblähen konnte, als sie es waren. *Nicht nötig, da irgendwas hineinzuinterpretieren*, sagte er sich und nahm sich eine Schüssel mit Mandarinenspalten, die in Fruchtsaft schwammen. Er spürte eine Hand auf seiner Schulter. Der Fixer hielt ihm einen Teller hin.

»Brot.«

Tim nahm den Teller mit einem gemurmelten »Danke« entgegen und schlängelte sich zwischen den Tischen hindurch, die mit weißen Tüchern bedeckt und mit Orchideen geschmückt waren. Die meisten waren frei. Aus den Lautsprechern tönte ein Song von Madonna, von jemand anderem nicht auf Englisch gesungen. Ruth war nirgends zu sehen. Kein Tisch unterschied sich in irgendeiner Weise von den anderen, trotzdem fiel es ihm schwer, sich für einen zu entscheiden. Erst jetzt sah er Bradley, der ihn ungewöhnlich energisch zu sich winkte. Der Amerikaner saß da mit einem großen Glas Cola mit jeder Menge Eiswürfeln.

»Ich hab versucht, dich in deinem Zimmer zu erreichen«, begann Bradley, »aber ich bin nicht durchgekommen.«

»Ich krieg nicht mal die Zimmernummer von irgendwem«, betonte Tim, als handle es sich um eine Urlaubsanekdote, doch Bradley nickte säuerlich, als bestätige das nur seinen eigenen Verdacht.

»Was soll man davon halten? Da ist doch was faul.«

Bevor Tim fragen konnte, was er meinte, legte ihm Bradley ein mit Anmerkungen versehenes Skript vor. »Ich muss mit dir über ein paar Textänderungen sprechen. Du weißt ja, wir sind hier in einer haarigen Situation. Es wird Untersuchungen geben. Dieser Typ, der Journalist …«

»Adam?«

»Ich glaube, er war letzte Nacht in meinem Zimmer.«

»Wie ist er reingekommen?«

»Vielleicht hat er jemanden überredet, ihm aufzuschließen. Oder er hat einen Schlüssel geklaut. Was weiß ich. Ich hab ihn gerade noch wegschleichen sehen, und als ich reinging, lagen ein paar Dinge anders als vorher. Ich mag es nicht, wenn man meine Sachen anfasst. Und ich mag es überhaupt nicht, wenn Leute in meinem Zimmer rumschnüffeln. Aber egal. Mir geht es vor allem darum, dass wir hier einen möglichst guten Spot machen. Das ist das Einzige, worauf ich mich im Moment konzentriere.«

Tim nickte. Er fragte sich, ob das wirklich das Einzige war, worauf sich Bradley konzentrierte: Es war leichter gesagt als getan, den ungeklärten Tod eines Kollegen aus seinen Gedanken zu verbannen; oder die Möglichkeit, dass noch jemand von ihnen plötzlich ums Leben kommen könnte. Tim musterte Bradleys Gesicht. Sein glänzender Kopf ruhte auf einer Handfläche wie eine Billardkugel vor dem Stoß.

»Okay«, begann Tim, »also …«

»Also …« Bradley deutete auf die erste Seite des Skripts, das mit Anmerkungen in einer kleinen, fast kindlichen Handschrift versehen war. »Im Text heißt es: ›Mit Ihrer Spende schicken Sie Ihr Geld direkt dorthin, wo es etwas bewirkt‹. Christian meint, das Wort ›direkt‹ müsste geändert werden. Es ist ein rechtliches Problem.«

Ihre Blicke trafen sich. Tim spürte, dass Bradley noch etwas auf der Zunge lag, das er aber für sich behielt.

»Ich hab das Gefühl, hier werden wichtige Dinge besprochen!«

Als hätte jemand seinen Namen gerufen, erschien Adam an ihrem Tisch. Er wirkte müde, aber durchaus selbstzufrieden. Die weißen Hemdsärmel hatte er aufgekrempelt wie ein überarbeiteter Zeitungsschreiberling aus einem Fünfzigerjahre-Film. Die Tränensäcke unter den Augen ließen vermuten, dass er die Nacht damit zugebracht hatte, zu recherchieren, Berichte zu schreiben und Spekulationen über den tödlichen Vorfall und über *sie alle* hier anzustellen.

»Nicht wirklich. Wir haben nur über den Text gesprochen.«

»Sie ziehen das durch, was?«, fragte der Journalist.

»Natürlich«, betonte Bradley.

Adam hob eine Augenbraue. »Ist nicht leicht für die Ropers. Jetzt auch noch das.«

Tim ärgerte sich über die Andeutung, dass Adam und seine Kollegen von etwas Brisantem wüssten. Bradley erwiderte den Blick des Journalisten völlig ausdruckslos.

»So sehr ich Ihre Gesellschaft schätze – ich muss leider weiter«, bemerkte Adam und ging.

»Ich weiß nicht, ob ich ihm das glauben soll«, murmelte Tim.

»Wie meinst du das?«, fragte Bradley etwas verwirrt.

Tim holte tief Atem.

»Wenn du mal über die Änderung nachdenken könntest«, fügte Bradley hinzu. »Ich muss … äh, auf mein Zimmer.«

Selbst diese banale Feststellung schien einen Unterton zu enthalten, der Tim zu denken gab. Bradley faltete das Skript zusammen und steckte es mit seiner gewohnten Sorgfalt in sein Notizbuch. Sie würden sich alle um ein Uhr zu einer Besprechung im Büro von WorldWise treffen, fügte er hinzu und ging.

Tim kehrte auf sein Zimmer im Maritime Tower zurück, um seine Unterlagen für die Besprechung zu holen. Wie üblich, war fast niemand zu sehen. Er dachte über die Aufgabe nach, die Bradley ihm übermittelt hatte – die Änderung im Text. *Wie soll ich das lösen?*, fragte er sich. *Und warum ist es auf einmal notwendig, das Wort ›direkt‹ zu streichen*?

Während seiner kurzen Abwesenheit war das Zimmer erneut gründlich aufgeräumt worden. Die Jalousien waren geschlossen, jemand hatte eine Kiwi – die »Frucht des Tages« – in Scheiben geschnitten in die Obstschüssel gelegt, und ein Wäschesack lag bereit. Die unsichtbaren Hände hatten einen neuen Zufriedenheitsfragebogen auf dem Bett zurückgelassen, direkt auf dem alten, bei dessen Lektüre Tim gestern Nacht eingeschlafen war.

Wer waren diese Leute, die mit unerschütterlicher Gelassenheit in Tims WC-Schüssel blickten und nirgends ein Staubkörnchen übersahen? Fanden sie in ihrer Arbeit eine gewisse Befriedigung oder hassten sie sie? Es war besser, nicht weiter darüber nachzudenken. Nur so hielt man es an einem Ort wie diesem aus, und wenn man sich ansah, wie es auf der Welt zuging, blieb einem wohl auch nichts anderes übrig.

Außerdem sind wir ja genau deswegen hier, rief sich Tim in Erinnerung. *Um auf unsere Weise das Problem der Ungleichheit anzupacken*. Das war es, was WorldWise mit seiner Arbeit bezweckte und weshalb Tim nach Dubai gekommen war – um bei der Umsetzung des Werbespots mitzuhelfen. Auf diesen Gedanken würde er sich heute konzentrieren. Nach dem tragischen Vorfall konnte man leicht vergessen, dass sie hier etwas sehr Reales und Wichtiges zu tun hatten.

Er beschloss, noch kurz zu Hause anzurufen, bevor er zur Besprechung ging. Seine Mutter hatte ihm weitere Nachrichten geschickt, auch diesmal in einer unregelmäßigen Abfolge von Klein- und Großbuchstaben, wie es Mrs. Callaghan in einem handgeschriebenen Brief niemals unterlaufen wäre – ein Zeugnis ihres geduldigen Kampfes mit der modernen Technik. Tim stand draußen vor dem Centrepiece, als er anrief. Seine Mutter meldete sich, wie immer, beim dritten Klingeln: effizient, aber nicht so schnell, dass man denken könnte, sie habe nichts Besseres zu tun.

»Oh, Tim! Ich hab mir solche Sorgen um dich gemacht!«

Ihre Stimme ließ ihn nicht nur an das Haus seiner Eltern denken, mit seinem überheizten Wohnzimmer und dem behaglichen Summen der Küchengeräte, sondern auch an das Dorf, in dem sie lebten. Es gab dort ein altes Kino mit einer Leinwand, die nicht viel größer war als der Fernseher in Tims Hotelzimmer hier, und eine efeuberankte Kirche, auf deren Friedhof der ehebrecherische Pfarrer beerdigt war. Auf der Uhr über dem Altar der Kirche stand: »ES IST ZEIT, DEN HERRN ZU SUCHEN«, doch die Zeiger waren schon vor

Jahren stehen geblieben, als gäbe es jeden Tag nur zwei Momente, in denen es sich lohnte, den Herrn zu suchen. Die beiden Pubs im Dorf waren besser als nichts, und Tim erinnerte sich, dass Mr. Callaghan an Weihnachten mit ihm und Rod ins Pub gegangen war. Tim hatte es mit Stolz erfüllt, während es Rod zuletzt eher peinlich gewesen war.

»Ich habe mit Rod gesprochen.«

Seiner Mutter stockte der Atem. Tim hörte – über Tausende Meilen hinweg – ihre überwältigende Erleichterung über dieses Lebenszeichen von Rod und im nächsten Moment ihre Enttäuschung, dass sie, die ihren Sohn mehr liebte als irgendein anderer Mensch auf der Welt, nicht selbst einen Anruf von ihm erhalten hatte. »Wo …?«

»Er ist in Kuba.«

»Kuba«, stöhnte Linda Callaghan. »Du lieber Himmel. Was macht er dort?«

Tim überlegte einen Moment, ob das Wort »Kommune« sie beruhigen oder eher das Gegenteil bewirken würde. »Er nimmt sich eine Auszeit. Ich werde bald wieder mal mit ihm sprechen, dann sage ich ihm, er soll dich anrufen.«

»Danke. Danke, Tim.« Sie räusperte sich. »Also, wie lange bleibst du denn noch dort? Sie haben überall darüber berichtet, über den … du weißt schon, den Todesfall. Auch im *Telegraph.*« Obwohl das tragische Ereignis sein Projekt in Dubai trübte, konnte sich Mrs. Callaghan ein Gefühl des Triumphs wegen Tims beruflichen Erfolgs nicht verkneifen. »Ich habe es allen erzählt: Tim arbeitet bei dieser Fernsehshow mit!«

»Eigentlich ist es ein Werbespot. Wir …«

»Es tut mir so leid für die Eltern.«

»Ja, furchtbar«, stimmte Tim zu, obwohl ihm ihr Ton nicht gefiel. Genau so erzählte sie es wahrscheinlich in ihrer Lesegruppe – belangloser Klatsch, der unter Bekannten ausgetauscht wurde. Die Leute würden es zu Hause weitererzählen, obwohl es für sie ungefähr so viel Bedeutung hatte wie eine Tasse Kaffee.

»Die Eltern meinen, dass da irgendwas faul ist. Irgendwie verständlich aus ihrer Sicht. Aber die Leute in Dubai …«

Die Ereignisse waren offenbar für alle bloße Unterhaltung, nur nicht für die Betroffenen. Für die breite Masse waren sie nicht realer als der Krimi, den sich die Callaghans vielleicht heute Abend ansehen würden.

»Für die ist der Westen an allem schuld«, fuhr seine Mutter fort. »Ich finde das, gelinde gesagt, ein bisschen dreist. Ich meine, ich persönlich lebe lieber in einem Land, in dem eine Frau jederzeit …«

»Ich … ich hab noch einiges zu tun, Mum«, fiel ihr Tim ins Wort.

»Oh, natürlich. Du bist sicher sehr beschäftigt.«

Ihr veränderter Ton verursachte augenblicklich ein schlechtes Gewissen.

»Pass gut auf dich auf, ja? Kommst du uns besuchen, wenn du wieder zurück bist?«

»Klar, mach ich.«

Vor der Tür zum Büro von WorldWise zögerte Tim: Drinnen war offensichtlich ein Streit im Gang. Er hörte die aufgebrachten Stimmen von Jo und Ruth aufeinanderprallen.

»Ah ja, *dafür* ist Geld da, aber nicht für …?«, protestierte Ruth sarkastisch.

»Wir müssen tun, was er sagt«, fiel ihr Jo ins Wort. »Und wenn es Ihnen nicht passt, Ruth …«

»Da gibt's wohl Ärger im Paradies!« Die Stimme ließ Tim hochschrecken. Er fühlte sich beim Lauschen ertappt, obwohl ihn die Sache, die er mitgehört hatte, durchaus etwas anging. Die spöttische Bemerkung ließ ihn einen Moment lang vermuten, dass es Adam, der Journalist, war – doch als Tim sich umdrehte, sah er einen Mann mit schwarz geränderter Brille und Bürstenschnitt vor sich. Er war aus dem Büro gegenüber gekommen, dessen Tür die Aufschrift ALTERNATIVE ENERGIES trug. Er hob neugierig eine Augenbraue.

»Gehören Sie auch zu dem Verein?«

»Ja, ich meine, nur für ein paar Tage. Wir drehen einen Werbespot, um Spenden zu sammeln.«

»Da drin geht es sicher lustig zu, nach allem, was passiert ist, oder?«

»Es ist ein bisschen angespannt«, gab Tim zu. »Momentan würde ich auch gerne Solaranlagen bauen.«

»Sie würden *was*?«

Tim seufzte innerlich über sein altes Problem mit der Kunst des Small Talks. »Ich dachte, Sie wären bei der Firma hier beschäftigt – ›Alternative Energies‹.«

»Bin ich auch.« Der Mann zwinkerte amüsiert. »Nur haben wir nicht unbedingt mit alternativen Energien zu tun. Es geht mehr um Schönheitsoperationen.«

»Plastische Chirurgie?«

»Wir sprechen heute eher von ästhetischer Chirurgie. Wir bieten maßgeschneiderte Reisen an. Die Leute kommen aus Großbritannien rüber, machen hier Urlaub und lassen sich nebenbei ein Brustimplantat einsetzen oder etwas Fett absaugen. Zudem wollen viele Mädchen aus Dubai eine hellere Haut. Es gibt zwar gewisse Beschränkungen, aber wir finden Mittel und Wege, sie zu umgehen.«

Tim überlegte einen Augenblick. »Aber warum … warum nennen Sie sich dann ›Alternative Energies‹?«

Der geschäftstüchtige Chirurg breitete in gespielter Hilflosigkeit die Arme aus. »Das kann ich Ihnen beim besten Willen nicht sagen. Wahrscheinlich weil's gut klingt.«

Nachdem der Mann gegangen war, blickte Tim auf die Stadt mit ihren markanten Wolkenkratzern vor dem blauen Himmel, an dem wie aus Gewohnheit die Sonne strahlte. Auf der Sheikh Zayed Road, die er selbst erst vor einigen Tagen entlanggefahren war, ließen sich neue Besucher in die Stadt chauffieren, um all das zu finden, was sie an Bemerkenswertem über Dubai gehört hatten.

Als Tim eintrat, fasste ihn Christian wie ein übereifriger Reiseleiter am Arm und führte ihn an den Konferenztisch, an dem sich die anderen bereits versammelt hatten. »Okay, wir sind vollzählig und können loslegen!«

Die Anwesenden strahlten jedoch keinen übermäßigen Eifer aus. Die scharfen Worte, die erst vor wenigen Augenblicken gefallen waren, schienen noch in der Luft zu liegen. Jo schüttelte betroffen den Kopf, Ruths rote Haare hingen müde über ihre Schultern, und Bradley starrte betreten auf den Tisch. Miles hatte seine kräftigen Arme abwehrend vor der Brust verschränkt. Nur Christian war so, wie man ihn kannte. Mit dem geöffneten Kragenknopf, den Bartstoppeln und den leuchtenden Augen wirkte er fast noch energischer als sonst.

»Es ist natürlich nicht einfach«, begann Christian. »Aber ich möchte euch daran erinnern, wofür wir hier kämpfen. Es geht um Menschenleben.« Da war sie wieder, dachte Tim, diese Entschlossenheit eines großen Staatsmanns, das gezielt eingesetzte Pathos. »Wir bringen das Projekt wieder auf Kurs. Wir drehen heute Nachmittag und morgen im Golfklub, und wenn nötig, nehmen wir uns zusätzliche Drehtage. Wir können es schaffen, Leute.«

Auf dem Weg zu den Autos trat Roper erneut zu Tim und legte ihm die Hand auf den Arm. »Kann ich Sie etwas fragen?«

Mit aufwallender Panik dachte Tim an Jo. »Natürlich.«

»Haben Sie sich schon über die Änderung im Text Gedanken gemacht?«

»Ah.« Tim atmete auf. »Ja. Ich dachte mir, statt ›Mit Ihrer Spende schicken Sie Ihr Geld direkt dorthin, wo es etwas bewirkt‹ könnten wir einfach sagen: ›Mit Ihrer Spende kämpfen Sie mit uns gegen die Armut.‹«

Es war ihm ganz spontan eingefallen und klang lächerlich vage, aber Christian nickte zufrieden wie ein Weinkenner, der einen edlen Tropfen auf der Zunge wirken lässt. »Kämpfen Sie mit uns. Ja. Das ist großartig, Tim. Exzellent.«

Wie immer stiegen sie wenige Schritte vor dem Eingang zum Centrepiece in das WorldWise-Fahrzeug ein. Im Radio lief Hip-Hop; immer wieder wurden einzelne Wörter ausgeblendet, sodass es klang, als habe der Sänger Schluckauf. Der Fahrer wechselte abrupt die Spur, was ein Hupkonzert zur Folge hatte; niemand im Auto zuckte mit der Wimper. Tim warf einen Blick auf den Drehplan. Das Projekt war durchaus noch auf Kurs, wie Christian so leidenschaftlich betont hatte.

Beim Golfklub genügten wie immer ein paar Worte des Fixers, um die Sicherheitskräfte beiseitetreten zu lassen. Zwischen den weitläufigen Greens und Fairways des Golfplatzes näherte sich der Wagen einem Gebäude im Kolonialstil mit hohen Glastüren an der Veranda. Von oben würde das Gelände an einen Ozean erinnern, dachte Tim. Sein Blick blieb an einem Flutlichtmast hängen.

»Für Nachtgolf«, erklärte der Fixer. »Tagsüber ist es den meisten zu heiß zum Spielen.«

Tatsächlich war der Golfplatz so gut wie leer. Nur zwei Männer – einer im weißen Hemd, der andere in einem pinkfarbenen – hockten vor einem Golfball, als würden sie ein seltenes Vogelei bewundern. Der Fahrer hielt in der Auffahrt und ließ sie aussteigen. Ein von einem Sponsor finanziertes Schild verkündete: PLAY THE GAME! Tim dachte an das Werbevideo des Resorts mit dem glatt gestylten Mann, der elegant den Golfschläger schwang – für manche so etwas wie ein Sinnbild für ein glückliches Leben.

Tim sah sich in den holzgetäfelten Korridoren des Gebäudes um und entdeckte Räume, die nichts mit Golf zu tun hatten. Es gab mehrere Sitzungszimmer, einen »Relax-Raum« und ein Spielzimmer. Aus einer Vorratskammer trat ein Mitarbeiter hervor, der Tim mit seiner kleinen Statur und seiner beflissenen Haltung an Ashraf erinnerte. Der Mann huschte mit einem verlegenen Lächeln vorbei.

Tim sah sich kurz um und warf einen Blick in die Vorratskammer: Regale vollgepackt mit Lebensmitteln. Halb verdeckt von einer Flasche Olivenöl hing eine laminierte Liste mit der Überschrift: ZUR ERINNERUNG!

> Wir begegnen allen mit einem Lächeln.
> Wenn wir sauber machen oder staubsaugen, tun wir das unaufdringlich.
> Wenn wir den Tisch abräumen, vergewissern wir uns, dass der Gast mit dem Essen fertig ist und wir ihm nicht vorschnell den Teller wegnehmen.
> Wir fragen nicht nach, wer ein Golfspiel gewonnen hat usw. Im Gespräch mit dem Gast beschränken wir uns auf Sätze wie »Ich hoffe, Sie haben einen angenehmen Aufenthalt, Sir.«
> Wir vergessen nie, dass die Gäste hier sind, um sich zu erholen und zu entspannen, und wir hier sind, um zu arbeiten.

Als Tim die Tür zur Vorratskammer schließen wollte, fiel ihm ein Türgriff auf. Er kam sich vor wie eine Art James Bond im falschen Film, als er die Hand ausstreckte, den Türknopf drehte und in einem versteckten Raum landete.

Es war eine Bibliothek, eingerichtet wie der Salon eines englischen Landhauses, mit Jagdstöcken und Flinten in Glaskästen und Porträts von backenbärtigen Männern an den Wänden, einige mit Golfschlägern oder mit Respekt einflößenden Hunden an ihrer Seite. Tim hätte nicht sagen können, ob auf den Bildern reale Menschen porträtiert waren oder ob sie einfach nur die aristokratische Lebensart darstellten. In Kristallkaraffen standen Sherry und Portwein bereit. Von nebenan hörte man das gar nicht zu diesem Ambiente passende Geräusch von Laufbändern. Tim ließ den Blick über die Bücherwände schweifen, die mit großer Literatur bestückt waren: Dickens, Trollope, Galsworthy. Ein buntes Taschenbuch von Joanna Trollope steckte zwischen den *Barchester*-Romanen.

Auf dem Weg zurück zur Klub-Lounge lief ihm Jo über den Weg. Seit jener Nacht auf dem Balkon war es das erste Mal, dass sie sich allein begegneten. Er lächelte linkisch, während sie ihn gelassen mit ihren dunklen Augen musterte.

»Ist alles bereit?«, fragte Tim in dem Bemühen, zwanglos zu klingen.

»Ja«, antwortete Jo. »Es wird gut laufen. Wir sind bald wieder auf Kurs.« Es waren fast dieselben Worte, die auch ihr Mann zuvor verwendet hatte, und Tim hatte das ungute Gefühl, mit Phrasen abgespeist zu werden.

Er räusperte sich. »Ich wollte nur sagen, was da passiert ist …«

Seine Worte hatten eine unerwartet dramatische Wirkung: Jos Augenbrauen sprangen alarmiert hoch, und die Farbe wich aus ihrem Gesicht. Selbst im gedämpften Licht des Korridors wirkte sie extrem bleich. »Was meinst du?«

»Zwischen uns …« Tim trat nervös von einem Fuß auf den anderen. »Es tut mir wirklich leid, wenn ich …«

»Oh!« Jo legte ihm die Hand auf den Arm. Tim spürte ein Kribbeln auf der Haut. »Ich dachte, du meinst … egal.«

»Du dachtest, ich meine etwas anderes?«

»Ja … die Nacht, in der Raf gestorben ist.«

»Nein. Warum? Was ist damit?«

»Nichts. Nichts. Ich war bloß durcheinander.« Jos Hand schloss sich fest um sein Handgelenk. Tim fühlte sich erneut herausgefordert, gegen sein Verlangen anzukämpfen – diesmal jedoch aus einer geschwächten Position heraus, da er sich vom letzten Mal noch kaum erholt hatte. »Es tut mir leid, wenn ich dich zu etwas gedrängt habe«, murmelte Jo.

»Nein, das ist es nicht. Mich hat bloß ein bisschen der Mut verlassen.«

»Hast du diesmal mehr Mut?« Jo führte ihn durch die Tür in den Relax-Raum. Tim nahm aus den Augenwinkeln mehrere Futon-Liegen wahr, durch Seidenvorhänge voneinander abgetrennt. Er dachte, sie würde mit ihm in eine der Nischen gehen, doch sie blieb mitten im Raum stehen und küsste ihn. Er erwiderte den Kuss. Ihm wurde schwummrig, er war von sich selbst entsetzt, aber gleichzeitig wie elektrisiert. In seinem Gefühlswirrwarr hörte er plötzlich Schritte, die beunruhigend nahe klangen.

»Ich gehe zuerst«, flüsterte Jo, und kurz darauf hörte er sie jemanden grüßen – einen Angestellten, eine neutrale Stimme.

Als Tim in die Lounge zurückkehrte, drohten seine Beine unter ihm nachzugeben. Eine Handvoll Klubmitglieder war anwesend – ältere Männer aus dem Westen, die eine englische Zeitung lasen und dabei einen Whisky oder ein Guinness tranken. Tim setzte sich in einen Winkel, bis Ruth verkündete, dass es Zeit war, auf den Golfplatz hinauszugehen.

Rasensprenger schickten schimmernde Wasserfontänen über die Greens. Miles stand wie ein verrückter alter König auf einem Gerüst, befestigte eine Kamera an einem mechanischen Arm und rief den Leuten unter ihm durch ein Megafon Anweisungen zu. Bradley nahm seine Baseballkappe ab.

»Ton läuft. Kamera ab. Und … bitte.«

»Wollen Sie etwas wirklich Unglaubliches hören? Bis 2016 wird ein Prozent der Weltbevölkerung mehr besitzen als die restlichen 99 Prozent zusammen. Während gleichzeitig Menschen hungern. Wie gesagt: unglaublich. Aber wenn man es …«

»Und Schnitt!«

»Sorry.« Einer der Kameraassistenten schüttelte den Kopf. »Da ist irgendwas auf der Linse. Sorry. Fünf Minuten.«

»Einen Sonnenschirm für Jason, bitte«, rief Ruth und strich sich die Haare aus dem geröteten Gesicht.

Aus dem dürftigen Schatten einiger dünner Bäume, zwischen denen die Ausrüstung deponiert war, beobachtete Tim zusammen mit der Script/Continuity-Frau und dem Fotografen, wie Jason Streng seinen Part absolvierte. Gelegentlich tauchten zwei Golfer auf, die Jason zu kennen glaubten und laut darüber spekulierten, wo sie ihn schon einmal gesehen hatten. Zweimal übernahm Tim die Aufgabe, die Leute aufzufordern, still zu sein, oder sie wegzuschicken, doch beim zweiten Mal kam er zu spät: Ihre Diskussion war so laut, dass die Einstellung wiederholt werden musste. Streng wirkte mehr amüsiert als genervt. Er alberte herum, schwang einen imaginären Golfschläger und winkte den jungen Mann mit dem Sonnenschirm weg. »Ich bin keine Porzellanpuppe, Mann. Ich bin nicht zerbrechlich.« Als Bradley ihm das Startsignal gab, spulte er alles genauso ab wie beim ersten Mal, die Schritte, das Mienenspiel, jedes einzelne Wort – bis er erneut unterbrochen wurde.

Nach zwei Stunden hatten sie die erste große Einstellung im Kasten, und Miles war fast bereit für die »Flugszene«. Tims Stimmung hellte sich auf, der Adrenalinschub vom vorangegangenen Zusammentreffen und die Aussicht auf einen gelungenen Spot taten ihre Wirkung. Die unglücklichen Umstände hatten alles überschattet, aber nun verfolgte er mit Spannung, wie seine Idee umgesetzt wurde. Rafs Tod war natürlich eine Tragödie, doch die Arbeit und das Leben mussten weitergehen.

Elaine, Jasons Agentin, sah mit ihrer dunklen Sonnenbrille aus wie ein Alien. Christian und Jo standen in einigem Abstand voneinander und schienen an völlig unterschiedliche Dinge zu denken – oder bildete sich Tim das nur ein, weil er es glauben wollte? Christian stieg zu Miles auf das Gerüst, als der Kameramann sein Megafon zur Hand nahm.

»OKAY. WIR FANGEN IN FÜNF MINUTEN AN. ALLES HÖRT AUF BRADLEY. WIR ZIEHEN ES DURCH. KEINE EGO-SPIELCHEN, BITTE, UND VOLLE KONZENTRATION.«

»Alle auf Ausgangsposition«, gab Bradley sein Kommando. »Ich … ich brauche auch so ein Ding hier.«

Kaum hatte er es ausgesprochen, stieg der Fixer auf das Gerüst und reichte dem Regisseur ein Megafon. Das schrille Kreischen einer Rückkopplung ließ die Anwesenden zusammenzucken, als Bradley den falschen Knopf drückte. Einige Sekunden herrschte kollektive Benommenheit, als hätte jemand ein Betäubungsgas in die Luft gesprüht.

Hinter ihnen näherte sich das Summen eines Golfbuggys. Jasons Agentin wedelte mit dem Skript in Bradleys Richtung. »Es gibt da ein paar Dinge, die wir besprechen müssen.«

Das Summen des Motors wurde lauter; ein Buggy, gelenkt von einem Mann in Dischdascha und Kufija-Kopftuch, hielt an, und Adam sprang heraus. Christian Roper stieß einen zornigen Schrei aus und schnappte sich das Megafon von Miles.

»VERDAMMT, WAS HABEN SIE HIER ZU SUCHEN?«

Adam hatte die Ärmel aufgekrempelt und lächelte versonnen, wie jemand, der es genoss, auf einer Party für Aufsehen zu sorgen.

»WOLLEN SIE RAUFKOMMEN UND MIR ERKLÄREN, WARUM ICH SIE NICHT AUF DER STELLE RAUSSCHMEISSEN LASSEN SOLL?«, donnerte Christian

Roper, wenngleich das Megafon seiner Stimme ihre gewohnte Autorität raubte. Er hörte sich mehr wie ein gestresster Polizist oder ein übereifriger Straßenprediger an.

»Sehr gern«, rief Adam mit einer Daumen-hoch-Geste, und Tim beobachtete, wie er und Elaine gleichzeitig zum Gerüst liefen.

»WIR HABEN EINE ANFRAGE ZUM SKRIPT«, verkündete Bradley durch sein Megafon. »ICH SCHICKE STRENGS AGENTIN RAUF, DAMIT IHR DAS KLÄREN KÖNNT.«

»WIR HABEN NICHT ALLE ZEIT DER WELT«, donnerte Miles mit einer Lautstärke zurück, als befände sich der eine auf der Erde und der andere auf dem Mond. Elaine streifte die Schuhe ab, um auf das Kameragerüst zu steigen. Adam folgte ihr mit einem Aufnahmegerät in der Hand. Christian Roper rief und gestikulierte immer noch, bis Jo vortrat und sich Adam in den Weg stellte.

»Vergessen Sie's«, sagte Jo. »Ich würde da nicht raufgehen.«

»Ihr Mann hat mich ausdrücklich eingeladen«, spöttelte Adam.

»Lassen Sie's.« Jo legte ihm den Arm auf die Schulter.

»ICH WILL HIER NIEMANDEN HERUMSTEHEN SEHEN!«, polterte Miles.

Während die Anwesenden den Streit beobachteten, geschah etwas Unfassbares. Ein Schrei zerriss die Luft, ausgestoßen von mehreren Leuten zugleich. Miles schrie am lautesten. Jemand – nein, etwas – kam von oben auf die kleine

Gruppe, die sich unten versammelt hatte, zugesaust. »Vorsicht!«, rief jemand, und sie sprangen auseinander, obwohl das Ding bereits neben ihnen eingeschlagen hatte. Eine Kamera lag zertrümmert auf dem Boden, inmitten von glänzenden Glassplittern.

»Großer Gott«, murmelte Ruth und ging in die Knie, wie um den Schaden zu begutachten, doch sie hockte nur da, den Kopf auf die Knie gestützt. Jo Roper bückte sich und legte ihr die Hand auf die Schulter. Tim hockte sich zu ihnen, nicht zuletzt, weil er nahe dran war, in Ohnmacht zu fallen. Er legte Ruth die Hand auf die andere Schulter und spürte ihren angespannten Atem, während sie das Zittern zu unterdrücken versuchte. Adam schluckte und leckte sich mit der Zunge nervös die Lippen, fing sich jedoch schnell und schoss drei Fotos.

Die drei rührten sich nicht von der Stelle – sie wussten, dass die Kamera jeden von ihnen hätte erschlagen können. Tim spürte, wie sich Ruths Schultern hoben und senkten. Vom Gerüst über ihnen kam kein Laut. Tim hörte ein fließendes Geräusch und dachte für einen Sekundenbruchteil, dass jemand blutete, doch es war nur ein Rasensprenger, der irgendwo auf dem Fairway vor sich hin sprühte.

Selbst der Fixer wirkte nach dem jüngsten Rückschlag ratlos und niedergeschlagen; statt der zwei Autos, die er bestellt hatte, traf nur eins ein, und das war eindeutig zu klein, um sie alle zurückzubringen. Miles, der sich ein frisches T-Shirt angezogen hatte und das verschwitzte wie ein Spültuch in der Hand trug, verstaute die Ausrüstung im Kofferraum.

»Ich arbeite jetzt seit fünfundzwanzig Jahren mit diesen Kameras«, sagte er – ob zu sich selbst oder zu den anderen, war nicht zu erkennen. »Ich kann sie im Schlaf aufbauen. Und ich sage euch eins: Diese Kamera ist nicht einfach runtergefallen. Da hat jemand nachgeholfen. Diese Kamera«, wiederholte er, »ist nicht von allein runtergefallen.«

Die anderen vermieden es, einander in die Augen zu sehen. Tim versuchte sich zu erinnern, was genau geschehen war, wie die Sekunden davor abgelaufen waren und wer sich wo aufgehalten hatte. Vielleicht gab es einen unter ihnen, der genau wusste, wie es sich zugetragen hatte, und der auch wusste, was mit Raf geschehen war. Tim hatte das bedrohliche Gefühl, dass sich ein Netz immer enger um sie alle zusammenzog, auch um ihn selbst.

»Morgen werden wir sicher nicht drehen können«, fuhr Miles mit grimmiger Gewissheit fort. »Diese Kamera ist im Arsch. Die kann niemand mehr reparieren. Und es dauert mindestens zwei Tage, bis eine neue da ist. Macht euch keine falschen Hoffnungen – das Ding ist Schrott.« Er bekräftigte diese Tatsache mit immer deftigeren Ausdrücken, obwohl ihm ohnehin niemand widersprach. Die anderen wussten nicht so recht, wie sie das Problem des Platzmangels im Auto lösen sollten, und Tim sah eine Chance, sich nützlich zu machen – wenn auch nur, indem er sich von der Gruppe löste.

»Es macht mir nichts aus, hierzubleiben und auf ein Taxi zu warten.«

»Wenn es Sie nicht stört«, griff der Fixer die Idee hastig auf, als hätte er Tim mit einem Zaubertrick zu dem Vorschlag veranlasst. »Das wäre gut. Ich kann Ihnen innerhalb einer halben Stunde einen Wagen schicken. Sie könnten sich inzwischen einen Drink genehmigen.« Er bemühte sich redlich, sein gewohntes Lächeln aufzusetzen. »Und sich mit den Jungs hier über Golf unterhalten.«

Als Tim dem wegfahrenden Auto nachsah – Ruth starrte benommen aus dem Fenster, und der Fixer telefonierte bereits mit seinem Handy –, wich der kurze Anflug von Angst, allein zurückzubleiben, einem Gefühl der Erleichterung. Das bedrohliche Netz, die unsichtbare Falle, schien sich ein wenig zu entfernen. Er hatte keine Lust auf die Gespräche in angespannter Atmosphäre, die misstrauischen Blicke und vielsagenden Andeutungen, die mit Sicherheit kommen würden. Und er hielt sich am besten fern von Jo und von allen, die vielleicht den Verdacht hatten, dass zwischen ihnen etwas lief. *Vielleicht sollte ich heimfliegen*, sagte er sich. *Zurück nach London. Die brauchen mich doch gar nicht, außerdem ist es hier nicht mehr sicher.*

»Was machen Sie hier, Mann? Bisschen Sonne tanken?«

Es war Jason Streng, gefolgt von seiner wachsamen Agentin. Er nahm die Sonnenbrille ab und neigte fragend den Kopf.

»Oh, ähm … das Auto war voll, darum …«

»Kein Problem, Mann. Springen Sie rein, wir nehmen Sie mit«, bot Jason in seinem pseudoamerikanischen Akzent an. Vielleicht war es aber auch sein salopper Ton, der Tim irgendwie unpassend vorkam – als würden sie zusammen eine Spritztour an den Strand unternehmen und nicht den Ort eines beinahe tödlichen Zwischenfalls verlassen. Tim setzte sich auf den Rücksitz des SUV, der fast so groß war wie ein Kleinbus, und sah, wie Streng und Elaine kurz Blicke austauschten und mit den Schultern zuckten. Vermutlich war sie nicht begeistert von Jasons Idee, ihn mitzunehmen. *Zum Teufel mit ihr*, dachte Tim in müdem Trotz. *Ich hab auch ein Recht, hier zu sein. Glaubt sie vielleicht, ich will ihn kidnappen*?

»Schieben Sie die Taschen einfach zur Seite, falls sie stören«, schlug Streng vom Beifahrersitz aus vor und deutete auf ein paar weiße Einkaufstaschen, die mit einzelnen Wörtern wie SOUL und SANCTUARY bedruckt waren – Wörtern, die in einem anderen Zusammenhang etwas Wichtiges bedeuteten. Es war jedoch nicht nötig, die Taschen aus dem Weg zu räumen; der Wagen war größer als der, mit dem das ganze Filmteam befördert wurde, und Tim saß in bequemem Abstand zu Elaine, deren Fingernägel hastig über ihr Handy tanzten.

Sie kamen an der Plakatwand für den im Bau befindlichen Wolkenkratzer-Komplex Dubai Pearl vorbei, und Tim griff den Slogan »DIE ZUKUNFT IST HEUTE« auf, um einen kleinen Scherz anzubringen: »Komisch, ich dachte immer, die Zukunft wär ein bisschen weiter weg.«

»Sorry – was?«, fragte Jason. Elaine sah Tim streng an, als hätte er ihren Schützling gefährdet, indem er es gewagt hatte, ihn anzusprechen.

»Ach, die Plakatwerbung für den neuen Hochhauskomplex. Der Slogan klingt ein bisschen platt, finde ich.«

Jason schwieg, als hätte Tim ihn – was völlig absurd war – mit seiner Bemerkung beleidigt. Vielleicht war der Schauspieler auch nur gelangweilt von dem belanglosen Small Talk. Einmal mehr fühlte sich Tim ausgeschlossen und fehl am Platz, da drehte sich Streng überraschend zu ihm um.

»Ein Kumpel von mir, Noel Shaw.« Er sprach den Namen aus, als müsse Tim ihn auf jeden Fall kennen – der tat ihm den Gefallen und nickte. »Riesentyp. Er war vor ein paar Jahren mal hier und wollte sich über Immobilien erkundigen. Der Makler erzählt ihm von dieser Inselgruppe, The Palm. Sagt, wenn er sofort eine Villa kauft, kann er ihm zwei zum halben Preis dazugeben.«

Streng genoss es sichtlich, seine Geschichte vorzutragen, wie Tim zufrieden feststellte. Er erzählte sie nicht bloß, sondern setzte sein schauspielerisches Talent ein und wechselte zwischen den Stimmen der beiden Personen hin und her – Noel mit der gedehnten Sprechweise des Amerikaners und der Immobilienhändler mit beflissener, schmeichelnder Stimme. »Natürlich sagt Noel: ›Warum zum Teufel soll ich *drei* Villen kaufen!‹ Und der Makler meint: ›Sie können sie weiterverkaufen.‹«

»Weiterverkaufen?«

»Genau. Draußen stehen die Leute Schlange, um eine Villa zu ergattern. Wenn Sie rausgehen und sagen, dass Sie drei haben, kriegen Sie sicher das Doppelte dafür. Und wissen Sie, was er getan hat?«

»Er hat sie gekauft?«

»Alle drei.« Streng lachte, und Tim mit ihm. »Er blättert vielleicht eine Million hin, und es kommt genau so, wie es der Makler vorhergesagt hat. Er verkauft zwei Villen praktisch im Handumdrehen. Und wissen Sie, was die Käufer getan haben?«

»Sie weiterverkauft?«

»Exakt. Sie haben sie ebenfalls gleich wieder verschachert. Wahrscheinlich an die Nächsten in der Schlange, die auf eine solche Gelegenheit gewartet haben. Und so weiter. Und wissen Sie, was das Verrückteste an der Geschichte ist? Diese Villen waren noch gar nicht gebaut. Sie wurden alle ab Plan verkauft. Aber eben nicht ein Mal, sondern vielleicht zehnmal, noch bevor der erste Ziegel gelegt war.«

»Was machen Sie eigentlich genau, Tim?« Elaines frostige Stimme machte die entspannte Atmosphäre augenblicklich zunichte.

Tim schluckte schwer. »Ich … ich bin als Texter in einer Werbeagentur beschäftigt.«

»Ja, aber was machen Sie konkret?«

»Ich habe einige Kampagnen für Vortex entwickelt. Ideen, die wir an die Kunden verkaufen.«

»Irgendwas, von dem ich gehört haben könnte?«

Schon vor der für einen Preis nominierten Yorkshire-Kampagne hatte Tim einige beachtliche Erfolge erzielt. So hatte er unter dem Slogan »MANCHMAL HAST DU KEINE WAHL« für einen Schokoladehersteller eine Serie von Werbespots entwickelt, in denen Leute so versessen auf das Produkt waren, dass sie sich mit dem Baseballschläger auf die Lauer legten und Kindern Schokoriegel aus der Hand rissen. Es hatte einige Beschwerden gegeben, woraufhin die Kampagne trotz ihres Erfolgs abgesetzt worden war. Danach hatte er eine Serie von Printanzeigen für eine Hotelgruppe gestaltet: Eine zeigte ein enttäuschtes Paar im Bett, mit dem Slogan »UNSER BETT IST JEDENFALLS NICHT DAS PROBLEM«. Es ging das Gerücht, dass sich zwischen den beiden Models der Anzeige eine echte Beziehung entwickelt habe. Ein Wirtschaftsblatt berichtete darüber, was die Kampagne aufwertete, obwohl an der Geschichte wahrscheinlich nichts dran war.

Tim erzählte der Agentin von dieser Arbeit, doch Elaine schien wenig beeindruckt und verzog keine Miene. Als sie ausstiegen, war die Stimmung wieder genauso kühl wie am Anfang, bevor Jason mit seiner Geschichte das Eis gebrochen hatte. Tim verabschiedete sich von Streng und seiner Agentin mit dem seltsamen Gefühl, sie vielleicht nie wiederzusehen. Morgen würde wahrscheinlich nicht gedreht werden, und übermorgen war er vielleicht schon nicht mehr in Dubai.

An diesem Abend ließ die Hitze des Tages nur wenig nach. Reggae- und Sambamusik wehte von den Pools herüber, an denen immer noch Badegäste lagen und Kinder ausgelassen spielten und einander mit Wasser bespritzten.

Tim überlegte, ob er in einem Restaurant am Strand essen oder zum Maritime Tower zurückkehren sollte, und studierte die eine oder andere Speisekarte, ohne großen Appetit zu verspüren, obwohl ein Kellner herauskam und ihm von »besonderen Angeboten« vorschwärmte, die sich kaum von denen unterschieden, die es schon an den Tagen davor gegeben hatte. Zwei Restaurants waren bereits gut besucht, und die Kellner wuselten wie Ameisen umher. Tim setzte sich schließlich auf eine Terrasse und versuchte, seine Gedanken zu sammeln.

Er fragte sich, wie er Elaines unverblümte Frage – »Was machen Sie eigentlich genau?« – etwas überzeugender hätte beantworten können. Er war noch nicht einmal dreißig und hatte schon einiges erreicht. Doch was ihm hier begegnete, war jenseits der Maßstäbe, die normalerweise für sein Leben galten. In dieser Welt aus Restaurants, Freizeitparadiesen, palastartigen Einkaufszentren für Luxusgüter, in der ein plötzlicher Todesfall kaum für Aufsehen sorgte, wirkten seine beruflichen Erfolge irgendwie unwirklich. Wenn er hier seine Nominierung für einen Preis erwähnte, bedeutete das ungefähr so viel, als würde er seine Schwimmurkunden aus der Schulzeit herumzeigen.

Eine Kellnerin wartete in einigem Abstand mit verschränkten Armen auf seine Bestellung, vermied es jedoch, zu ihm zu blicken. Tim orderte eine Cola. Sein Gehirn registrierte den Geschmack, noch bevor die Flüssigkeit seinen Gaumen erreicht hatte. Das Getränk war so vertraut, dass es kaum einen Unterschied machte, ob man es tatsächlich trank oder nicht. Vielleicht war das auch das Problem mit dem Village, dachte er: Alles war bis ins kleinste Detail organisiert, so perfekt, dass kein echtes Erlebnis mehr möglich war.

Tim trank seine Cola aus und kehrte zum Hotel zurück. Die Schilder am Wegrand, denen man einen verwittert wirkenden Anstrich verpasst hatte, verstärkten den unwirklichen

Eindruck, den der Ort auf ihn machte. Der tränenförmige Swimmingpool, die Zeitschriften und Kriminalromane, die Kellner und Rettungsschwimmer – alles nicht echt, dachte er, und in seinem Kopf begann es sich zu drehen. Im Aufzug des Maritime Tower atmete er tief ein und ließ die Luft langsam entweichen, als sich die Tür schloss. Er drückte den Knopf für das Stockwerk und fuhr mit der Hand langsam über die Wand der Aufzugskabine. Die extreme Kluft zwischen ihm und seiner Umgebung schien sich zu schließen. *Alles in Ordnung*, sagte er sich. *Du bist in Dubai. Hier ist alles ein bisschen seltsam, das ist nun mal so.*

Er beschloss, sich auf die ganz normalen Dinge zu konzentrieren, nicht auf Rafs Tod und die Rätsel und offenen Fragen, die mit jeder Stunde mehr wurden. Er hatte sich einfach zu viele Gedanken über zu vieles gemacht.

Draußen wurde es allmählich dunkel – ein beeindruckender Anblick. Während die orangegoldene Sonne im Meer versank, spürte Tim seine ursprüngliche Begeisterung für Dubai wieder aufblitzen und empfand sogar wieder eine Art Zuneigung, wie man sie für einen Menschen empfinden mochte, den man immer noch anziehend fand, obwohl er einen enttäuscht hatte. Die Fassade des Burj Al Arab schimmerte in verführerischen Blautönen. Tim stellte sich plötzlich vor, jemand in den oberen Stockwerken des Hotels blicke zu ihm herüber, als wären sie wie in einem Märchen jeder in einem Turmverlies gefangen.

Als die Dunkelheit hereinbrach, beschlich ihn ein mulmiges Gefühl. Er ließ sich ein Bad ein und rief den Zimmerservice, worauf ein traurig dreinblickender Filipino erschien. Dann fuhr er seinen Laptop hoch und sah das Burj Al Arab zweidimensional auf dem Display.

Er hatte eine E-Mail von Stan bekommen, in der alle Mitarbeiter über einen neuen Auftrag informiert wurden – eine Kampagne für ein Männerparfüm namens »Utopia«, »entwickelt« von einem Popstar, der von dem Produkt wahrscheinlich kaum Notiz nahm. Rod hatte leider keine Nachricht geschickt; Tim hatte gehofft, sein Bruder würde sich melden, nachdem die Telefonverbindung so abrupt abgebrochen war. Als der Posteingang leer war, machte er mit der unvermeidlichen Google-Suche weiter. Hätte er sich jetzt mit irgendetwas anderem als Rafs Tod beschäftigt, wäre er sich vorgekommen wie die Leute, die – kaum dass die bestürzende Nachricht verbreitet worden war – schon wieder scherzten und sich am Swimmingpool vergnügten. Und so las Tim, nur eine Stunde, nachdem er sich geschworen hatte, sich nicht mehr mit dem Thema zu befassen, einen Blog, den ein Freund von Raf verfasst hatte.

Der Schreiber griff den Verdacht auf, dass Raf keines natürlichen Todes gestorben sei. Dubai, behauptete der Mann, sei wie der Wilde Westen, ein Ort, an dem sich mit Geld jedes Problem lösen ließ, auch das, »jemanden zu beseitigen, der einem ein Dorn im Auge ist«. Tim klickte einen Link zu einem weiteren Blog an und spürte, wie seine Hand über der Tastatur erstarrte.

Ich habe ein gewisses Interesse an dem Fall, nicht nur weil ich drei Jahre in Dubai gearbeitet habe – wie die regelmäßigen Leser wissen –, sondern weil ich eine der Personen, die in den Fall verwickelt sind, von früher kenne: den Mann von der Werbeagentur Vortex.

Tim las die Zeilen mehrmals, bevor er nach unten scrollte, um festzustellen, wer das geschrieben hatte. Der Autor hieß Marcus Carless. Der Name kam ihm bekannt vor: Sie waren einmal zusammen zur Schule gegangen, doch es war so lange her, dass Tim sich nicht einmal mehr an sein Gesicht erinnern konnte – nur an den Namen mit dem angedeuteten Reim. Carless war heute offenbar als Finanzanalyst tätig, einer der vielen, die es nach Dubai gezogen hatte, weil sie am hiesigen Goldrausch teilhaben wollten.

So oft Tim den Eintrag auch las – ihm wollte einfach nicht in den Kopf, was mit diesen Worten angedeutet werden sollte: dass er, Tim, zu der Handvoll Leuten gehörte, die im Verdacht standen, Raf ermordet zu haben. Es gab zwar nicht den kleinsten Hinweis, dass es sich überhaupt um Mord handelte, doch Carless schien nicht den geringsten Zweifel zu haben. Der »Mix aus Alkohol und Drogen«, den man in Rafs Blut festgestellt hatte, sei nur eine Floskel, mit der die Verdächtigen entlastet und die Schuld dem Opfer zugeschoben werden sollten. Jeder wisse, dass in Dubai illegale Aktivitäten an der Tagesordnung seien. Dass die Behörden wegsahen, gehöre zu dem Deal, mit dem die Stadt sehr gut lebe. Dubai sei jedoch immer noch Teil der arabischen Welt, schrieb Carless, deshalb werde auch hier gelegentlich ein Exempel statuiert. Dann könne es passieren, dass Urlaubsgäste im Gefängnis landeten, weil sie Sex am Strand hatten. Und dass jemand in seiner Hotelsuite starb, weil er zu viel gefeiert hatte. Die Moral: Dubai kann verdammt hart sein, wenn es will. Immer mehr Besucher aus dem Westen würden von der Aussicht auf Sex und Partys angelockt. Dubai sei kein guter Ort, um mit dem Gesetz in Konflikt zu geraten. Doch es werde eine zweite Obduktion geben, betonte Carless. Das sei man Raf und seiner Familie schuldig.

Zudem sei auch WorldWise nicht ganz astrein, munkelte der Schreiber. *Wie sieht's mit Dubai Pearl aus?*, fragte er rhetorisch und fügte ein zwinkerndes Smiley aus Klammer und Semikolon hinzu.

Selbst wenn man bedachte, dass der Mann in Dubai gelebt hatte, war es ärgerlich, wie anmaßend und leichtfertig er mit angeblichen Fakten um sich warf und eine zweite Obduktion verlangte, obwohl noch nicht einmal die Ergebnisse der ersten bekannt waren. Doch Carless war nur einer von vielen, die sich aus der Ferne als Mordermittler betätigten. Sie alle glaubten zu wissen, was geschehen war, während Tim und seine Kollegen nichts anderes tun konnten, als irgendwie mit der Situation klarzukommen und mit den argwöhnischen Blicken der Leute zu leben. Als wären sie Teile in einem großen Puzzle, das sie selbst nicht überblicken konnten.

Tim knallte den Laptop zu und schob ihn beiseite.

Er erinnerte sich an das Facebook-Posting, das er zuvor gelesen hatte, mit seiner vielsagenden Andeutung: »Jemand weiß etwas«. Das Internet vermittelte ihm das ungute Gefühl, dass zu viele Leute zu viel wussten. Überall wurden Meinungen als Fakten hingestellt. Jeder glaubte zu wissen, wie die letzten Augenblicke in Raf Kavanaghs Leben verlaufen waren. Plötzlich beschlich Tim das seltsam dumpfe Gefühl, dass es vielleicht gar keine wirkliche Geschichte gab – dass das reale Ereignis von den vielen Versionen ausgelöscht wurde, die zwar nicht der Wahrheit entsprachen, aber unumstößlich da waren.

Draußen auf dem Gang näherten sich Schritte. Sie stoppten, und im nächsten Moment klopfte es an der Tür.

»Hallo?«, rief Tim.

Niemand antwortete. Die Klimaanlage summte vor sich hin wie immer, ein einziger endloser Atemzug. Tim rief erneut – immer noch keine Reaktion. Dann klopfte es wieder, zweimal. Einen Moment lang packte ihn eine Angst, wie er sie noch nie erlebt hatte. Sie begann zwischen den Beinen wie eine Erektion, obwohl es das genaue Gegenteil war: eine schleichende Kälte, die sich nach oben und unten zugleich ausbreitete. Er stellte sich vor, wie er die Tür öffnete und in die Augen eines Menschen blickte, der einen Mord begangen hatte – und er würde der Nächste sein. *Sei kein Idiot*, sagte er sich. *Hier kommt niemand rein. Außerdem kann ich zur Tür gehen und durch den Spion gucken.*

Doch er blieb einfach stehen, als würde ihn eine übermächtige Kraft festhalten. Seine Gedanken schweiften zurück zu dem, was er im Internet gelesen hatte, zu der Bemerkung, dass Raf eine zweite Obduktion »verdient« habe. Er stellte sich vor, wie Rafs Angehörige auf dem Flughafen warteten: ein windgepeitschtes Rollfeld mit gleichgültig herumstehenden Arbeitern in Signalwesten.

Nach fünfzehn oder zwanzig Minuten, die ihm bedeutend länger vorkamen, spürte Tim, wie die Anspannung allmählich nachließ. Falls draußen jemand lauschte, musste er inzwischen begriffen haben, dass nichts zu hören war. Tim stand auf und machte sich im Zimmer zu schaffen, schaltete die Spots zu beiden Seiten des Betts und den Fernseher ein, aus dem das tröstliche Geplapper eines fremdsprachigen Fußballkommentators kam.

Er zog die Shorts aus und stellte die Dusche auf »Londoner Regen«. Es fühlte sich ziemlich echt an: ein leichter bis mittelstarker Guss, gleichmäßig und kalt. Er ließ sich das Wasser über Schultern und Rücken strömen und entspannte sich nach und nach. *Da war niemand an der Tür*, sagte er sich. Oder höchstens der Zimmerservice – jemand aus dem Heer der Hotelangestellten, der begriffen hatte, dass er nicht erwünscht war. Das Wasser umspülte ihn, hüllte ihn ein. Bald, sehr bald, würde er wieder in London sein.

Als er aus der Dusche kam, lief im Fernsehen ein *Poirot*-Krimi. *Was für ein Zufall*, dachte er mit einem angedeuteten Lächeln. Er öffnete den Laptop, und der Bildschirm erwachte gehorsam zum Leben. Ihm fielen die Andeutungen über WorldWise ein, die er im Internet gefunden hatte. Vielleicht hätte er sich die Hilfsorganisation ein bisschen genauer ansehen sollen, bevor er nach Dubai kam. War es denkbar, dass Raf etwas Brisantes entdeckt hatte? Die Wahrscheinlichkeit, im Internet etwas Brauchbares zu finden, war zwar gering – wenn man von Andeutungen und Mutmaßungen absah –, doch er musste es zumindest versuchen. Im Fernsehen zog Poirot die Stirn in Falten und klagte, was für ein Rindvieh er gewesen sei, während ihn sein Begleiter Hastings wie immer verständnislos ansah.

Als sich Tim wieder dem Laptop zuwandte, erschien auf dem Display eine arabische Textzeile, gefolgt von einem Ausrufezeichen. Erneut versuchte er, online zu gehen, doch er erhielt dieselbe unverständliche Mitteilung. Er versuchte es mit Facebook, dann mit der BBC-Site, mit demselben Ergebnis.

Er rief im Centrepiece an; die Mitarbeiterin fragte, ob es ihm etwas ausmachen würde, einen Moment zu warten, und legte ihn sofort in die Warteschleife. Eine Stimme vom Band rief ihm in Erinnerung, dass das Village über ein breit gefächertes Unterhaltungsangebot verfügte. Tim holte sich eine Flasche Weißwein aus der Minibar und öffnete sie.

Sobald Sie das Village betreten, versprach die Stimme, *werden Sie sich wie zu Hause fühlen. Es ist ein Ort, wo Arbeit zum Vergnügen werden kann und wo wir für Ihr Vergnügen arbeiten. In unseren Luxusunterkünften …*

Tim wandte sich wieder dem Display zu. Warum wurde ihm der Zugang zum Internet verwehrt und warum erschien die Mitteilung nicht auf Englisch, wo doch sonst alles auf die ausländischen Gäste zugeschnitten war – so sehr, dass hier im Resort die Landessprache kaum noch vorkam? Frustriert betrachtete er die Schriftzeichen, die für jemand anderen einen Sinn ergeben würden.

Gehen Sie online, um mehr zu erfahren, lud ihn die Stimme vom Band ein – ein Vorschlag, der unter den gegebenen Umständen nicht einer gewissen Ironie entbehrte – *und um unsere Partner kennenzulernen, darunter Dubai Pearl, wo Sie die Zukunft …*

Wo Sie die Zukunft schon heute erleben, dachte Tim mit einem frustrierenden Déjà-vu-Gefühl. Plötzlich kam in seinem Kopf etwas in Bewegung – mehrere Dinge zugleich. Er erinnerte sich an den Werbeslogan auf dem Plakat, an seine sarkastische Bemerkung und an Jasons verständnislose Reaktion. Er dachte an die Panik in Elaines Augen, wenn jemand ihrem Schützling zu nahe kam, an das Geheimnis, das sie in dem kurzen Gespräch im Wohnwagen angedeutet hatte. Tim goss sich ein Glas Wein ein. Konnte es sein, dass Jason deshalb so verständnislos auf seine Bemerkung über den Slogan auf dem Plakat reagiert hatte, weil er nicht wusste, was die Worte bedeuteten, so wie Tim die Mitteilung auf dem Laptop nicht entziffern konnte? War es möglich, dass Jason nicht lesen konnte?

Je länger er darüber nachdachte, umso plausibler erschien es ihm. Es würde erklären, warum Elaine ihn auf Schritt und Tritt begleitete und niemand direkt mit ihm sprechen durfte. Warum ein Skript immer an seine Agentin geschickt werden musste. Für Außenstehende sah es so aus, als nehme sie ihm den lästigen Papierkram ab, damit er sich ganz auf seine Arbeit konzentrieren konnte, doch in Wahrheit war er vielleicht gar nicht in der Lage, sich damit zu befassen. Wenn herauskam, dass er nicht lesen konnte, wäre das vielleicht nicht das

Ende seiner Karriere, aber mit Sicherheit eine peinliche Enthüllung und ein schwerer Rückschlag. Falls Tims Vermutung stimmte, handelte es sich um ein Geheimnis, das es mit allen Mitteln zu schützen galt. Besonders, wenn jemand etwas herausfand. Jemand wie Raf. Doch auch das waren bloße Vermutungen – er betätigte sich genauso als Amateurdetektiv wie die Blogger und die Verfasser der Postings im Internet. Tim lehnte sich in die Kissen zurück und fühlte sich ein bisschen wie in dem Poirot-Krimi, in dem die Verdächtigen gerade aufgefordert wurden, sich in der Bibliothek zu versammeln, um das Urteil des großen Detektivs zu erwarten. Mehr denn je sehnte sich Tim zurück nach Devon, wo sich Mrs. Callaghan an den Krimiabenden immer ihre eigenen Gedanken machte: »Würdest du deswegen jemanden *ermorden*, Henry?« Und Tims Vater hätte vielleicht geantwortet: »Ich persönlich nicht, Liebes.«

Was war ein ausreichender Grund für einen Mord? War es tatsächlich denkbar, dass Raf hatte sterben müssen, weil er hinter dieses Geheimnis gekommen war? Falls es überhaupt ein solches Geheimnis gab. »Motiv« war leider ein schwammiger Begriff; der tatsächliche Auslöser für eine Tat war manchmal vielleicht eine Kleinigkeit. Bradley hatte wohl zu Recht darauf hingewiesen, dass die meisten Täter wahrscheinlich nicht am Morgen aufwachten und wussten, dass sie es tun würden.

Bald würde Poirot die Lösung präsentieren. »Sie haben es getan«, würde er sagen, und der Beschuldigte würde es vehement bestreiten und am Ende doch alles gestehen. So wie alle anderen Ermittler in Fernsehkrimis – die abgebrühten, die zerstreuten, aber cleveren und die von einer dunklen Vergangenheit gepeinigten – würde er eine unglaublich brillante Beweiskette vorlegen, die nicht zu widerlegen war. Das war es, was der Fernsehzuschauer wollte: Der Tod sollte schockierend, aber letztlich voll und ganz erklärbar sein. In keinem Feiertagskrimi befanden sich die Personen am Ende in Tims Zwickmühle: mit bloßen Vermutungen darüber, was geschehen war und wer dafür verantwortlich sein könnte. Er trennte die Telefonverbindung und stellte sich vor, dass die Bandstimme lautlos weitersprach.

Bevor er die Kleidung für morgen bereitlegte und das Licht ausschaltete, schloss er die Zimmertür auf und öffnete sie einen Spaltbreit, dann etwas weiter und schließlich ganz. Natürlich war niemand da. Er blickte links und rechts den Gang hinunter und sah nichts als die gewohnte Umgebung eines Hotels, das ihm nichts Böses wollte, sondern Leuten wie ihm die Möglichkeit gab, sich zu erholen, seine Probleme zu vergessen und sich alle Wünsche erfüllen zu lassen.

10
Nocturne

Im Licht der Laternen ging Tim zu Rafs Chalet. Die Haustür stand weit offen. Raf empfing ihn mit einem bedauernden Lächeln. »Ich weiß, was kommt«, sagte er. Tim packte ihn an der Kehle und drückte zu, und kurz darauf war das Gesicht leblos und leer. Tim hatte im Schlaf das Chalet aufgesucht, die Tür offen vorgefunden, Raf Kavanagh umgebracht und war danach in sein Bett zurückgekehrt, ohne etwas davon mitzubekommen. Er hatte es getan, weil er Raf hasste; zudem hatte der Alkohol alle Hemmungen weggespült. Er war ein Mörder, und damit war alles zunichte und bedeutungslos, worum er sich in seinem Leben bemüht hatte.

Dann war es vorbei, und er schrie nicht mehr. Sein Rücken war so schweißnass, dass es sich anfühlte, als trage er irgendein enges Kleidungsstück. Sein Gesicht fühlte sich fiebrig an. Er stand draußen auf dem Gang, mit dem Rücken zu seiner Zimmertür. Die Deckenlichter leuchteten wie Katzenaugen auf der Straße, doch es war weder Nacht noch Tag.

Es dauerte einen Moment, bis er begriff: Er hatte geschlafwandelt und dabei sein Zimmer verlassen. Es war ein Traum gewesen, keine Erinnerung. Natürlich hatte er Raf nicht umgebracht. Tim legte die Hand auf sein Herz, das in der nackten Brust hämmerte. Es war ja gar nicht möglich, im Schlaf jemanden umzubringen, oder? Mit jeder Sekunde entfernte sich der Traum weiter von der Wirklichkeit. Tim staunte, dass einem etwas so real und dann so absolut unmöglich erscheinen konnte.

Erst als er die Tür öffnen wollte, wurde ihm seine Lage so richtig bewusst. Er stand in der Unterhose vor seinem Zimmer, hatte sich ausgesperrt und keine Schlüsselkarte, um wieder reinzukommen.

Tim schnaubte ungläubig, dass er in eine so blöde Situation hatte geraten können, und rüttelte in kurzem Aufbegehren an der Tür. Erschöpft von dem Albtraum sank er in die Knie, erhob sich aber gleich wieder, um etwas zu unternehmen. Er würde bei der Rezeption anrufen. Aber wie? Seine Hände tasteten absurderweise über seine nackte Brust, als bestünde die Möglichkeit, dass er das Handy irgendwo bei sich hatte.

Er konnte an irgendeine Tür klopfen und jemanden bitten, für ihn anzurufen. Ja, das war's. Es war so einfach, eine Lösung zu finden, wenn man ruhig überlegte und nicht in Panik geriet. Das Problem war nur, dass es mitten in der Nacht war.

Er hatte keine Ahnung, wie lange er geschlafen hatte, bevor der Albtraum einsetzte.

Tim ging den Gang entlang zu Zimmer 733 und 734. Niemand reagierte auf sein vorsichtiges Klopfen. Doch bei 735 wurde die Tür fast augenblicklich geöffnet, als hätte jemand auf ihn gewartet. Tim erschrak. Adam ebenfalls, als er ihn so sah, doch dann krümmte sich die breite Oberlippe des Journalisten zu einem Lächeln.

»Ganz schön draufgängerisch von Ihnen, aber ich fühle mich geschmeichelt!«

Tim lachte tapfer. »Ich hab mich ausgesperrt. Im … im Schlaf.«

»Wow. Das muss man auch erst mal schaffen.«

Während er Adam ins Zimmer folgte, fragte sich Tim, ob er da eine gewisse Skepsis herausgehört hatte. Das Zimmer war mit einer Eleganz eingerichtet, die ihm seine eigene unelegante Erscheinung umso schmerzlicher zu Bewusstsein brachte. Die beiden Nachttischlampen waren zur Wand gedreht, wo sie angenehme tellergroße Lichtflecke erzeugten. Auf Adams Laptop waren vier Fenster vor dem Hintergrund der Skyline von Manhattan geöffnet. Das Bild war so scharf, dass Tim das Gefühl hatte, die Hand ausstrecken und die kalten Glasfaser-Beton-Fassaden der Hochhäuser berühren zu können. Das Aroma von frisch gebrühtem Kaffee lag in der Luft.

Während Tim das alles wahrnahm, rief Adam irgendwo im Village an und reichte Tim den Hörer. Mit der anderen Hand deutete er auf einen Bademantel im Kleiderschrank.

Adam setzte sich in den Drehsessel, um sich wieder seiner Arbeit zuzuwenden, doch Tim fühlte sich immer noch beobachtet, während er mit Mühe in den Bademantel schlüpfte und zugleich den Hörer ans Ohr hielt.

»Sir?«

»Hallo, hier spricht Tim Callaghan von Zimmer 732.« Es war unangenehm, sich selbst dabei zuzuhören, wie er sich bemühte, besonders seriös zu klingen.

»Zimmer 732 in welchem Haus, Sir?«

Wie viele Gebäude mit so vielen Zimmern konnte es in dem Komplex geben? »Im Maritime Tower.«

Tim schilderte seine missliche Lage.

»Können Sie mir Ihren Aktivierungscode nennen, Sir?«

»Was?«

Die Stimme am anderen Ende klang wohlwollend. »Sie haben einen Aktivierungscode auf Ihrer Schlüsselkarte, Sir. Wenn Sie ihn mir durchgeben, kann ich einen Zimmerservice in die Wege leiten, der …«

»Aber ich habe meine Schlüsselkarte nicht bei mir. Sie ist im Zimmer, und ich habe mich ausgesperrt.«

»Wenn Sie Ihre Schlüsselkarte an den Sensor bei der Tür …«

»Ich *habe* die Karte nicht. Wenn ich sie hätte, würde ich nicht anrufen.«

Schließlich konnte Tim den Mann überreden, jemanden mit einer Ersatzkarte heraufzuschicken. Adam drehte sich mit seinem Stuhl zu Tim, achtete aber darauf, den Laptopbildschirm zu verdecken.

»Die treiben einen zur Verzweiflung, was?«

»Er hat immer wieder nach der Schlüsselkarte gefragt. Die ich natürlich nicht habe …«

»Wenn Sie sie hätten«, fügte Adam hinzu und verdrehte theatralisch die Augen, »dann wären Sie berechtigt, Hilfe in Anspruch zu nehmen, würden aber keine Hilfe brauchen. Man kommt sich vor wie in *Catch-22* – diese absurde Regel, dass ein Soldat nur von der Front nach Hause geschickt werden kann, wenn er geisteskrank ist und es selbst beantragt. Wer aber selbst beantragt, nach Hause geschickt zu werden, kann nicht geisteskrank sein und wird deshalb nicht nach Hause geschickt. So ähnlich geht es hier auch zu.«

»Ich habe Catch-22 nicht gelesen«, gestand Tim.

»Ich auch nicht.« Adam deutete auf die Kaffeemaschine.

Tim zögerte. »Ich würde ganz gern noch ein bisschen schlafen. Sie haben offenbar etwas anderes vor.«

»Ja. Wenn ich arbeite, dann arbeite ich.« Adam zuckte mit den Schultern. »Und wenn es eine Geschichte gibt, bleibe ich dran.«

»Gibt es irgendwann *keine* Geschichte?«

»Eigentlich nicht.«

Tim musterte den Journalisten. Sie waren ungefähr im gleichen Alter, obwohl Adam mit seinen Tränensäcken und den aufgekrempelten Ärmeln etwas älter aussah. »Das heißt, Sie arbeiten immer?«

»Ich versuch's«, grinste Adam. »Die Arbeit macht mehr Spaß als das Vergnügen, hat mal jemand gesagt. Was soll man hier auch anderes tun, wenn man schwul ist? Durch die

Klubs ziehen? Vielleicht Tee, wenn Sie's mit Kaffee nicht so haben?«

Tim nahm das Angebot an, obwohl ein dreifaches Klopfen an der Tür die Ankunft des traurig lächelnden philippinischen Mädchens signalisierte, das er im Einkaufszentrum gesehen hatte. Sie reichte Tim die Ersatzkarte mit einem so melancholischen Blick, als wäre es ein Gegenstand von besonderem Wert für sie. Nun, da er wieder in sein Zimmer zurückkonnte, merkte Tim, dass er es damit gar nicht so eilig hatte. Adam nahm einen Teebeutel aus einer silbernen Dose. *Ja*, dachte Tim, *er ist genau der Typ, der seinen eigenen Tee ins Hotel mitbringt.*

»Und an welcher Geschichte arbeiten Sie hier?«, fragte Tim möglichst beiläufig.

»Sagen Sie's mir«, erwiderte Adam in verändertem Ton – knapp und präzise. »Oder vielleicht erzählen Sie mir zuerst, was Sie wissen, und dann sage ich Ihnen, wie ich die Dinge sehe. Ich habe ein paar Fakten zusammengetragen. Und Sie kennen bestimmt auch einige.«

Der Teekessel begann zu summen. Adam nahm wieder auf seinem Drehsessel Platz. Tim war ein wenig irritiert von seiner Direktheit, doch er fragte sich, ob der Journalist bei all seinen Eigenheiten nicht vielleicht der Einzige hier war, der ihm die Wahrheit sagte.

Er reichte Tim den Tee. Der Duft, der ihn an ein Besprechungszimmer in London erinnerte, hatte etwas Tröstliches.

»Stimmt es, dass man hier Schwierigkeiten kriegt, wenn man … wenn man sich zum Schwulsein bekennt?«, fragte Tim. »Ich meine, es muss doch Orte geben …«

Er hatte es nur als Einstieg ins Gespräch gedacht, doch Adams Körpersprache veränderte sich sichtlich, nun da er seinem journalistischen Spürsinn folgte.

»Es gibt in Dubai Platz für vieles«, meinte Adam. »Tun kann man hier alles – man sollte sich nur nicht erwischen lassen.« Er kratzte sich an der Nase, ohne den Blick von Tim zu wenden. »Wissen Sie, wer bei Rafs Chalet war?«

»Wann?«

Adam musterte ihn prüfend. »Ashraf wurde gefeuert, weil er Journalisten erzählte, was er gesehen hat. Er hat beobachtet, wie sich zwei Leute vor dem Chalet küssten, kurz bevor Raf umgebracht wurde. Wissen Sie, wer die zwei waren?«

»Woher haben Sie das?«, konterte Tim.

»Ich habe Ashraf ausfindig gemacht. Nachdem Sie erwähnten, dass er entlassen wurde. Er wohnt in Deira.«

»Geht es ihm gut?«

»Ist er ein Freund von Ihnen?«, fragte Adam mit einem angedeuteten Lächeln.

Tim rutschte auf seinem Stuhl hin und her. »Das nicht … aber ich konnte ihn gut leiden.«

»Ich habe ihm etwas Geld gegeben, damit er mit mir spricht. Er hat gefragt, ob ich noch etwas für seinen Bruder drauflegen kann. Sein Bruder wohnt bei ihm. Sie teilen sich zu zehnt ein Zimmer … nicht sehr angenehm. Ich gab ihm, was ich hatte, aber …«

Tim versuchte, das Bild des kleinen Mannes zu verdrängen, wie er in seiner schlecht sitzenden Jacke fortgegangen war. »Aber er hat Ihnen nicht gesagt, wer die zwei Leute waren … die sich geküsst haben?«

»Er behauptet, es nicht zu wissen.« Adam klang sichtlich enttäuscht. »Aber es gibt jemanden, der es weiß.«

»Ich nicht«, betonte Tim.

Was sich hier abspielte, war die ewige Jagd von Journalisten und Detektiven nach kleinsten Hinweisen, aus denen sie ein schlüssiges Bild zu formen versuchten. Tim stellte sich vor, was für eine tolle Geschichte er zu erzählen hätte, wenn er wieder zu Hause war. Das Problem war nur, dass ihm die Sache doch sehr zu schaffen machte; er war fast zu müde, um sich vom Stuhl zu erheben.

»Okay, rufen Sie mich an, wenn Ihnen noch etwas einfällt.« Adam hob wissend die Augenbraue. »Das sagen sie immer in Krimis, oder?«

Sein sarkastischer Ton stachelte Tim zu einem Konter an. »Stimmt es, dass Sie in Bradleys Zimmer eingebrochen sind?«

Adam sah ihn mit einem vielsagenden Lächeln an. »Warum fragen Sie?«

»Er sagt, Sie hätten bei ihm rumgeschnüffelt.«

»Sagen wir, es ist die halbe Wahrheit. Ich hab's nicht getan. Die Privatsphäre der Leute respektiere ich – von wenigen unvermeidlichen Ausnahmen abgesehen. Aber ein Kollege hat diesbezüglich weniger Skrupel.«

»Wie zum Teufel ist er in Bradleys Zimmer reingekommen?«

Die Frage schien Adam zu überraschen. »Er ist einfach hingegangen und hat behauptet, Bradley zu sein. Die Leute hier haben keine Ahnung, wer wer ist. Das ist Ihnen sicher auch schon aufgefallen.« Adam nahm einen Schluck Kaffee. »Egal. Interessiert es Sie gar nicht, was er gefunden hat?«

In Tims Bauch begann es zu rumoren. Sollte er danach fragen? Er war sich nicht sicher, ob er es wissen wollte, falls etwas Belastendes über Bradley – oder sonst jemanden – aufgetaucht war.

»Das Zimmer war gepflastert mit Zetteln. Die Wände und jede freie Fläche. Alles über den Werbespot: ›Was ist die Welt des Spots?‹ oder ›Was ist die Botschaft?‹ Jede Menge Notizen und Diagramme. Brainstorming und Assoziationen – zum Beispiel alles, was ihm zu ›HILFSPROJEKT‹ eingefallen ist. Sogar Bleistiftskizzen von Jason Streng. Das volle Programm. Als ginge es hier um einen großen Spielfilm.« Adam schüttelte den Kopf. »Arme Sau. Der Mann hätte etwas Besseres verdient, als für Christian Roper zu arbeiten.«

Obwohl Tim die abfälligen Bemerkungen des Journalisten inzwischen gewohnt war, machte ihn seine letzte doch stutzig. Immerhin arbeitete er selbst für Christian; sie waren alle hier, um Ropers Projekt voranzutreiben, weil es um eine gute und wichtige Sache ging. Wenn er sich diesen Glauben nehmen ließ, war die ganze Mühe der letzten Tage und Wochen, die Arbeit, die er in das Projekt investiert hatte, bedeutungslos. Mit dem Werbespot wurde ein Ziel verfolgt, für das es sich zu kämpfen lohnte.

»Das ist jetzt unfair«, erwiderte Tim. »Was immer bei WorldWise läuft – und ich glaube Ihnen gern, dass Sie mehr wissen als ich –, die Organisation hat in der Vergangenheit eine Menge erreicht.«

»In der Vergangenheit, ja«, räumte Adam ein. »Aber mich interessiert vor allem die Gegenwart. Und in der Gegenwart sterben Leute, die bei ihren Projekten mitarbeiten. Da werden Journalisten beinahe von einer Kamera erschlagen.«

»Sie glauben, das war gegen Sie gerichtet?«

»Das hab ich nicht gesagt. Es deutet aber viel darauf hin, dass jemand bei der Kamera nachgeholfen hat – jemand, der die Umstände von Rafs Tod verschleiern will oder sogar selbst dafür verantwortlich ist. Schwer zu sagen, wer von der Kamera getroffen werden sollte – es haben mehrere Leute dort gestanden.«

Tims müder Kopf versuchte, Adams Gedankengang zu folgen, der dem Journalisten so logisch erschien. Er fühlte sich wie einer der Amateurskifahrer im Einkaufszentrum, die hinter einem Skilehrer den Hang hinunterrutschten.

»Sie haben ja gehört, was Miles gesagt hat: Für ihn steht fest, dass die Kamera nicht von allein vom Gerüst gefallen ist«, fügte der Journalist hinzu.

»Moment, Sie waren gar nicht dabei, als er das sagte.«

»Das Entscheidende ist«, umging Adam den Einwand, »es ist verdammt gefährlich hier. Ich muss hierbleiben – es ist mein Job. Aber an Ihrer Stelle würde ich abhauen, das können Sie mir glauben. Gleich mit dem nächsten Flieger.«

Es klang erstaunlich aufrichtig, und Tim fragte sich, über welche Fakten Adam verfügen mochte. Er gehörte zu den Leuten, die ihrem Gegenüber gern das Gefühl gaben, dass sie die wichtigsten Punkte noch gar nicht angesprochen hatten und sie sich für wichtigere Gesprächspartner aufhoben. Dass er diesen Eindruck ganz bewusst vermittelte, schloss nicht aus, dass er tatsächlich über zusätzliche Informationen verfügte.

»Ich werde vielleicht schon morgen abreisen.« Tim erhob sich, und der Bademantel raschelte. Er musste ihn wohl anbehalten, wenn er in sein Zimmer zurückging; danach würde er sich überlegen müssen, ob es peinlicher war, ihn zurückzugeben oder es zu lassen.

»Das halte ich für eine kluge Entscheidung, wirklich.« Die Eindringlichkeit seiner Worte schien sogar Adam selbst zu überraschen. Sie vermieden es wie in stiller Übereinkunft, einander in die Augen zu sehen. Als Tims Hand den Türgriff berührte, fügte Adam etwas hinzu, das schon wieder ganz anders klang.

»Sie dürfen sich von Jo nicht aufhalten lassen …«

Tim wirbelte herum. Adam strahlte diese typische professionelle Unverschämtheit aus. In seinem Blick lag eine gespielte Reue. »Sorry. War taktlos von mir.«

»Woher wissen Sie …«

Adam zwinkerte vergnügt. »Ich glaube, das wissen alle.«

Es war wie ein Schlag in die Magengrube. Was sollte Tim darauf sagen? Er fühlte sich schachmatt gesetzt. Als er die Tür öffnete, erwartete er fast, dass Christian draußen stehen würde. Hatte Christian vorhin bei ihm angeklopft? Hatte er mit der Kamera auf *ihn* gezielt?

Das Letzte, was Tim auffiel, bevor er Adams Zimmer verließ, war eine Reisetasche in der Ecke. Auf dem Gepäckanhänger der Fluglinie stand das Datum, an dem er selbst hier eingetroffen war. Adam war nicht erst nach Rafs Tod gekommen. Er war bereits hier gewesen.

Was hatte das zu bedeuten? Ein Rätsel mehr, das ihm zu denken gab. Mit der neuen Schlüsselkarte gelangte er in sein Zimmer, in dem die Decke halb über den Bettrand hing. Im Radio lief dezentes klassisches Geklimper. Es musste irgendeine Weckfunktion eingestellt sein, mit der sich das Radio genauso automatisch einschaltete wie die Klimaanlage und alle anderen Systeme, die mehr oder weniger unabhängig davon funktionierten, was die Gäste einstellten. »Chopins berühmtes Nocturne in e-Moll«, erklärte eine wohltemperierte Stimme, ehe Tim einen Knopf drückte und das Radio zum Verstummen brachte.

Es gab viel, worüber er nachdenken musste, aber drei Gedanken beschäftigten ihn vorrangig, während er die Decke aufs Bett zog. Erstens hätte er sich nie mit Jo einlassen dürfen. Zweitens wäre er wahrscheinlich auch ohne diesen Fehltritt hier nicht mehr sicher, denn wie der Vorfall mit der Kamera zeigte, schien so gut wie jeder von ihnen gefährdet zu sein. Drittens musste er Dubai so schnell wie möglich verlassen und vielleicht etwas ganz anderes mit seinem Leben anfangen – etwas, das ihn nicht in solche Situationen brachte. Das Problem war nur, dass er sich im Moment kaum vorstellen konnte, die Sicherheit dieses Hotelzimmers hinter sich zu lassen.

Obwohl er das Musikstück nicht gekannt hatte, klang es in seinem Kopf nach, und als er es verdrängte, wurde es durch eifriges Tastaturgeklapper ersetzt: Zwei Zimmer weiter arbeitete Adam an seiner Geschichte weiter. Als Tim schließlich die Augen schloss, sah er Rafs Gesicht vor sich. Er drückte die Augen noch fester zu und bedeckte sie mit den Händen, bis alle Gedanken und Bilder ineinander verschwammen wie eine Bildstörung im Fernsehen und nur noch das endlose Rauschen der Welt übrig blieb.

11
Das Spiel

Er war mit dem Gedanken eingeschlafen, dass sich seine Probleme von allein verflüchtigen würden, wenn er einfach nur einen Tag nach dem anderen bewältigte, doch ein Blick auf sein Handy zerstörte diese Illusion schlagartig. Christian teilte ihm in einer Nachricht mit, dass sie sich zu Mittag treffen würden, um in den Golfclub zu fahren und mit den Dreharbeiten weiterzumachen, »alles wie geplant«.

Tim fühlte sich in einer ähnlichen Katerstimmung wie an jenem Morgen, als sie von dem tragischen Ereignis erfahren hatten. Er versuchte, seine Gedanken zu ordnen. »Alles wie geplant«. Der nonchalante Ton der Nachricht klang falsch und gleichgültig. Wie konnte man behaupten, dass »alles wie geplant« verlief, wenn um ein Haar jemand von einer schweren Kamera erschlagen worden wäre?

Aber vielleicht hatte jemand ja genau das geplant, ging es ihm durch den Kopf. In diesem Fall wollte er keinen Tag länger hierbleiben. Seine Erinnerung an das nächtliche Gespräch mit Adam war zwar etwas verschwommen, doch die eindringliche Aufforderung, so schnell wie möglich abzureisen, hatte er nicht vergessen. Man würde ihm das kaum als Rückzieher ankreiden können. Ein Mann war unter mysteriösen Umständen gestorben – auch Mord war nicht auszuschließen –, und gestern war beinahe wieder jemand ums Leben gekommen.

Trotz Christians Mitteilung, dass die Dreharbeiten weitergingen, war nicht damit zu rechnen, dass der Werbespot in absehbarer Zeit fertig werden würde. Und selbst wenn doch, beschränkte sich Tims Beitrag darauf, da und dort ein Wort zu ändern. Seine Anwesenheit war von Anfang an entbehrlich gewesen. Seine Rolle als Texter mochte in einer Werbeagentur von Bedeutung sein, aber nicht hier an diesem Ort mit seiner ganz eigenen Realität. Er rief Vortex in London an und wurde mit Stan verbunden.

»Wie geht's, Kumpel? Ich wollte mich schon melden, aber du kennst ja Louise. Diese Frau bringt mich noch zur Verzweiflung. Ich frage dich als Mann von Welt – was würdest du als ›angemessene Zeit‹ ansehen, um aufzustehen und ein Baby zu füttern, wenn man die halbe Nacht bei einem wichtigen Termin …«

»Hör zu, Stan«, warf Tim ein. »Entschuldige, dass ich dich unterbreche, aber ich muss zurück nach London. Ich glaube nicht, dass ich noch länger hierbleiben sollte.«

Er versuchte zu beschreiben, was im Golfklub vorgefallen war. Es war nicht einfach, die Ereignisse am Telefon zu schildern, zumal auch nicht das kleinste Brummen als Zeichen des Verständnisses vom anderen Ende kam. Stan hatte es sich angewöhnt, während eines Telefongesprächs oft minutenlang zu schweigen – eine Strategie, die darauf abzielte, seinem Verhandlungspartner Zugeständnisse zu entlocken. Selbst der dramatische Höhepunkt seiner Geschichte – dass er haarscharf am Tod vorbeigeschrammt war – klang seltsam belanglos, als wäre in Wirklichkeit alles nicht so schlimm gewesen.

»Es war verdammt knapp«, versuchte er, den Ernst der Lage noch einmal zu betonen, »ich hätte tot sein können.«

»Das ist furchtbar, Kumpel«, stimmte Stan zu, aber im gleichen Ton, mit dem die Klatschtanten im Lesekreis von Tims Mutter wahrscheinlich über Rafs Tod schwatzten – ein aufregendes Ereignis, das einen aber letztlich nichts anging.

»Deshalb muss ich weg von hier«, hakte Tim nach. »Ich hab mich gefragt, ob Vortex vielleicht einen Flug buchen könnte. Mein Ticket ändern.«

»Aber du glaubst doch nicht, dass es jemand auf *dich* abgesehen hat?«

»Nein«, räumte Tim ein, »nicht direkt, aber …«

Er spürte sofort, dass er mit diesem Rückzieher seine Position geschwächt hatte. Wie sollte er seinem Chef nun klarmachen, warum sich seine Situation hier so bedrohlich anfühlte?

»Ich glaube trotzdem, dass ich zurückfliegen sollte«, nahm er einen neuen Anlauf.

»Ich denke …«, begann Stan mit einer Stimme, die nicht direkt ablehnend klang, deren Gelassenheit aber in krassem Widerspruch zu Tims Situation in Dubai stand. »Ich denke, du solltest mit WorldWise sprechen. Sie haben die Tickets gebucht und können dir dabei am besten helfen.«

Aus Stans Perspektive klang sein Vorschlag durchaus vernünftig – er war schließlich nicht hier. Von WorldWise kannte er nur die schönen Worte und Bilder ihrer Website und die E-Mails, mit denen sie das Geschäft abgeschlossen hatten. Zudem hatte Stan seine eigenen Probleme, so wie jeder. Niemand konnte sich um alles kümmern. Niemand war *verpflichtet*, sich um das Leben eines anderen Menschen zu kümmern. Deshalb hatte Tim die Idee des WorldWise-Projekts so gut gefallen. Es ging um eine einfache Art zu helfen: Der Spender durfte das Gefühl haben, für seine Mitmenschen da zu sein. Noch vor einigen Tagen hatte alles so gut geklungen.

»Es ist so«, versuchte Tim zu erklären, »ich weiß nicht, ob mir WorldWise wirklich weiterhelfen kann. Die haben gerade ihre eigenen Probleme. Der Mann, der meine Flüge gebucht hat, ist tot.«

»Ich könnte anrufen«, bot Stan an. »Ein Wort für dich einlegen.«

»Ist schon okay«, sagte Tim. »Es … es wird schon gut gehen.«

»Ich verbinde dich mit der Personalabteilung«, schlug Stan vor, und bevor Tim etwas einwenden konnte, hörte er bereits den Text der Warteschleife, dessen Entstehung in der

Agentur er aus nächster Nähe mitverfolgt hatte. Der Slogan »Vortex: ein Ort, an dem die normalen Gesetze außer Kraft sind«, wurde in einem ironischen Hollywood-Tonfall wiedergegeben, vor dem Hintergrund eines Achtzigerjahre-Popsongs. Hier galten nicht einmal die normalen Gesetze der Warteschleifenmusik, wurde einem auf die ach so clevere Art der Agentur vermittelt. Tim legte den Hörer auf.

Ich muss nach Hause, ging es Tim immer wieder durch den Kopf, während das WorldWise-Fahrzeug sie zum Golfklub chauffierte. Sie bogen auf den Parkplatz mit seinen allzu makellosen Grünstreifen ein. Bradley war wie immer in sein Notizbuch vertieft, wie ein Spion, der sich Staatsgeheimnisse einprägte. Der Fixer sprach auf Arabisch mit dem Fahrer, der mit einer frustrierten Geste darauf hinwies, dass es kaum noch freie Plätze gab.

»Gestern war bei Weitem nicht so viel los«, murmelte Tim.

»Natürlich«, meinte Ruth.

»Ist es wegen dem … was gestern vorgefallen ist? Sind das die Medien?«

»Nein … die Leute sind hier, weil heute Freitag ist.«

Während Tim und der Fixer die Kamerataschen aus dem Kofferraum holten, machte Miles eine Geste, als würde er trinken.

»Wie kommen sie nach Hause, wenn sie blau sind?«

Der Fixer hob amüsiert die Augenbrauen. »Die Reichen haben einen Fahrer. Die anderen fahren betrunken.«

Die Autos, an denen sie vorbeikamen, waren von ihren Besitzern wahrscheinlich vor allem deshalb ausgesucht worden, weil sie teuer waren, so wie Christian Ropers Hemden oder Rafs Sonnenbrille, und wie immer kamen Tim beim Gedanken an den toten Kollegen auch eine Reihe von Fragen in den Sinn: Gab es neue Hinweise, die online verbreitet wurden? Hatten die Kommentatoren im Internet eine Erklärung für den gestrigen Vorfall? Die Fragen quälten ihn, obwohl er sich nicht sicher war, ob er die Antworten wissen wollte.

Die Bar war viel besser besucht als gestern. Während Miles und seine Crew alles für Jasons Online-Interviews vorbereiteten, wurde es ringsum immer lauter. Elaine schwirrte herein wie ein zorniges Insekt und wandte sich an Jo; die legte der Agentin beschwichtigend die Hand auf den Arm, doch Elaine schüttelte sie verärgert ab. Tim lauschte gezwungenermaßen einer Gruppe von mittvierzigjährigen Briten und Australiern, die Champagnerflaschen wie Absperrpoller auf ihrem Tisch aufgestellt hatten. Die Gruppe wandte sich zwischendurch immer wieder an den höflichen Kellner, dem das Gelage ein wenig peinlich zu sein schien.

»Halt die Klappe, Keith.«

»Ich hab sicher recht. Wir fragen den Typ hier. Sagen Sie, es stimmt doch, dass Scheich Mohammed im Flugzeug einen eigenen Platz für seinen Falken reserviert, oder?«

»Der wird sich bald nicht mal mehr den Platz für sich selbst leisten können, wenn es so weitergeht.«

»Ist bloß ein Sturm im Wasserglas, Kumpel.«

»Das Wasserglas ist aber reichlich groß. Die Käufer springen ab wie die Ratten vom, vom …«

»Nicht hier. Nicht in Dubai.«

»Überall. Hier hat es sich bloß noch nicht so ausgewirkt. Aber es betrifft die ganze Welt, Mann.«

»Dubai ist nicht die Welt. Hören Sie, ich hab doch recht, oder? Mit dem Falken? Wie heißen Sie?«

Der Kellner antwortete weder mit dem gequälten Ausdruck, den Tim bisweilen bei Angestellten in Dubai sah, noch mit der weitverbreiteten glatten Beflissenheit, sondern mit dem zwiespältigen Ausdruck eines Menschen, der ein wenig eingeschüchtert wirkte, sich aber seiner Abhängigkeit von den Leuten bewusst war, mit denen er so viel Zeit verbrachte.

Tim sprach den Mann freundlich an, von dem er sich Hilfe beim Buchen eines Flugtickets erhoffte.

»Gibt es hier irgendwo Internet?«

»Ja, Sir. Sind Sie Mitglied des Klubs?«

Mit einer Schlauheit und Entschlossenheit, die Tim in angenehmeren Umständen wahrscheinlich nicht aufgebracht hätte, versuchte er sein Glück.

»Nein, aber ich müsste nur ganz kurz einen Computer benutzen. Ist das möglich, ohne Mitglied zu sein?«

Der Kellner überlegte einen Augenblick und kniff seine braunen Augen zusammen. Die List hatte Erfolg. »In der Business Facility, Sir. Am Relax-Raum und am Ort der Legenden vorbei, dann sehen Sie es schon auf der linken Seite. Sie können das Passwort ›GregNorman‹ eingeben, Sir, in einem Wort geschrieben.«

»Greg Norman, wie der Golfer?«

»Nein, Sir – er schreibt seinen Namen in zwei Wörtern.«

Tim wollte sich bedanken, doch der Mann war schon wieder unterwegs, um jemand anderem zu helfen. Er war davongeeilt, als wäre die kleine Eigenmächtigkeit, die er sich geleistet hatte, ein folgenschwerer Moment in einem Spionagethriller. Andererseits wusste Tim ja nicht, welche Konsequenzen es für einen Mitarbeiter haben konnte, sich auch nur geringfügig über die Regeln hinwegzusetzen. Er dachte an Ashraf, den er wahrscheinlich nie wiedersehen würde, und eilte den Gang entlang.

An den Wänden hingen Bilder von Golfprofis. Ein großes, mit Autogrammen geschmücktes Schwarz-Weiß-Foto zeigte sechs Männer, die ausgelassen irgendeinen Sieg feierten. Tim folgte dem beschriebenen Weg, vorbei am Relax-Raum und dem leeren Ort der Legenden, einer Luxusausgabe der Klub-Lounge, mit einer großzügig ausgestatteten Bar und Ledersesseln, die auf den Besuch legendärer Sportsmänner warteten.

Doch als er weiterging, fand er den gesuchten Raum nicht auf der linken Seite, wie es ihm der Kellner beschrieben hatte. Der Gang machte eine Biegung nach links Richtung Haupteingang, doch dann – als wäre das nur ein Ablenkungsmanöver – schwenkte er nach rechts und führte tiefer ins Innere des Gebäudes. Tim kehrte um und hielt Ausschau nach einer unscheinbaren Kammer, wie er sie gestern entdeckt hatte und hinter der sich vielleicht ebenfalls ein verborgener Raum befand. Er ging bis zum Relax-Raum und nahm eine andere Abzweigung des Ganges.

So finde ich nie etwas, dachte er frustriert. Es war normalerweise nicht seine Art, so wahllos einen Weg nach dem anderen auszuprobieren, ohne sie sich richtig einzuprägen. Seit den Tagen, in denen er Orientierungslauf betrieben hatte, war er es gewohnt, ganz anders an solche Dinge heranzugehen. Er erinnerte sich noch gut an ein Training im Wald mit älteren Jungen, die den Sport etwas zu ernst nahmen. Er hatte versucht, das Nasenbluten zu stoppen, sein Gesicht war taub vor Kälte, und der Schlamm saugte an seinen Schuhen. Damals hatte er – wie sie es gelernt hatten – systematisch alle Wege ausprobiert und so einen nach dem anderen ausgeschlossen, bis nur noch einer übrig blieb. Dieser hart erkämpfte Triumph war ihm als leuchtendes Beispiel in Erinnerung geblieben. Wenn man sorgfältig einen Schritt nach dem anderen machte, fand man eine Ordnung im Chaos der Welt.

Dieser Korridor schien auf dem Rückweg nicht einmal zum Ausgangspunkt zurückzuführen. Tim hatte das gleiche Gefühl wie in der Mall of the Emirates: dass er in irgendeinem Computerspiel die Umgebung veränderte, indem er sich in ihr bewegte. Das war natürlich Unsinn; Tim ärgerte sich über sich selbst, weil er sich mit solchen Gedanken aufhielt. *Komm schon*, trieb er sich an, als sich das Summen der Klimaanlage in sein Bewusstsein drängte. *In einem Haus wie diesem findest du dich doch im Schlaf zurecht. Du hast es bloß in kurzer Zeit mit vielen unbekannten Orten zu tun gehabt. Zudem bist du hier mit Informationen konfrontiert, die nicht zusammenpassen, und mit Worten, die etwas anderes bedeuten, als man normalerweise annehmen würde.*

Er gelangte zurück zum Relax-Raum, nicht weit von der Lounge entfernt, in der die anderen saßen. Er hörte die ausgelassenen Stimmen, das Gelächter – und dann sah er sie: eine weiße Tür mit der Aufschrift »Business Facility«. Auf der linken Seite, wie es der Kellner beschrieben hatte. Tim war vorhin hier vorbeigegangen – und da war keine Tür gewesen. Dass er sie übersehen haben könnte, erschien ihm undenkbar.

Die Computer waren klotzige Geräte im Stil der Neunzigerjahre, die auf massiven Eichenschränken standen. Es sah aus, als wäre der Raum nie benutzt worden. Doch als Tim eine Maus bewegte, erwachte der PC sofort zum Leben, als hätte er nur auf ihn gewartet. Er gab das Passwort ein und war sofort online. Rasch fand er eine Website mit Flugangeboten. Für fünfhundert Pfund konnte er gleich morgen früh zurück nach Heathrow fliegen. Fünfhundert Pfund waren eine Menge Geld, aber Vortex würde es ihm zurückerstatten. Tim fühlte sich sofort etwas sicherer. Es war ihm sogar egal, ob man bei Vortex sauer auf ihn sein würde. Ein guter Mitarbeiter zu sein und Stans Wohlwollen zu genießen hatte im Moment nicht oberste Priorität.

Ich buche den Flug sofort, sagte er sich und begann mit den geforderten Eingaben: dass er nur einen Hinflug benötigte und in London weder ein Hotelzimmer buchen noch ein Auto mieten wollte, dass er keine Informationen von der Fluglinie, dem Reiseportal oder von irgendeinem ihrer ausgewählten Partner erhalten wollte. Er gab noch seine Kreditkartendaten ein und wartete auf die Bestätigung, den

Moment, der einen Schlussstrich unter das alles hier ziehen würde. *Ich reise morgen ab. Ich bin weg.*

Stattdessen erhielt er die Mitteilung, dass seine Kreditkarte abgewiesen wurde. Er wurde aufgefordert, seine Eingaben zu überprüfen, und tippte alles noch einmal ein, diesmal langsamer, um Fehler zu vermeiden. Tim wusste, dass er seine Karte bei Weitem nicht überzogen hatte – er hatte mit Sicherheit genug auf dem Konto. Die Bank versuchte, ihn sogar immer wieder dazu zu bewegen, sich doch ein bisschen mehr Geld zu leihen oder sich zusätzliche Kreditkarten zuzulegen. Er schickte die Buchung ab, doch auch diesmal kam nicht die erwünschte Bestätigung. Er erhielt sogar eine Warnung, dass bei einem dritten erfolglosen Versuch die Website eine Stunde lang für ihn gesperrt sein würde.

Ein anderes Reiseportal bot Tickets für denselben Flug an. Tim gab seine Daten ein, doch es passierte das Gleiche. Wütend hämmerte er mit der Faust auf die Tastatur, zweimal, dann vergewisserte er sich mit einem kurzen Blick, dass ihn niemand beobachtet hatte. Für so etwas konnte man wahrscheinlich aus dem Klub geworfen werden, dachte er – obwohl es ihm nicht einmal etwas ausmachen würde. Nein, es wäre ihm ganz recht. Der Computer gab ein leises, fast vorwurfsvolles Geräusch von sich. Tim schloss das Fenster auf dem Bildschirm und verließ den Raum. Er würde bei der Bank anrufen und dann noch einmal online gehen und das Flugticket buchen. Anrufen, buchen, zum Flughafen fahren und von hier verschwinden.

Als er zur Lounge zurückging, kam ihm Ruth auf dem Gang entgegen. Einen Moment lang dachte er, dass die anderen seine Abwesenheit bemerkt hatten und ihn für die Fortsetzung der Dreharbeiten benötigten – aber nein, Ruth suchte jemand anderes. »Hast du Christian gesehen?«, fragte sie.

»Christian? Nein.«

»Er hat sich anscheinend in Luft aufgelöst.«

»Was ist geschehen?«

»Wir wären eigentlich so weit, um mit den Einstellungen zu beginnen, in denen Jason direkt in die Kamera spricht. Aber er hat irgendwelche Probleme mit dem Skript. Er will erst anfangen, wenn seine Agentin den Text durchgesehen hat. Sie streitet gerade mit Jo, ob wir auf den Golfplatz rausgehen sollen. Und ich hab mal wieder die …«

»Arschkarte?«

Sie lächelte widerwillig. »Genau.«

»Was glaubst du, warum Jason auf einmal Probleme mit dem Text hat?«, fragte Tim, ohne zu überlegen. »Warum liest er ihn nicht einfach selbst? Ich meine, er macht das doch nicht zum ersten Mal.«

Ruth starrte ihn mit ihren grünen Augen an. Es durchzuckte ihn wie ein elektrischer Schlag, und ihm war augenblicklich klar, dass er mit seiner Vermutung richtiglag: Jason konnte tatsächlich nicht lesen. Ruth wusste es ebenfalls, doch er hätte es besser nicht erwähnt.

»Kannst du für mich auf der Toilette nachsehen?«

»Ob Christian dort ist?«

Ruth schnaubte frustriert. »Du kannst da drin suchen, was du willst – aber ja, ich habe Christian gemeint.«

Ein Mann in Uniform stand in der Männertoilette. Als Tim eintrat, deutete er hilfsbereit auf die Urinale, als könnte Tim sonst den Mut verlieren und unverrichteter Dinge wieder gehen. Tim stellte sich pflichtschuldig an ein Urinal. Es war niemand sonst in der Toilette. An der Wand zum nächsten Urinal fragte ein Aufkleber: WIE SIND SIE MIT DIESER EINRICHTUNG ZUFRIEDEN? Wo war ihm diese Frage schon einmal untergekommen? Natürlich – in Strengs Wohnwagen. Tims Gehirn fügte verschiedene Teile zusammen. Er erinnerte sich an seine glühenden Wangen, als Raf ihn vor den anderen bloßgestellt hatte, weil er in Strengs Trailer gewesen war. In diesem Moment hatte er Raf das Schlimmste an den Hals gewünscht. Unbewusst, aber doch.

Dann war da dieser Traum. Warum war es ihm so real erschienen, als er Raf im Traum erwürgt hatte? Warum hatte Raf in seinem Traum gemeint, er wisse, was jetzt komme? Die Haustür war offen gewesen, als Tim aufgewacht war – wer hatte sie geöffnet? Tims Gedanken schweiften über verschiedene Ebenen seiner Erinnerung, bis zurück zu jenem Orientierungslauf im Wald. Er war erschöpft und völlig durchnässt heimgekommen und hatte sich ans Kaminfeuer im warmen Wohnzimmer gehockt. Mr. und Mrs. Callaghan sahen sich irgendeinen Sonntagabendkrimi an, mit zwei Ermittlern, die auf komische Weise überhaupt nicht zusammenpassten und deren angespannte Beziehung schließlich zur Aufklärung des Falles beitrug. Die Lösung des scheinbar unlösbaren Rätsels: Der Schuldige hatte die Tat schlafwandelnd begangen. »Das kann es doch nicht wirklich geben, oder, Henry?«, wunderte sich Mrs. Callaghan, und Tims Vater, der einmal in einem pathologischen Institut gearbeitet hatte, meinte, er habe jedenfalls noch nie von einem solchen Fall gehört. »In Amerika könnte ich es mir vielleicht vorstellen. Dort kann so gut wie alles passieren.«

Tim spürte, wie Übelkeit in ihm hochstieg. Er trat vom Urinal weg, und zwei Männer, die bereits einiges getrunken hatten, kamen lachend und scherzend herein. »Kommt mir ein bisschen schwul vor, dieser …«, begann einer der beiden. Tim war so mit sich und seinen Gedanken beschäftigt, dass er sie kaum wahrnahm.

Er bemühte sich um einen neutralen Gesichtsausdruck, als er Jason Streng – diesmal ohne Agentin – vor der Tür zur Klub-Lounge sah. Auf der anderen Seite der Tür nahm die Lautstärke stetig zu. Tim machte ein frustriertes Gesicht und verdrehte die Augen.

»Irgendwelche Anzeichen, dass es bald weitergeht?«

»Sieht nicht so aus, Kumpel.« Jason zuckte bedauernd die Schultern. Seine ganze Körpersprache drückte aus, dass er in wenigen Tagen weit weg von hier an einem Swimmingpool liegen würde. »Das Management lässt mich nicht zurück auf den Set, bis die Kameras auf ihre Sicherheit gecheckt sind. Ich kann den Internet-Part machen, aber danach ist wahrscheinlich Schluss, wenn wir in dem Tempo weitermachen.«

»Ich fliege auch nach Hause«, verriet Tim, ehe ihm einfiel, dass es dazu noch einige Hindernisse zu überwinden gab. Er betrat die Klub-Lounge und wünschte sich, er wäre draußen geblieben. Es war noch voller als zuvor, die trinkfreudige

Gruppe war zu einer Horde angewachsen, die vier Tische in Beschlag nahm und eine Riesenflasche Champagner bestellt hatte. Zwei Kellner trugen sie zum Tisch – die grölenden Gäste empfingen sie mit einem Stolz, als wären sie Fischer im alten Dubai, die einen besonderen Fang gemacht hatten. Sie stimmten einen Fußball-Schlachtgesang an, den Tim aus einem Werbespot kannte. Im Hintergrund setzte dezenter Jazz ein, wie um das Geschrei der Gäste abzumildern – auch dies eine Melodie, die er aus einem Spot zu kennen glaubte.

»Ich hab gar nicht gewusst, dass es solche Flaschen gibt«, bemerkte Tim.

»Es ist … sie nennen es Methusalem-Flasche«, erklärte Ruth. »Eine Balthasar-Flasche ist noch mal doppelt so groß. Und es gibt sogar eine noch größere … wie heißt die gleich?«

»Nebukadnezar«, warf der Fixer ein, den sie gar nicht bemerkt hatten.

»Ja, genau«, sagte Ruth. »Ich habe erst einmal eine gesehen. Restaurants und Bars haben sie oft nur auf der Speisekarte, um ein bisschen anzugeben. Das eine Mal, als jemand sie bestellte, da hatten sie eine … eine …«

»Kreditkarte?«

»Eine Brassband. Die Musiker spazierten herein und spielten, und der Besitzer kam aus Abu Dhabi herüber, um mit dem Kerl zu feiern, der die Flasche geordert hatte.«

»Woher kam sie?«, wunderte sich Tim.

»Wer?«

»Die Band. Wie konnten sie so schnell eine ganze Brassband organisieren? Haben die Musiker jahrelang dagesessen und gewartet, dass jemand eine Nebukadnezar-Flasche bestellt?«

»Wahrscheinlich«, sinnierte Ruth. »In Jumeirah Beach lebt ein Typ, der mit Öl reich geworden ist – der leistet sich einen Löwen und einen Dompteur, falls er mal seine Kumpel oder sonst wen beeindrucken möchte. Das lässt er sich, glaube ich, vierhunderttausend im Jahr kosten, obwohl er sie noch nie hat auftreten lassen. Der Dompteur hat genug Zeit für eigene Auftritte.«

»Ich könnte innerhalb einer halben Stunde eine Brassband organisieren«, murmelte der Fixer.

Bradley trat mit seiner Baseballkappe in der einen Hand und einer winzigen Tasse grünem Tee in der anderen zu ihnen. Er hatte die Kameras auf der Veranda aufstellen lassen, weil hier drinnen wegen des Lärms nicht gedreht werden konnte. »Wir sind fast so weit für Jason«, erklärte er. »Wir drehen erst mal diese Webvideos, dann können sie wenigstens die einsetzen.«

»Ich weiß nicht, ob das …«, begann Ruth zögernd. »Also, ich frage mich, ob diese Kampagne überhaupt jemals …«

»Ich bin keiner, der wegrennt, wenn's schwierig wird«, betonte Bradley. »Das bin ich nicht.«

Tim trat wieder auf den Gang hinaus. Das alles kam ihm immer sinnloser vor. Er wollte einfach nur raus – nicht in die brütende Hitze, aber weg von diesem missglückten Projekt und von den Freitagstrinkern, die hier in ihrem Element waren. Er erinnerte sich an die verborgene Bibliothek hinter der Vorratskammer, obwohl er irgendwie fürchtete, sie könnte inzwischen verschwunden sein, so wie der Computerraum plötzlich aufgetaucht war. Nein: Da war der Türgriff. Tim drückte die Tür vorsichtig auf und trat ein. Auf dem Tisch stand eine Portweinkaraffe, und davor saß im Bademantel Christian Roper. Tim stieß einen überraschten Laut aus. Christian verzog das Gesicht zu einem bizarren Lächeln. Er war offensichtlich dabei, sich zu betrinken. Oben aus dem Bademantel lugte etwas Brusthaar hervor, und seine Haare waren feucht, als habe er kurz zuvor geduscht. Tim dachte an das gemeinsame Dinner nach ihrer Ankunft in Dubai vor einigen Tagen. An dem Abend hatte Christian noch so souverän und unerschütterlich gewirkt.

»Entschuldigen Sie meine Aufmachung!«, lallte Christian mit schwerer Zunge. »Ich war im sogenannten Relax-Raum. Jeder muss mal relaxen, oder? Setzen Sie sich doch.«

Tim wusste nicht recht, wie er reagieren sollte, und nahm die Einladung an. Er ließ seinen Blick über die unberührten Bände und die Porträtbilder an der Wand schweifen, um den Augenkontakt zu vermeiden. Christian bot ihm mit großem Getue ein Glas Port an, und Tim wollte schon ablehnen, doch der Wein plätscherte bereits ins Glas. Sie saßen in diesem Raum, der ein gutes Filmset abgegeben hätte, wie zwei viktorianische Adlige bei einem Gesellschaftsspiel.

»Wird … wird die Kampagne erst mal auf Eis gelegt?«, fragte Tim.

Christian starrte auf den Tisch, als hätte er die Frage gar nicht gehört, und antwortete schließlich, als Tim gerade nachhaken wollte.

»Das kann man so sagen.« Wieder dieses verzerrte Lächeln. »Es wird wohl eine Verzögerung geben, ja. Jetzt, da die Kamera runtergefallen ist. Und der Produktionsleiter gestorben ist. Die … es ist alles …« Er schien nach den richtigen Worten zu suchen und gab es schließlich auf.

Tim hatte durch seine Gespräche mit Ruth einige Übung darin bekommen, fehlende Wörter zu ergänzen, und verkniff es sich gerade noch, Christians Satz zu vervollständigen. Stattdessen nahm er seinen ganzen Mut zusammen. »Sie können mir nicht vielleicht helfen, meinen … meinen Rückflug umzubuchen?«

Christian lachte bitter. »Sie können nicht zufällig *mir* helfen, hier rauszukommen?«

Tim wusste nicht, was er darauf sagen sollte. Er spürte jedoch, dass gar keine Antwort erwartet wurde. Vielmehr räusperte sich Christian und holte Luft, um zu einem Vortrag anzusetzen. Tim blickte über die Schulter zurück und hoffte, jemand würde hereinkommen.

»Wissen Sie, wir sind mit unserer Organisation nach Dubai gegangen, weil ich dachte, dass wir hier viel Geld machen könnten. Nicht für uns. Für die Sache. Für die Leute, die es brauchen. Um mitzuhelfen, die immense finanzielle Kluft zwischen den Armen und den Reichen zu überwinden. Und wissen Sie was? Wir haben Geld gemacht. Wir haben Gewinne weitergegeben. Ich meine, wir haben wirklich Menschenleben verändert.«

»Das ist großartig«, versicherte Tim, doch Christian schien es gar nicht zu hören.

»Wir haben eine Menge Immobilien gekauft«, fuhr Christian fort. »Mit garantiertem Profit. Man brauchte dazu kein Geld; man nahm einen Kredit auf und verkaufte das Haus sofort weiter. Wir … ich meine, es ging einfach nur darum, etwas zu bewirken. Die Ungleichheit ist so groß. In jeder Sekunde stirbt ein Mensch.« Er deutete auf sein Weinglas, als würde es das Problem verdeutlichen. »Du kannst nicht gewinnen«, fügte er hinzu. »Egal was du tust, es gibt immer noch mehr zu tun. Immer noch mehr.«

»Aber dieser Werbespot«, begann Tim. »Ich meine, damit bringen Sie das Problem wenigstens ins allgemeine Bewusstsein …« Er verstummte, weil es selbst in seinen Ohren irgendwie enttäuschend klang.

»Bewusstsein.« Christian nickte ironisch und ließ eine unangenehme Pause entstehen, ehe er fortfuhr. »Das Geld ist futsch. Es … es war nie wirklich da. Und jetzt ist die Stunde der Wahrheit. Haben Sie übrigens meine Frau gevögelt?«

Tim fühlte sich, als würde ihm eine mächtige Faust die Eingeweide zerquetschen. »Nein«, brachte er heraus.

»Ist irgendwas passiert?«

»Nichts.« Tim zögerte gerade lange genug, um schuldig zu wirken. »Na ja, ich meine …«

»Ich weiß, dass sie so was macht.« Christian schien zu einem unsichtbaren Publikum auf der gegenüberliegenden Seite des Raums zu sprechen. »Es ist nicht das erste Mal. Ich mach ihr auch keinen Vorwurf. Mit Raf ist es auch passiert. Sie langweilt sich eben. Ich … ich lebe fast nur für die Sache. Für etwas anderes war nie Zeit. Ich wollte einfach nur, dass es allen gut geht. Ich dachte, ich krieg das alles unter einen Hut und kann's allen recht machen. Versuchen Sie das besser nicht.«

Tim wollte etwas antworten, doch er fand keine Worte.

»Ich mache ihr keinen Vorwurf.« Christian ließ den Kopf sinken.

Tims Blick fiel auf die schwarzen Haare auf Christians Brust, dazwischen ein paar graue. »Ich glaube, ich sollte jetzt gehen und … und den anderen sagen, wo Sie sind.« Tim erhob sich von seinem Stuhl. Christian nickte hintergründig und hob die Hand. Sein Blick schweifte durch den Raum wie auf der Suche nach einer imaginären Zuflucht, einem Ort, der nicht existierte.

Tim ging mit dem Handy am Ohr einen Weg auf und ab, der an einem hügeligen Abschnitt des Golfplatzes entlangführte. Lautes Lachen drang zu ihm herüber. Das unbeschwerte Geplauder der Golfer stand in krassem Gegensatz zu Tims Gefühlslage.

Ihr Anruf kann nicht durchgestellt werden, teilte ihm eine Computerstimme mit, die aus echten Akzenten zusammengemischt war. *Bitte versuchen Sie es später noch einmal.*

Warum ist es nicht möglich?, überlegte Tim. *Kann es so schwer sein, meine Bank zu erreichen?* Natürlich war er sich nicht sicher, ob er wirklich Grund hatte, sich zu beschweren, da er nur eine sehr vage Vorstellung davon hatte, wie ein Telefon funktionierte. Das Gleiche galt für Computer, Internet und alle anderen Dinge, auf die er sich tagtäglich verließ. Die

Sonne schnitt so mühelos durch sein Hemd, dass er sich fast vorstellen konnte, wie es zerfetzt an seinem Körper hing. Eine kleine Wolke trieb auf die Sonne zu, wie ein einsamer Soldat, der losgeschickt wurde, um einen Panzer aufzuhalten. Tim versuchte erneut, zur Bank durchzukommen, doch auch diesmal drückte die Maschinenstimme ihr Bedauern aus und schlug vor, es ein andermal zu versuchen.

Es mochte sinnlos sein, sich zu fragen, warum keine Telefonverbindung zustande kam, doch alle anderen Fragen zogen weitere Fragen nach sich, die unweigerlich in eine Sackgasse führten. Wer hatte die Kamera vom Gerüst geworfen, falls es überhaupt jemand getan hatte? Wer waren die zwei, die sich vor Rafs Chalet geküsst hatten? War Ashraf wirklich gefeuert worden, weil er das ausgeplaudert hatte? War es denkbar, dass Tim selbst etwas im Schlaf getan hatte? Etwas so Furchtbares? Beim vierten Versuch kam er endlich zu seiner Bank durch und wurde nach einem elfstelligen Code gefragt, den er mit Sicherheit nie gekannt hatte.

»Wenn Sie den Code nicht kennen«, meinte der gut gelaunte Schotte am anderen Ende der Leitung, »vielleicht können Sie mir dann irgendwelche Details über Ihre letzten Transaktionen nennen?«

Tim versuchte, sich an irgendwas zu erinnern, wofür er in letzter Zeit Geld ausgegeben hatte. Die Getränke aus der Minibar und die Taxifahrt waren wie sein Zimmer nicht über seine Karte abgerechnet worden. »Es ist ein bisschen blöd – ich bin nämlich in Dubai und brauche dringend meine Karte, weil …«

»Dubai!«, rief der Schotte begeistert. »Ich war noch nie dort. Soll sehr sauber sein.«

»Das stimmt.« Ihm fielen nun doch ein paar Dinge ein, die er mit der Karte gekauft hatte – alles in Heathrow vor dem Abflug –, und der freundliche Angestellte versicherte ihm, dass er sich darum kümmern und ihn wahrscheinlich noch heute zurückrufen würde.

Tim stand in der Hitze und blickte zur Veranda, wo Jason den Text für die Website sprach. Dahinter rief Bradley »Action!« und »Schnitt!«, wie am ersten Drehtag. Vielleicht konnten sie, wie Bradley gemeint hatte, wenigstens diesen Teil verwenden, selbst wenn der Fernsehspot nie gesendet werden sollte. Das war immerhin etwas, dachte Tim. Trotzdem fühlte es sich nicht mehr so an, als hätte das Projekt noch etwas mit ihm zu tun.

Tim ging zur Vorderseite des Gebäudes zurück, wo Streng ihm nach dem Vorfall mit der Kamera angeboten hatte, mit ihm mitzufahren. Er hatte Rods neue Nummer auf seinem Handy gespeichert. Was hatte er schon zu verlieren? Tim wählte die Nummer, und obwohl es genauso unwahrscheinlich war wie beim ersten Mal, meldete sich sein Bruder fast augenblicklich.

»Was gibt's?«

»Hast du geschlafen?«

»Nein«, antwortete Rod. »Ich schlafe zurzeit nicht besonders gut.«

»Vielleicht solltest du's mal damit versuchen, am Tag wach zu bleiben und in der Nacht zu schlafen.«

»Vielleicht«, räumte Rod ein. »Soll ja bei manchen ganz gut funktionieren. Bei dir alles in Ordnung?«

»Nicht wirklich, nein.«

Tim berichtete von seinen vergeblichen Versuchen, einen Rückflug zu buchen, von der gesperrten Kreditkarte und davon, dass ihm hier niemand weiterhelfen konnte. Rod dachte einige Tausend Meilen entfernt über das Problem nach.

»Fahr einfach zum Flughafen, Kumpel. Bis dein Flieger geht, haben sie deine Karte sicher entsperrt.«

»Aber ich habe keinen Flug gebucht.«

»Egal. Fahr zum Flughafen. Mit Geld kriegst du immer einen Flug. Bezahlen kannst du ihn direkt am Schalter.«

Erst jetzt wurde Tim klar, dass er sich viel zu sehr auf das Problem mit der Kreditkarte und der fehlgeschlagenen Buchung versteift hatte. Er hatte ganz vergessen, dass man immer noch Dinge auf ganz herkömmliche Weise kaufen konnte: indem man hinging und sagte, was man haben wollte. »Aber was ist, wenn meine Karte bis dahin immer noch nicht funktioniert?«

»Dann ruf mich an, und ich zahle mit meiner Karte übers Telefon.«

»Hast du das Geld?«

»Ich hab genug Geld, Kumpel. Vielleicht ist es in ein paar Wochen nicht mehr viel wert, aber aus Dubai bringen wir dich schon noch raus. Geh bloß nicht mehr zurück.«

»Okay.« Tim schluckte schwer, um zu verhindern, dass die plötzlich aufwallenden Gefühle seine Stimme zittern ließen. »Danke.«

Er ging zurück zur Lounge. Noch bevor er durch die Tür war, spürte er, dass irgendwas vor sich ging. Die Stimmung war ebenso angespannt wie die Gesichter der Angestellten. Aus den Lautsprechern tönte immer noch Jazzmusik, doch von der ausgelassenen Geräuschkulisse war nur noch ein aufgeregtes Summen übrig. Als Tim bei der Tür stehen blieb, zwinkerte ihm Miles warnend zu und hielt den Daumen nach unten. Zwei Männer standen einander in aggressiver Haltung mit verschränkten Armen gegenüber, die anderen verfolgten die Szene gebannt.

»Ich weiß nicht, was Sie wollen.« Christian Roper deutete mit dem Finger auf Adam. »Anscheinend werden Sie erst zufrieden sein, wenn Sie uns ruiniert haben.«

»Sie haben sich längst selbst ruiniert«, schnaubte Adam. »Es hilft Ihnen gar nichts, wenn Sie mich bedrohen.«

»Ich hab die verdammte Kamera nicht runtergeschmissen – schon gar nicht, um Sie zu treffen«, rechtfertigte sich Christian. »Obwohl ich jetzt gute Lust dazu hätte.« Jo stand auf, trat zu ihm und versuchte ihn wegzuziehen. Sie flüsterte ihm eindringlich ins Ohr. Adam hielt ein Aufnahmegerät in ihre Richtung.

»Geben Sie zu«, fragte Adam, »dass von dem Spendengeld aus diesem Spot absolut nichts in irgendeinem Entwicklungsland ankommen wird? Weil Sie so tief in der Scheiße stecken, dass Sie es für sich selbst brauchen?«

Alle im Raum warteten auf Christians Reaktion. Würde er die Anschuldigung zurückweisen? Die Ropers wechselten einen kurzen Blick wie Komplizen, die mit dem Rücken zur

Wand standen. Christian breitete die Arme in einer Geste aus, die wohl kämpferisch wirken sollte.

»Glauben Sie, es ist ein Klacks, so etwas auf die Beine zu stellen? Sie wedeln ein bisschen mit dem Zauberstab, und die Armut verschwindet?«

»Das hat keiner behauptet«, konterte Adam. »Was ich behaupte, ist, dass Sie Ihr Versprechen nicht einlösen können.«

Jo warf dem Fixer einen Hilfe suchenden Blick zu. Der trat unauffällig zu seinem Chef.

Christian lachte bitter auf. »*Sie* tun gar nichts. Sie sind Journalist. Sitzen nur da und schreiben irgendwelchen Mist. Sie leisten keinen Beitrag und machen sich lustig über Leute, die etwas tun.«

»Ihr Beitrag …«, schnappte Adam.

»Ich habe … wissen Sie, wie viel Geld ich schon für karitative Projekte gesammelt habe?« Christian blickte in die Runde seiner konsternierten Zuhörer und klopfte sich mit aufgesetzter Heiterkeit auf die Brust. »Ich weiß es nicht mal selbst! Ich habe aufgehört, es zu zählen!«

»Christian«, erwiderte Adam. »Ich sage ja nicht …«

»Nehmen Sie meinen verdammten Namen nicht in den Mund«, knurrte Christian, und Tim fragte sich, wie man jemanden anders ansprechen sollte als mit seinem Namen. Ihm kam ein Bild von Roper in den Sinn, wie er ihn zu Beginn des Projekts gesehen hatte: glatt rasiert in seiner Küche, umgeben von sorgfältig arrangiertem Kochgeschirr, ein stolzer Träger des Order of the British Empire.

»*Mr. Roper*«, korrigierte sich Adam in heiter-ironischem Ton, »ich bestreite nicht, dass Sie Großartiges geleistet haben. Mir geht es um etwas anderes: Sie haben hier viel Geld verloren, in Projekten wie Pearl, die in hundert Jahren nicht fertig werden, und mit dieser Werbekampagne versuchen Sie nun, einen Teil davon zurückzu…«

»Ich gebe Ihnen zehn Sekunden, um Ihre verdammte Klappe zu halten«, schnaubte Christian.

»Christian …«, versuchte Jo, ihn zu beschwichtigen. Der Fixer trat wie der Assistent eines Spitzenpolitikers an Christians Seite, um ihn aus der Schusslinie zu bringen. Adam ließ jedoch nicht locker; seine Überzeugung, im Recht zu sein, ließ ihn größer erscheinen, als er war.

»Und wenn ich mich weigere?« Adam breitete theatralisch die Arme aus. »Geht es mir dann genauso wie Raf?«

Christian trat auf den Journalisten zu. Der Fixer hielt ihn am Kragen zurück. »Lass mich los«, knurrte Christian.

»Wir müssen gehen«, betonte der Fixer.

»Gerettet vom Bidun!«, blökte Adam.

Der Fixer hämmerte dem Journalisten die Faust ins Gesicht. Adam taumelte rückwärts gegen die Theke und hielt sich die Hände an den Mund. Es quoll rot zwischen den Fingern hervor. Ein Kellner mit einer silbernen Speiseglocke auf einem Tablett, das für einen Gast bestimmt war, starrte ihn schockiert an. Aus den Reihen der angetrunkenen Gäste kam der eine oder andere Jubelschrei, doch dann wurde es sofort wieder still. Tim empfand die Szene als überraschend banal; sie hatte nichts von dem Spektakel und dem exotischen Reiz von Prügelszenen, wie man sie aus Filmen kannte. Adam lehnte an der Theke und verlangte nach Servietten. Christian stand reglos da. Der Fixer fasste ihn am Arm und schritt mit ihm eilig zu Tim und Ruth hinüber.

»Zeit zu gehen«, betonte der Fixer.

»Wir haben keine Autos bestellt.«

»In drei Minuten ist ein Wagen hier.«

»Okay, wir fahren mit«, erklärte Ruth.

Tim versuchte, sich nicht anmerken zu lassen, dass er davon nicht begeistert war.

Der Fixer zuckte mit den Schultern und ging zur Tür. Christian ließ sich widerstandslos wegführen. Ruth sah Tim an, drehte sich um und folgte den beiden. Tim blieb nichts anderes übrig, als ebenfalls zum Parkplatz hinauszugehen. Er blickte zurück, um zu sehen, ob Jo ihrem Mann folgte, doch sie blieb in der Lounge.

Ein SUV mit getönten Scheiben erwartete sie bereits. Am Lenkrad saß der Fahrer, der sie vom Flughafen abgeholt hatte. Er schaltete das Radio ein; es lief der Song »Killer Queen«. Sie fuhren schweigend durch die beginnende Dunkelheit.

Tim und Ruth stiegen vor dem Centrepiece aus. Christian lächelte geistesabwesend, wie ein Politiker, der eine Wahl klar verloren hatte und der Öffentlichkeit zu verstehen gab, dass die Dinge nicht mehr in seiner Hand lagen.

»Gehen wir runter zum Strand?«, schlug Ruth vor.

Der Himmel nahm einen dunkleren Blauton an, und die Restaurants erwachten zum Leben. Ein Kellner geleitete ein

Pärchen zu einem Tisch. Es war wie an jedem anderen Abend. Der Privatstrand war so gut wie verlassen, nur eine Frau in einem pfirsichfarbenen Badeanzug schlief noch auf einer Sonnenliege, mit einem John-Grisham-Taschenbuch auf dem Bauch. Ein Mann im grünen T-Shirt glättete den Sand mit einem Rechen. In einem Winkel des Himmels zeigte sich bereits der Mond zusammen mit den ersten Sternen.

»Was ist ein Bidun?«, fragte Tim in das Schweigen hinein, in dem er eine gewisse Erleichterung oder zumindest Resignation spürte.

»So nennt man hier staatenlose Menschen.«

»Der Fixer hat keine Staatsbürgerschaft?«

»Nein. Er ist vielleicht Iraker oder Kuwaiter, aber von einem Stamm, der nicht … ähm, offiziell anerkannt ist. Darum können diese Leute auch nicht legal hier arbeiten.«

»Als Ashraf wegging, hat er etwas gesagt, das ich nicht verstanden habe. Ich glaube, es war dieses Wort.«

»Wahrscheinlich ist bei den Ermittlungen der Polizei herausgekommen, dass er keine Staatsbürgerschaft hat. Dass er ein Bidun ist. Und deshalb haben sie ihn entlassen. Diese Leute haben keine Rechte. Sie leben ständig auf der Flucht.«

»Und der Fixer …«

»Er wird für eine Weile verschwinden und dann mit einer neuen Identität zurückkommen. So machen es die Leute hier. Hast du Lust auf ein Bier?«

Als sie sich an einen Tisch setzten, tönte »The Girl From Ipanema« aus den Lautsprechern. Der Kellner fragte, ob sie bisher einen erfolgreichen Aufenthalt gehabt hätten.

Am nächsten Tisch stellte er die gleiche Frage einer jungen Malaysierin und ihrem Begleiter, der vielleicht dreimal so alt war. Als sie nach ihren Bierflaschen griffen, berührten sich Tims und Ruths Finger einen Moment lang.

»Du fliegst also morgen zurück«, begann sie.

»Ja, gleich morgen früh.« Der nächste Song war »Can't Take My Eyes Off You«. Die vertrauten Worte schwebten durch Tims Gehirn hindurch, ohne Fuß zu fassen. »Und du? Was hast du vor? Fliegst du zurück in die Staaten?«

Ruth nickte geistesabwesend, nahm einen Schluck Bier und wischte sich mit der Hand über den Mund. »Zurück in die Staaten, ja. Was ich tun werde, weiß ich noch nicht. Ich warte, bis sich wieder etwas in dieser Art ergibt.«

»Es kann sein, dass ich etwas Neues anfange«, erklärte Tim. »Ich weiß nicht, ob ich in dem Geschäft weiterarbeiten will.«

»Also, das ist sicher ein Sonderfall hier. Es kommt nicht so oft vor, dass bei einem Projekt jemand stirbt und der Auftraggeber nach drei Tagen pleite ist.«

»Klar«, räumte Tim ein. »Aber es ist nicht nur das. Ich möchte etwas anderes machen, als nur die richtigen Worte zu finden, um Leute zu überzeugen, etwas zu kaufen. Eigentlich ist es nicht einmal so sehr das Kaufen, das mich stört, sondern dass man Geschichten erzählt und damit eine Welt erschafft, die …«

»Nicht wirklich existiert.«

»Ja. ›Einen Ort, an dem die normalen Gesetze außer Kraft sind.‹ Das ist das Motto von Vortex. Nach den paar Tagen hier habe ich das Gefühl, dass normale Gesetze gar keine so schlechte Sache sind.«

»Was bedeutet ›Vortex‹ eigentlich genau? Stimmt das mit den Gesetzen überhaupt?«

»Darüber hab ich nie wirklich nachgedacht. Aber ich denke schon.«

»Man müsste es nachschlagen, aber ich denke, das Wort bedeutet eigentlich etwas anderes … wie nennt man so was?«

Tim lächelte. »Ich weiß nicht, ob ich das heute hinkriege.«

Ruth erwiderte sein Lächeln. Ihm fiel auf, dass ihre Wangen von einer leichten Röte überzogen waren. »Ein Whirlpool. So was in der Art. Ein Wirbelwind.«

Sie bestellten Nachschub, und Tim fühlte sich wie befreit. Seit Rafs Tod waren die Stunden so quälend langsam verstrichen, doch plötzlich schien alles ganz schnell zu gehen, und sein Aufenthalt in Dubai war so gut wie zu Ende. Da war kein Druck mehr, irgendwas tun zu müssen; alle Erwartungen waren weg. Zum ersten Mal konnte sich Tim wie ein gewöhnlicher Tourist fühlen, konnte nachempfinden, wie frei von allen Verpflichtungen sich die Leute hier fühlten, offen für den Luxus, den die Stadt zu bieten hatte. Er blickte zu dem ungleichen Pärchen am Nebentisch. Die beiden hielten über den Tisch hinweg Händchen. Das Mädchen füllte einen Zufriedenheitsfragebogen aus, der Mann korrigierte sie, und sie lachten vergnügt. Auch von anderen Tischen kam Gelächter – nicht das aggressive Lachen aus dem Golfklub, sondern eines, das hell und melodisch klang und Zusammengehörigkeit ausdrückte.

Vom Wasser her schaute das Burj Al Arab zu ihnen herüber. Mit der senkrechten Linie von kleinen blinkenden Lichtern erinnerte es Tim mehr denn je an ein eben erst gelandetes Raumschiff. Eine Limousine rollte die Zufahrt zum Hotel entlang, passierte die Kontrollstelle, und zwei winzige Gestalten stiegen aus und wurden ins Hotel eingelassen. Der Anblick weckte in Tim eine Ahnung von aufregenden Abenteuern, die darauf warteten, erlebt zu werden, und ihm wurde mit plötzlichem Bedauern bewusst, dass er in wenigen Stunden in ein Flugzeug steigen und abreisen würde. Dass dieses exotische Schauspiel dann ohne ihn vor sich gehen würde.

»Was denkst du?«, fragte Ruth.

»Dass es eigentlich schade ist, schon wieder abzureisen«, gestand Tim. »Ziemlich bescheuert, wenn man bedenkt, dass ich es eben noch sehr eilig hatte, von hier wegzukommen.«

»Ich finde es auch schade, dass du schon gehst«, meinte Ruth, ohne ihn anzusehen.

Tim räusperte sich. »Wir … wir bleiben in Kontakt, oder?«

Ruth lächelte traurig. Tim spürte, dass ihr der Gedanke auch nicht unangenehm war, doch sie schien aus Erfahrung zu wissen, dass es meistens anders kam. Er konnte es sich vorstellen: Zuerst versicherten sie einander, in Kontakt zu bleiben, dann würden die Abstände zwischen den E-Mails immer größer werden, bis ihre Namen irgendwo in der Kontaktliste des anderen untergehen und sie einander höchstens unpersönliche Rundmails mit Einladungen zu Veranstaltungen schicken würden, die der andere nie besuchen würde.

»Du warst sicher schon oft in einer solchen Situation«, sprach Tim aus, was sie wahrscheinlich beide dachten, »und es funktioniert meistens nicht so, wie man sich's vornimmt.«

»Es ist zum Teil auch meine Schuld«, gestand Ruth. »Ich lebe eher zurückgezogen. Es ist nicht unbedingt meine Stärke, ähm … Kontakt zu halten. Ich bin viel unterwegs.«

»Immer schon?«

»Kann man sagen, ja. Wir sind aus Irland nach Brooklyn gekommen, als ich acht war, darum ist das für mich etwas Normales. Zuerst hielt ich meine Eltern für verrückt. Ich geh nicht nach Amerika, hab ich zu ihnen gesagt, ich habe meine Freunde hier.« Sie klang sehr irisch, fand Tim, als sie von ihrer Vergangenheit erzählte. »Um mir eine Lektion zu erteilen, fuhren sie los und ließen mich einfach stehen. Zwei Minuten lang dachte ich, ich muss jetzt ganz allein leben. Ich weinte, und das Taxi kam zurück und nahm mich mit.«

»Schon krass«, meinte Tim. »Ich glaube nicht, dass meine Eltern jemals so etwas getan hätten. Meine Mum wollte uns nicht mal allein rausgehen lassen.«

»Mein Vater arbeitete bei einem Fuhrunternehmen. Er war nicht besonders zartbesaitet.«

Ihm gefiel der Klang ihrer Stimme, und wenn er selbst sprach, die Ernsthaftigkeit, mit der sie ihm mit leicht zusammengekniffenen Augen zuhörte. Ruth bestellte Cocktails, während Tim auf der Toilette war; als sie ging, revanchierte er sich. Sie wiederholten dieses Spiel noch zweimal und wählten absichtlich die knallbuntesten Drinks mit den extravagantesten Namen. Aus allen Richtungen perlte nun Musik.

Die Sängerin, die am ersten Abend auf der Terrasse gesungen hatte, nahm gerade »The Greatest Love of All« in Angriff – für Tims Geschmack übertrieben gefühlsbetont, obwohl es vielen Gästen zu gefallen schien. Er fragte sich einen Moment lang, was mit den anderen aus ihrem Team war, doch die Frage erschien ihm nicht dringlich. Es war zehn Uhr abends; in sechs Stunden würde er aufbrechen, und weitere zwei Stunden später – wenn alles gut ging – in einem Flugzeug sitzen.

Sie plauderten ungezwungen, ohne lange bei einem Thema zu verweilen. Ruth kam noch einmal auf ihre Familie zu sprechen. Tim wiederum erzählte ihr von Rod, danach von der Nacht, als er mit Nasenbluten aufgewacht war, und schließlich von seinem Traum, in dem er Raf umgebracht hatte. Es war das erste Mal an diesem Abend, dass die Tragödie zur Sprache kam, dass sie auch nur daran dachten. Bald würde eine ganze Woche, ein Monat ohne einen Gedanken daran vergehen, was anfangs noch völlig unmöglich erschienen war.

»Also, das ist eine ziemlich ausgefallene Theorie«, staunte Ruth, »aber wie wärst du in Rafs Chalet reingekommen?«

»Stimmt. Es war wohl doch nur eine Überdosis, nichts weiter.«

Sie sprachen über andere Aspekte der Sache, zwischen denen vielleicht ein Zusammenhang bestand, aber auch das waren nur Mutmaßungen. Ruth bestätigte, dass Streng nicht lesen konnte. »Ich wusste, dass du es irgendwie herausgefunden hattest, aber gestern war ich noch so paranoid, dass ich mit niemandem darüber sprechen wollte.«

»Du hättest mir vertrauen können.« Tim war nun endgültig beschwipst und genoss es. »Ich hatte immer das Gefühl, dass wir gut miteinander auskommen.«

»Ich auch«, versicherte Ruth. »Aber dann dachte ich mir, dass es nichts zu bedeuten hat. Dass du zu allen so bist.«

»Du meinst das mit Jo?«

Ruth zuckte mit den Schultern. Tim rutschte auf dem Stuhl hin und her und wusste nicht so recht, was er sagen sollte.

»Nichts für ungut, aber ich glaube, es war reine Zeitverschwendung zu glauben, dass du etwas Besonderes mit ihr hättest. Diese Frau tut alles, um sich die Langeweile zu vertreiben.«

Sie schwiegen eine Weile. Ruth schien es leidzutun, dass sie es gesagt hatte, doch Tim fand es durchaus angemessen.

»Ich weiß auch nicht«, sagte er schließlich, »in diesen Dingen bin ich wahrscheinlich ein bisschen naiv.« Er erzählte ihr von Naomi und dem abrupten Ende ihrer Beziehung.

»Wirklich schade«, meinte Ruth. »Jetzt ist New York für dich die Stadt der gescheiterten Beziehungen. Aber vielleicht ist sie das ja auch.«

»Magst du New York nicht? Ich dachte, du freust dich drauf, wieder dort zu sein.« Tim wollte diesen Moment gar nicht mehr enden lassen. Eigentlich hätte er ins Hotel gehen sollen, um noch ein bisschen zu schlafen, bevor er morgen früh zum Flughafen fahren und versuchen würde, einen Flug zu erwischen, den er noch nicht gebucht hatte – doch damit hatte er es nun nicht mehr eilig.

»Oh, es ist eine tolle Stadt. Ich glaube nur, dass die Leute sie ein bisschen idealisieren. Mit der Pferdekutsche durch den Central Park und solche Sachen – das ist das New York, wie es gern in Filmen gezeigt wird. In Wahrheit ist es eine Stadt wie alle anderen auch. Sie schert sich genauso wenig um dich wie … wie diese hier. Die Leute bilden sich gerne ein, es sei ›ihre Stadt‹. Dieses Gefühl will dir auch Dubai geben.«

»Ich weiß nicht, ob Dubai je so sein wird wie New York«, sinnierte Tim.

»Nein. Es wird nie wie irgendeine andere Stadt sein.«

Das schien ein gutes Schlusswort zu sein, und sie standen wie in stiller Übereinkunft auf.

»Ich sollte langsam packen.« Ob er es so gemeint hatte oder nicht – es klang wie eine Einladung.

Sie verließen die Bar und gingen zusammen zum Maritime Tower. Auf der Spitze des Hügels drehte sich Tim um und blickte noch einmal zum Burj hinaus, die Lichtersäulen wie Edelsteine auf einer schimmernden Rüstung. Sein Blick schweifte zum Jumeirah Beach Hotel mit seinen beleuchteten Fenstern – hinter jedem ein Leben und eine Geschichte, die ihm unbekannt war. Sie kamen an ihrem ersten Quartier in Dubai vorbei, den Ocean Chalets, dem letzten Ort, an dem Raf Kavanagh gelebt hatte. Tim hatte mehr denn je das Gefühl, dass er einem Trugbild von Dubai aufgesessen war.

Als sie den Gang entlanggingen, stellte sich Tim vor, dass Adam ein paar Zimmer weiter an einer Geschichte schrieb, die WorldWise den Rest geben würde: BETRUNKENER ROPER BEDROHT REPORTER.

Sie betraten Tims Zimmer, er setzte den Teekessel auf und ging ins Badezimmer. Als er zurückkam, lag Ruth unter der Decke und schaltete den Flachbildfernseher ein.

»Das ist schon das zweite Mal, dass ich in deinem Bett liege«, stellte sie fest. »Ich hoffe, du kommst nicht auf irgendwelche Gedanken.«

Im Fernsehen sprach ein gut aussehender Mann mit dunkel getönter Haut und einer schmalen Krawatte, wie Leadsänger sie gern trugen, über die Finanzmärkte. »Zweifellos könnte es so schwerwiegende Folgen haben wie der Wall-Street-Crash«, berichtete er mit der gleichen kaum verhohlenen Sensationslust, mit der die Reporterin Rafs Tod gemeldet hatte. »Es droht eine absolute Katastrophe.«

»Wie konnte es eigentlich zu diesem Desaster kommen?«, fragte der Moderator in seinem glatten BBC-Englisch.

Der Finanzexperte lächelte routiniert und erzählte von Subprime-Hypotheken, Eigenkapital und Treuhandfonds. Tim stieg zu Ruth ins Bett.

»Verstehst du was davon?«

Ruth schloss die Augen. »Ich denke«, murmelte sie, »ich denke, es geht darum, dass … ähm, das Ganze keinen Sinn mehr ergibt … dass es jede reale Grundlage verloren hat. Kann es sein, dass sie das meinen?«

»Ja, vielleicht.«

Es war schwer zu sagen, wer die Initiative ergriff. Tim spürte ihre Wärme neben sich und legte den Kopf zwischen ihre weichen Brüste. In den letzten Tagen waren ihm viel zu viele Gedanken durch den Kopf geschwirrt, hatten ihn gelähmt wie einen Computer, der durch zu viel Müll immer langsamer wird. Während er Ruths Nähe auf sich wirken ließ, stellte er sich vor, wie sich ein Fenster nach dem anderen schloss und vom Bildschirm verschwand. Rafs Tod, die Krise von Christians Organisation, die verwirrenden Momente zwischen ihm und Jo, das Rätsel der heruntergefallenen Kamera. Hinter den Worten verbarg sich oft etwas ganz anderes, eine Wirklichkeit ohne klare Konturen. Es würde keine Lösung für alle offenen Fragen geben, wie Poirot sie in seinen Fällen unweigerlich fand. In wenigen Stunden würde Tim zum Flughafen fahren, dann war das Spiel zu Ende. Bis dahin gab es noch diese Momente. Das war genug.

Teil 3

12

Eine Geschichte

Nachdem wir uns geliebt hatten und bevor er die Augen schloss, stellte Tim noch den Wecker für den Flug. Dann faltete er seine Kleidung ordentlich zusammen und packte sie in den Koffer. Auf einem Stuhl legte er die Sachen zurecht, die er am nächsten Morgen anziehen würde. Er schlüpfte in die Unterhose, als wäre ihm plötzlich nicht mehr ganz wohl dabei, nackt mit mir im Bett zu liegen. Er schlief auf dem Rücken ein. Die letzten Tage waren auch für ihn nicht ganz einfach gewesen, wie er zugegeben hatte. In wenigen Stunden würde er zum Flughafen fahren, und wir würden uns nie wiedersehen. Also lag ich da und sah ihn noch eine Weile an.

Tim lag richtig mit seiner Vermutung, dass die Wahrheit um Rafs Tod unter all den Phantomwahrheiten verschwinden könnte, sie von ihnen wie von Efeu überwuchert werden würde. In Dubai fällt es oft nicht leicht, zwischen Wahrheit und Einbildung zu unterscheiden. Und es drängt sich das Gefühl auf, dass es gar keinen Unterschied gibt. Dass das Erfundene wahr ist, oder umgekehrt.

Ein einzelner Mensch kann nicht alles erkennen. Für Tim war Dubai völliges Neuland. Ich war nicht zum ersten Mal hier und hatte bereits mit den Ropers zu tun gehabt. Und in den Jahren nach diesen Vorfällen habe ich noch mehr herausgefunden. Ich sehe die beteiligten Personen noch genauso deutlich vor mir wie damals, als ich mit ihnen zusammenarbeitete: Christian, der gescheiterte Weltverbesserer, dem seine Ambitionen zum Verhängnis wurden, der mit Geld und Immobilien von zweifelhaftem Wert jonglierte, bis das Kartenhaus ganz unvermutet in sich zusammenfiel. Jo, seine frustrierte Partnerin, die genug hatte von den Wohltätigkeitsveranstaltungen und Botschaftsempfängen, auf denen sie als Vorzeigefrau in Erscheinung trat, die sich in Affären stürzte und zwischen Fitnesstraining und Drogenkonsum hin- und herpendelte. Der Fixer, der sich stets im Hintergrund hielt, der so gut wie alles organisieren konnte, außer einer legalen Existenz für sich selbst. Bradley, der von seiner Arbeit Besessene, der möglicherweise seine Sexualität verleugnete. Miles, ein Kameramann, der sowohl kräftig als auch clever genug war, um eine Kamera so von einem Gerüst zu stoßen, dass sie niemanden tötete. Ein Filmstar, dessen größte Angst es war, dass sein Geheimnis herauskommen könnte, und eine Agentin, die ebenfalls von dieser Angst besessen war.

Nicht zu vergessen, Raf. Und ich. Bevor ich weitererzähle, möchte ich ein bisschen ausholen, damit man versteht, warum es so gekommen ist.

Mit siebzehn Jahren besuchte ich den Schulball. Es war noch nicht mein Abschlussjahr, aber eine Freundin von mir kannte jemanden, und so kamen wir zu einer Einladung. Es wurde erwartet, dass man sich ordentlich herausputzt und flirtet. Ich trug roten Lippenstift und ein Ballkleid, das wohl für eine Barbiepuppe gedacht war und mir kaum bis zu den Knien reichte. Ich lernte einen Jungen mit grünen Augen kennen – Ryan hieß er. »Deine Haare sind der Wahnsinn«, sagte er und erzählte mir, seine Familie komme aus Irland, aber das behaupteten viele. Danach gingen wir noch auf eine Hausparty, tranken Rum-Cola. Ich war das Zeug nicht gewohnt, wollte es mir aber nicht anmerken lassen. Bald wusste ich nicht mehr, wo meine Freundinnen geblieben waren. Er ging mit mir auf sein Zimmer. *Das ist wie in irgendeiner Geschichte,* ging es mir durch den Kopf. Wir hatten dreimal Sex, und ein paar Wochen später übergab ich mich in der Dusche.

Das Kind nicht zu bekommen kam von vornherein nicht infrage. Abtreibung war zwar legal, wo wir lebten, aber nicht in Irland, und unser Haus stand gefühlsmäßig immer noch in Irland. Für meine Eltern gab es nur eins, das schlimmer war, als das Baby zu bekommen: es wegmachen zu lassen. In der Badewanne betrachtete ich meinen Körper und redete mir selbst ein, dass ich da drin gar nichts spürte. Es musste ein Irrtum sein, oder irgendwas war damit passiert. Es war unter genauso mysteriösen Umständen verschwunden, wie es gekommen war. Dann hatte ich ein schlechtes Gewissen, weil sich so viele Leute ein Kind wünschten und keins bekommen konnten.

Die Wochen vergingen. Nachts lag ich immer auf der Seite, weil das bequemer war. Die Leute in der Wohnung nebenan feierten Partys. Durch die Wand hörte ich die Ramones, das Knallen der Korken und brüllendes Gelächter. Ich war achtzehn und hatte das deprimierende Gefühl, auf mein Leben zu verzichten, noch bevor es begonnen hatte.

Er wurde an einem heißen Tag geboren. Eine schwarze Frau im Bett nebenan hatte ihr sechstes Kind zur Welt gebracht. »Was soll ich sonst mit meinem Leben anfangen?«, meinte sie. »Vielleicht Baseballprofi werden?« Sie nannte es Texas; ihre Kinder waren alle nach Bundesstaaten benannt. Im Zimmer auf der Entbindungsstation hörte ich das Hupen der Autos von der Straße unten und spürte die staubige Hitze von draußen. Sie nahmen ihn mir weg, noch bevor ich sein Gesicht gesehen hatte. Eine halbe Stunde maßen und wogen sie ihn, und ich hörte ihn schreien. Ich bat sie, ihn mir zurückzugeben.

»Keine Sorge, Schätzchen«, sagte die Hebamme, »du wirst ihn noch lange genug haben.«

Ich nannte ihn Owen. Mam nahm ihn mit einem dünnen Lächeln auf den Arm, und Da tätschelte ihm den Kopf und fragte, ob er im Krankenhaus rauchen dürfe.

Er schrie oft die ganze Nacht bis zum Morgen. Er konnte nicht richtig trinken, protestierte aber heftig, wenn ich ihm die Brust wegnahm. Ich arbeitete in einem 7-Eleven-Geschäft und einer RadioShack-Filiale, ich arbeitete in einer Brathähnchenbude und stank nach Fett, wenn ich nach Hause kam. Mam kümmerte sich um ihn; ich fragte mich den ganzen Tag, ob er nach mir rief. Wenn ich heimkam und ihn schreien hörte, fühlte es sich an, als hätte er die ganze Zeit geschrien, während ich weg war. Ich stritt mit Mam, während Da am offenen Fenster rauchte.

Nebenan wurde tüchtig gefeiert. Ich ging im Nachthemd rüber und bat die Leute, leiser zu sein, und sie sahen mich an, als wäre ich fünfzig. Manchmal brachte ich nicht mal mehr die Energie auf, um mich auszuziehen, bevor ich ins Bett kroch. Morgens schaffte ich es nicht immer zu duschen. Bei RadioShack feuerten sie mich, weil ich an der Kasse einschlief. Bei 7-Eleven feuerten sie mich, weil ich einen Kunden Schwanzlutscher nannte.

Es war mir egal. Es gab genug Jobs, und mir lag an keinem besonders viel.

Owen fing an zu lächeln. Er lernte zu lachen, einen kleinen weichen Ball in der Hand zu halten und nach seinem Lieblingsspielzeug zu greifen, einem Panda namens Lloyd. Er begann zu krabbeln und Laute von sich zu geben, die »Mama« bedeuten konnten. Jeder dieser Meilensteine, selbst der lächerlichste, fühlte sich an wie eine Errungenschaft. Darum benehmen sich die Leute auch so komisch, wenn es um ihre Kinder geht. Wenn ein Zweijähriger »Ich hab einen Stab« brabbelt und die Mutter ist aus dem Häuschen, als würde sie dem Bolschoi-Ballett zusehen, dann denkst du, die

Mutterschaft muss ihr das Hirn vernebelt haben. Aber wenn du selbst diese Mutter bist, dann ist dieses »Ich hab einen Stab« wie das Erreichen eines Ziels, auf das du hingearbeitet hast, seit dieses winzige Etwas in dir zu wachsen begonnen hat. Um dahin zu gelangen, hast du tausend Windeln gewechselt, hundert Stunden Karotten püriert und Erbrochenes aufgewischt und bist aus dem Bett gesprungen, zehn Minuten nachdem du dich hingelegt hattest. Für das alles kriegst du kein Lob und erwartest auch keins. »Ich hab einen Stab« ist alles, was du kriegst. Darum ist es aus deiner Perspektive sehr viel.

Ich bekam einen Job, bei dem ich jede Woche einen halben Tag freihatte, und ging zu einer Gruppe, die sich »Thursday Moms« nannte. Wir saßen mit unseren Kindern auf den Knien da, sangen Lieder und tranken Kaffee. Zwei Jahre zuvor hätte ich das noch grauenhaft gefunden, aber jetzt brauchte ich es. Die meisten Mütter hatten schöne Haare und hübsche Kleider, brachten gesunde, selbst gemachte Imbisse mit und kannten die Texte zu allen Liedern. Nach und nach kehrten sie in ihre Jobs im Journalismus oder Grafikdesign zurück. Sie kannten meine Situation und vermieden es, sie zu erwähnen – normalerweise, indem sie gar nicht mit mir sprachen. Es gab jedoch eine Mutter namens Martha, die fast genauso scheiße aussah wie ich. Ihr Mann hatte sie wegen einer Tänzerin verlassen. Wir freundeten uns an. Martha arbeitete für einen Filmproduzenten.

»Du solltest als Runner zu uns kommen«, schlug sie vor.

»Machst du Witze? Ich bin zu müde zum Gehen.«

»Du müsstest nicht ständig rumrennen. Es wären kleinere Aufgaben am Filmset.«

Eines Tages, als Owen zwei Jahre alt war und wir mit ihm durch den Park spazierten, streichelte meine Mam seine rote Wange. »Er ist ein braver Junge, stimmt's?«

»Er ist wunderbar«, bestätigte ich.

»Ich glaube, wir gehen bald zurück nach Irland.« Es klang, als wäre ihr die Idee eben erst gekommen. »Dein Vater meint, es ist Zeit, zurückzukehren. Seine Firma eröffnet eine große Filiale in Dublin. Und Großmutter geht es nicht gut.«

»Aber ich … ich meine, er ist noch so klein«, wandte ich ein. »Es wäre alles ganz neu für ihn. Wo er gerade anfängt, seine Umgebung besser kennenzulernen.«

»Hmm, das stimmt«, pflichtete mir Mam bei.

Ein Flugzeug brummte über uns hinweg, und wir schauten beide nach oben. Als sich unsere Blicke wieder trafen, sahen wir schnell zur Seite.

»Du kannst immer mit ihm kommen«, fügte sie hinzu und schob ihren Arm für einen Moment unter meinen.

Ich glaube, es war eine Erleichterung für sie. Vielleicht für uns beide.

Ich meldete Owen zur Vorschule an. Am ersten Tag schrie er, klammerte sich an meinen Arm und flehte mich an, ihn nicht allein zu lassen. Am selben Tag begann ich als Set-Runner und kreuzte mit Rotz am Ärmel meines Zwanzig-Dollar-Kleids – das beste Stück, das ich besaß – in einem blitzblanken Büro auf. Als Erstes musste ich meinem neuen Chef einen Kaffee bringen. Danach ließ er mich jemandem mitteilen, dass er in zehn Minuten Zeit für ihn habe. Später schickte er mich noch mal los, um Kaffee und einen Bagel zu besorgen. Mehr war nicht los an meinem ersten Vormittag. Ich konnte nicht glauben, dass das ein Job war. Ich verdiente um zwei Dollar dreißig die Stunde mehr als bei 7-Eleven.

Nach zwei Wochen fand ich eine Babysitterin und ging mit Martha ins Kino. Hinterher lud sie mich auf ein Bier ein – mein erstes seit drei Jahren. Als ich nach Hause kam, berichtete die Babysitterin, dass Owen die ganze Zeit geschlafen habe. Ich ging mit Martha in sein Zimmer. Er hielt Lloyd, den Panda, an die Brust gedrückt und lächelte ein wenig.

»Er ist richtig süß«, hauchte Martha mit ihrem Bieratem und drückte meine Hand. Ich dachte mir: *Ich kann es schaffen. Ich hab mein Leben – nicht ganz so, wie ich es mir vorgestellt hatte, aber immerhin.*

Ich arbeitete hart für den Filmproduzenten. Er hieß Solomon Katz und erwartete von mir vor allem, dass ich Kaffee machte und Anrufern sagte, er sei nicht da. Die Verwirklichung seiner Projekte war ziemlich unwahrscheinlich. Er kümmerte sich um die Finanzierung von geplanten Filmen, um sie dann auf Eis zu legen und ein neues Projekt in Angriff zu nehmen. Katz verfügte über die nötigen Kontakte, um als Filmproduzent leben zu können, ohne Filme zu produzieren. Ich arbeitete als Runner, aber viel rennen musste ich nicht. Da begann mir zu dämmern, dass viele Jobs hauptsächlich darin bestanden, andere zu überzeugen, dass man etwas leistete.

Wie kommen wir von hier nach Dubai? Es ist immer die gleiche Geschichte. Jede Geschichte ist irgendwie mit jeder anderen verbunden.

Nach einem Monat ging ich wieder einmal ans Telefon und wollte dem Anrufer schon mitteilen, dass Katz nicht im Büro sei, da merkte ich erst, dass es für mich war. Es gab ein Problem in der Vorschule. Owen bekam fast keine Luft mehr. Ich rannte wie benommen zur U-Bahn und sprintete fünf Blocks, während mir der kalte Schweiß ausbrach. Ein Arzt war schon dort. Owen lag mit einer Sauerstoffmaske in einem behelfsmäßigen Krankenzimmer. Er sah aus wie ein evakuiertes Kind aus einem dieser britischen Kriegsfilme. Seine braunen Augen baten mich, ihm zu helfen: Es war das erste Mal, dass ich es nicht gekonnt hatte.

»Der Junge hat Glück gehabt«, betonte der Arzt. »Er hatte eine schlimme allergische Reaktion.«

Ein solcher anaphylaktischer Schock werde normalerweise von Spuren von Nüssen ausgelöst, fügte er hinzu. Die Leiterin der Vorschule, Mandy, versicherte immer wieder, dass sie keine Nüsse gegessen hätten, als würde mich das irgendwie beruhigen. Ich wollte nichts anderes, als mit Owen nach Hause zu gehen, aber als ich mit ihm allein war, hatte ich Angst, es könnte wieder passieren. Er schlief bei mir im Bett, und ich hielt alle paar Minuten die Hand an seinen Mund, um mich zu vergewissern, dass er noch atmete. Ich machte die ganze Nacht kein Auge zu, und in der folgenden Nacht ebenso wenig.

»Ich will nicht noch mal so krank sein, Mom«, sagte er.

»Das wirst du nicht. Das wirst du nicht.«

Ich ging mit ihm zu einem Arzt. Ich besorgte mir alle Broschüren, die je über Nussallergie und Lebensmittelintoleranz gedruckt worden waren. Ich überprüfte die Zutaten von allem, was bei uns auf den Tisch kam, und kochte ihm abwechselnd immer die gleichen vier Gerichte. Schließlich wurde es zur Normalität. Durch Wiederholung kann einem irgendwann so gut wie alles normal erscheinen.

Er wurde vier Jahre alt, er wurde fünf. Einmal lieh mich Katz an einen Kumpel aus; ich arbeitete drei Tage bei richtigen Dreharbeiten mit, an einem Fernsehfilm über einen Auftragsmord. Ich lernte einiges über die verschiedenen Aufgaben und die Hierarchie am Set. Regisseur, Regieassistent, Produktionsleiter, Produktionsassistent, Kameramann. Eine faszinierende Welt, in der ich mich schnell zu Hause fühlte. Ich bemühte mich darum, öfter freiberuflich am Set zu arbeiten, egal wo und was gedreht wurde. In New York wurde jede Menge gedreht. Jeden Tag standen irgendwo in der Stadt Leute vor einer Kamera und taten so, als würden sie miteinander schlafen, eine Bank ausrauben oder sterben. Wenn die Dreharbeiten am Wochenende stattfanden, nahm ich Owen mit und setzte ihn mit seiner kleinen Eisenbahn in eine Ecke. Die Leute bewunderten seine großen Augen mit den langen Wimpern. »Ist das dein Junge?«, fragten sie mich. »Der ist vielleicht süß!« Ja, sagte ich, er ist mein Junge, und ihr könnt gern mit ihm spielen, aber gebt ihm nichts zu essen. Owen erklärte mit großem Ernst die Regeln seines Eisenbahnspiels. Ich beobachtete ihn aus der Entfernung mit einer Liebe, der man sich bedingungslos ausliefert.

Bei einem Job lernte ich einen Produktionsleiter namens Crawford Henry kennen. Ein verkehrter Name, bemerkte er jedes Mal, wenn er sich vorstellte. Er sagte es ziemlich oft, was mir aber nichts ausmachte. Er war ein bisschen älter als ich. Seine Eltern stammten aus der Karibik. Er hatte ein lautes, ansteckendes Lachen, und sein Aftershave hatte einen angenehmen Duft, den ich sofort mit ihm selbst verband. Wir gingen zu dritt etwas trinken, und er setzte Owen auf seinen Schoß und erklärte ihm, wie eine Dampflok funktioniert. Wir besuchten die Premiere eines Kinderfilms über Pinguine, und Crawford sorgte dafür, dass Owen einen der Schauspieler treffen und ein Pinguinkostüm anprobieren durfte. Wir sahen uns ein paar Monate regelmäßig. Seit dieser Party vor einigen Jahren hatte mich niemand berührt. Crawford war zärtlich und rücksichtsvoll und brachte mich zum Lachen. Er machte mich auch darauf aufmerksam, wie oft ich einen Satz mit »ähm« unterbrach. Er und Owen nannten einander »Kumpel«.

Eines Tages fragte er, ob wir uns allein sehen könnten. Es war Winter und eiskalt. Ich organisierte eine Babysitterin. Wir spazierten über die Brooklyn Bridge. Das Licht der Wolkenkratzer warf einen silbernen Schimmer auf das zugefrorene Wasser, und die Gebäude kamen mir vor wie freundliche Zuhörer. In meiner Erinnerung ist es wie die Szene auf dem Poster im Wohnzimmer der Ropers.

»Ich kann das nicht mehr«, begann Crawford.

»Was …?«

»Ich kann mich nicht mehr mit dir treffen. Es tut mir so leid, Ruth, wirklich.«

Er war verheiratet und lebte mit seiner Familie in Upstate New York. Ich war zu benommen, um wütend zu sein. Ich ließ es zu, dass er mich am Eingang zur U-Bahn in die Arme nahm. Ein Bettler protestierte, weil wir auf seinem Platz standen. Ich sah ihm nach, wie er in seinem weiten braunen Mantel über die Brücke schritt. Ich ging in der Kälte nach Hause und erzählte Owen am nächsten Morgen, dass Crawford nicht mehr kommen würde.

»Wollte er nicht mein Dad sein?«

»Was?«

»Ich dachte, er wird mein Dad.«

Ich war dabei, mich für die Arbeit fertig zu machen, war halb geschminkt und halb angezogen. »So ist es nicht, Liebling. Dein Dad … wir haben ja darüber gesprochen. Dein Dad ist weggegangen, und …«

»Aber wir können einen neuen haben. Ich hab geglaubt, Crawford ist der neue.«

»Ich auch.«

»Hab ich was Falsches getan?«

Danach ließ ich mich auf keine Beziehung mehr ein. Wenn ich jemanden kennenlernte und wir miteinander schliefen, oder es danach aussah, als würden wir bald miteinander schlafen, wies ich mit Nachdruck darauf hin, dass ich ein Kind hatte und dass es nie etwas Ernstes werden könne. Das genügte meistens, um die Sache schnell zu beenden. Es gab zwei nette Männer, die sich nicht abschrecken ließen und behaupteten, sie würden ihn gerne kennenlernen und zu dritt etwas unternehmen. Aber je mehr einer versuchte, Owen einzubeziehen, desto abweisender wurde ich. Sein Vater hatte ihn verlassen, Crawford hatte ihn verlassen und sogar meine Eltern. Ich würde nicht zulassen, dass es noch einmal geschah.

Owen war groß und sommersprossig wie ich und hatte dichte, wallende Haare, die ich ihm nicht gern schneiden ließ. Er war gut in der Schule, ohne herauszuragen. Bei Elterngesprächen hörte ich viel Positives, und die Lehrer erkundigten sich nie nach seinem Vater, zumal ein Drittel der Klasse mit nur einem Elternteil zusammenlebte. Deshalb fühlte ich mich auch immer weniger isoliert. Ich nahm Owen zu Freundinnen mit oder zu Müttern, die mit ihren Kindern ebenfalls allein lebten, entweder tatsächlich oder de facto (weil der Mann bis spätabends arbeitete) oder emotional (weil sie ihren Mann hassten). Oft ließ ich Owen bei einem seiner Freunde. Ich war Mitte zwanzig und immerhin Produktionsassistentin mit Aussichten, irgendwann Produktionsleiterin zu werden. Meine verpfuschten frühen Erwachsenenjahre schienen sich nun fast als Vorteil zu erweisen.

Owen fuhr mit der Familie seines Freundes – den O'Neills, gutes irisches Blut – übers Wochenende weg und im Sommer auf ein viertägiges Feriencamp. Ich geisterte in der Wohnung herum und sehnte mich auf geradezu peinliche Art nach meinem Jungen – es fühlte sich beinahe wie Liebeskummer an. Ich rief zwei der drei Abende im Lager an und spürte förmlich, wie er die Augen verdrehte, als ich ihn mit den Fragen nervte, die neurotische Mütter in Fernsehserien ihren Kindern stellen: Isst du auch genug, mit wem bist du zusammen, hast du auch nicht vergessen, ihnen das mit den Nüssen zu erzählen? Dabei hatte ich den Leitern des Camps einen Brief geschickt, damit sie darauf Rücksicht nahmen.

Neun, zehn, elf. Er war nun alt genug, um zu Dreharbeiten an Originalschauplätzen mitgenommen zu werden. Er saß in einer Ecke und las einen Stephen-King-Roman oder bastelte an seinem eigenen Drehbuch, das er mit dem Kuli auf einen A4-Block kritzelte: *Der Bäcker, der verrückt wurde* oder *Die Baseballjungs finden einen Piratenschatz*. Manchmal übernahm er kleine Botengänge für den Regisseur, und alle sagten, was für ein cooler Junge er sei. Nachts schlief er bei mir im Bett, und ich spürte seinen warmen Atem, bewunderte seine schlaksige Gestalt und sein noch kindliches Gesicht, auf dem manchmal schon etwas Männliches durchschimmerte.

Ihr fragt euch vielleicht: Worauf läuft es hinaus? Was ist daran so interessant – oder nimmt es etwa ein trauriges Ende? Schieben wir diesen Gedanken für einen Moment beiseite. Lasst mich noch eine Weile neben meinem Jungen liegen, der bald so groß sein wird wie ich, der ein bisschen wie ich riecht, dessen lange Wimpern seine Lider verschließen, während ich seinen Atem an meinem Hals spüre.

Im Jahr 2000 wurde Owen vierzehn. Ich war eine Produktionsleiterin mit einem beachtlichen Lebenslauf und jeder Menge Erfahrung mit Spielfilmen, Sitcoms und Dauerwerbesendungen. Ich konnte im Studio und auf dem Filmset arbeiten. Ich hatte ein Handy. Martha war nach L.A. gezogen, die meisten anderen Freundinnen sah ich nur selten. Die Arbeit nahm mich fast ganz in Anspruch, und meine Freizeit verbrachte ich mit Owen. Wir gingen zu einem Spiel der Yankees, wurden von der Stadionkamera eingefangen und sahen uns auf der großen Leinwand. Ich wollte ihn dazu bringen, mich zu umarmen, doch er knuffte mich in die Schulter. Er spielte in einer Highschool-Aufführung von *Hexenjagd* den alten Richter, die Haare mit Talkum weiß gefärbt. Er nannte mich Hillary, nach Hillary Clinton – er fand, ich klinge wie sie, wenn ich versuche, Autorität auszustrahlen. Oft hinterließ er mir kurze Nachrichten im Stil eines politischen Beraters:

H.
Bin beim Baseballtraining und geh nachher vielleicht ins Kino.
Komme ca. 23:00 Uhr.
O.

Mir war klar, dass es irgendwann Freundinnen geben würde – vielleicht gab es sogar jetzt schon eine. Ich übte mein Coole-Mom-Lächeln, das Zubereiten von lustigen Gerichten und eine lockere Haltung. Ich war zuversichtlich, einen guten Eindruck auf jedes Mädchen machen zu können, mit dem ich ihn irgendwann würde teilen müssen. Ich war viel jünger, als sie es von einer Mutter erwarten würden. Ich kannte alle Nirvana-Songs und schwärmte für die männlichen Darsteller von *Friends*.

Mir wurde ein Job in L.A. angeboten, der sich teilweise mit den Frühlingsferien überschnitt. Ich beschloss, Owen für die restlichen Tage aus der Schule zu nehmen, und wir planten die Reise wie zwei Studenten. West Hollywood, Beverly Hills, der Strand. Wir würden bei Martha und ihren Kindern wohnen, während ich arbeitete. Sie besorgten Karten für ein Baseballspiel der L.A. Dodgers. Martha hatte sogar vor, mit den Kindern nach San Francisco zu fahren, und ich überlegte, den Aufenthalt zu verlängern, um mitzukommen.

Wir flogen mit United Airlines, und ich ließ uns upgraden. Owen klappte seinen Sitz zurück und seufzte. »Wow, dein Job ist wirklich Schwerarbeit.«

Ich machte eine sarkastische Bemerkung. Das Fliegen ist mir nie besonders gut bekommen, zudem war meine Periode fällig. Ich fühlte mich nervös und gereizt und hatte vor, mich für die Dauer des Fluges mit einer Valium auszuknipsen. Nach einer Flugstunde nahm ich die Tablette und spürte schon das wohlige Gefühl kurz vor dem Einschlafen, als mich Owen anstupste.

»Hillary. Kannst du mir hundert Mäuse leihen?«

»Was?«

Er blätterte einen Katalog mit Sachen durch, die am Flughafen Los Angeles International erhältlich waren. »Wenn wir landen, möchte ich mir die hier kaufen.«

Es war eine Armbanduhr mit indigoblauem Zifferblatt, silbernen Zeigern und einem Knopf, um eine digitale Anzeige einzublenden. Das Design war »ergonomisch« – ein Wort, das ich aus der Werbung kannte und das so gut wie nichts bedeutete.

»Das ist eine Uhr für … für ältere Leute als dich.«

»Die ist der Hammer.«

»Ich würde selbst nie dreihundert Dollar für eine Uhr ausgeben. Und du sicher auch nicht.«

»Verdammte Scheiße«, murmelte er.

»Sprich nicht so mit mir.«

Seine Lippen kräuselten sich zu einer patzigen Bemerkung.

»Und ich will jetzt nicht mit dir streiten, Owen. Ich bin nicht in der Stimmung.«

»Himmel noch mal«, brummte er kopfschüttelnd und drehte sich weg. Ich machte es ebenso und wandte mich zum Fenster. Wir lagen schmollend in unseren Sitzen, dann setzte die Wirkung der Tablette ein, und ich schlief ein.

Hände rissen mich aus der Dunkelheit: drängende, feuchte Hände. Ich blinzelte und sah ein grelles Bild des Entsetzens vor mir. Besorgt dreinblickende Leute standen im Mittelgang. Eine Flugbegleiterin schüttelte mich eindringlich. Mir war ein bisschen übel. Das waren meine ersten Eindrücke. Und dann, wie ein Schlag in den Magen: Owen. Sein Gesicht war weiß; er hielt die Armlehne umklammert. Mir wurde eiskalt.

»Großer Gott, Owen!«

»Er hat irgendeinen Anfall …«, begann die Flugbegleiterin.

»Er ist Allergiker!«, schrie ich. Köpfe drehten sich zu uns, es wurde still ringsum. »Ich hab Ihnen doch gesagt, dass er keine Nüsse essen darf.«

»Wir haben ihn als Vegetarier auf unserer Liste«, erklärte die Stewardess und glättete ihren Rock.

»Er ist gegen Nüsse allergisch!« Ich nahm Owens Hand, sie war schlaff wie ein Taschentuch. Panik wallte in mir auf. Ich wollte mir die Kleider herunterreißen, so heiß war mir plötzlich. Ich fasste ihn an der Schulter, mit der anderen Hand warf ich Sachen aus meiner Handtasche – meine eigenen Medikamente, einen Taschenspiegel –, bis ich die Antihistamintabletten fand. Ich steckte ihm eine in den Mund, seine Lippen verzogen sich, und er spuckte die Tablette aus. Ich steckte sie wieder hinein.

»Wir brauchen einen Arzt!«, schrie ich der Frau ins Gesicht.

Ein Arzt sei bereits unterwegs, erklärte sie, aus der ersten Klasse. Owens Gesicht wurde schlaff.

»Atmen, Schatz!«, rief ich. »Tief atmen.«

»Hilf mir, Mom«, stammelte er. Seine Augen waren glasig. Ich hatte das Gefühl, als wäre mein Körper unterhalb der Brust mit Eis gefüllt. Ich stand auf, obwohl das Anschnallzeichen leuchtete. Mir war, als müsse ich kotzen, als würde ich mir gleich in die Hose machen.

»WIR BRAUCHEN EINEN VERDAMMTEN ARZT!«

»Der Arzt ist gleich hier«, versicherte die Frau, als hätte ich einen Brandy bestellt.

Owen rang nach Luft und klammerte sich an die Armlehnen.

»Warum zum Teufel haben Sie ihm etwas mit Nüssen gegeben? Hat er Ihnen das nicht gesagt?«

»Hat er schon«, antwortete die Flugbegleiterin, »und ich hab gesagt, das vegetarische Menü müsste okay sein.«

»Aber es ist nicht okay, oder? Es ist überhaupt nicht okay.«

»Der Arzt wird gleich hier sein«, wiederholte sie.

»Hilf mir, Mom«, flehte Owen kaum hörbar. Ich drückte seine Hand, küsste ihn auf die feuchte Wange. Szenen aus seinem vierzehnjährigen Leben jagten mir durch den Kopf, nicht so, wie man es im Film manchmal sieht, dass das Leben noch einmal vor einem abläuft, sondern in einer wirren Abfolge von Bildern. Einmal wollte er in unserem Urlaubshotel Wasser in die Badewanne einlaufen lassen, doch es war auf Handbrause umgestellt, sodass das ganze Zimmer vollgespritzt wurde. Dann sah ich ihn den Baseballschläger schwingen, der Ball flog über den Outfieldzaun, und er trabte an den Bases vorbei und klatschte mit dem ganzen Team ab. Die kleinen Notizzettel auf dem Küchentisch, die Menüs zum Mitnehmen vom Chinesen, der Klang seiner Stimme am Telefon aus dem Feriencamp. Der Uni-Abschluss, seine Hochzeit, alles, was noch vor ihm lag. Und dann der Streit – unser letztes Gespräch.

Der Arzt kam. Ich musste von meinem Platz aufstehen. Die Leute drängten sich im Mittelgang und lugten verstohlen durch den Vorhang zwischen Business- und Economyclass. Ich weinte. Die Flugbegleiterin legte mir die Hand auf die Schulter. Der Arzt stand über Owen gebeugt und verlangte eine Sauerstoffmaske. Mich fragte er, ob ich seine Mutter sei.

»Helfen Sie ihm!«, kreischte ich.

»Ich versuche, ihm zu helfen, Ma'am.«

Ich stand auf dem Gang, die Hände in den Haaren meines Jungen vergraben, während sich der Arzt mit Schweiß auf der hohen Stirn über ihn beugte. Mir schoss durch den Kopf, dass man manchmal von solchen Ereignissen hört, von einschneidenden Momenten, die das Leben für immer verändern. Ich versprach irgendwelchen unbekannten Göttern, alles zu tun, wenn sie ihn nur retten würden. Owen wollte etwas sagen, seine Augen drehten sich in meine Richtung. Er brachte kein Wort heraus. Der Arzt nahm meinen Arm. Ich schüttelte ihn ab. So ist es wahrscheinlich vor sich gegangen. Ich kann nicht mehr sagen als »wahrscheinlich«. Wenn die wirklich gravierenden Dinge geschehen, müssen wir Geschichten erfinden: Das Gehirn schreckt vor den Details zurück, wie ein Mensch vor dem Feuer.

Es war vorbei.

Meine Eltern flogen aus Irland herüber. Martha kam nach New York und blieb zwei Wochen. Die Schule veranstaltete ein Konzert, um Spenden zu sammeln. In der Post fand ich Karten von Leuten, die ich kaum kannte. Sie berichteten darüber in der *Times* und der *Post*. Anwälte kontaktierten mich und boten mir ihre Dienste an. Ob ich beweisen könne, dass ich die Nussallergie gemeldet hatte? Ja, das konnte ich. Einer meinte, ich könne einige Hunderttausend Dollar fordern. Aber ich hätte keinen Prozess ertragen – ich kam kaum noch aus dem Bett. Ich einigte mich außergerichtlich auf ein Zehntel dessen, was ich hätte bekommen können. Es war mir egal.

Geld bedeutete mir nicht viel. Wofür hätte ich es ausgeben sollen? Keine Summe der Welt konnte mir eine andere Version der Wirklichkeit verschaffen, eine, in der mein Junge noch lebte. Nichts konnte etwas an der Realität ändern, an der Kälte beim Umzug aus der Wohnung. Martha verpackte Dinge in Kisten und forderte mich auf, zu jedem einzelnen Gegenstand Ja oder Nein zu sagen. Sie bot mir an, wieder nach New York zu ziehen und eine Wohnung mit mir zu teilen. Ich hätte es gern gewollt, konnte es aber nicht annehmen: Sie hatte einen Mann und ihre eigenen Kinder. Ich nahm mir eine Einzimmerwohnung. Ich arbeitete. Wenn ich nach Hause kam, nahm ich eine Schlaftablette; sobald ich aufwachte, ging ich hinaus. Ich funktionierte wie ein Automat. Ein Arzt verschrieb mir Antidepressiva, und ich trieb einen Keil zwischen mich und meine Gefühle.

An manchen Tagen lachte und trank ich nach der Arbeit mit Kollegen. Man hätte meinen können, dass ein glückliches Zuhause auf mich wartete, vielleicht mit einem tollen Mann, der mit aufgekrempelten Ärmeln köstlich duftendes Essen für eine Horde hungriger Kinder zubereitete. Dass wir einen Campingurlaub planten und zu Thanksgiving unsere Eltern einluden. Manchmal sah ich mich fast selbst so. Sich vorzustellen, dass alles so war, wie es sein sollte, ergab einfach mehr Sinn als meine reale Lebensgeschichte. Ich erzählte den Leuten, ich hätte nie eigene Kinder gehabt, hätte mich bewusst dagegen entschieden, um mich der Arbeit widmen zu können. Oder dass ich verheiratet wäre und drei Kinder hätte. Ich konnte den Leuten erzählen, was ich wollte, weil ich mit den meisten kein zweites Mal sprach. Ich ging durchs Leben wie ein Phantom.

Als fast ein Jahr vergangen war, flog ich zu Dreharbeiten nach Hongkong. In dem Film ging es um drei Jungen von etwa sechzehn Jahren: so alt, wie er nun fast wäre, aber nie sein würde. Es war keine gute Entscheidung. In einem Hotelzimmer, das so neutral gestaltet war, dass es eigentlich die Emotionen hätte dämpfen sollen, hämmerte ich mit den Fäusten ans Fenster, vielleicht um es zu zertrümmern oder um etwas auszudrücken, für das es keine Worte gab. Das Fenster brach nicht, aber jemand beschwerte sich. Ein Angestellter kam herauf, und ich schrie ihm ins Gesicht, dass mein Sohn tot war. Der Filmregisseur wurde auf mein Zimmer geschickt. Er meinte, ich solle vielleicht eine Therapie machen. Er kenne da jemanden. Ich sagte, warum nicht.

Sechs Monate Trauerberatung. Ich hatte vor mehr als einem Dutzend Jahren die Donnerstage mit Leuten mit kleinen Kindern verbracht, und nun traf ich mich regelmäßig mit Leuten, die Kinder verloren hatten. Wir saßen im Kreis und sprachen über unsere »Geschichten«. Eine Frau hatte einen Sohn in Owens Alter gehabt, der entführt und umgebracht worden war und den man aus dem Hudson River geborgen hatte. »Jeden Tag sage ich: Gebt ihn mir zurück«, erzählte sie uns. »Gebt mir diesen braunäugigen Jungen zurück.« Ich weinte, aber nicht mit ihr. Wir waren alle in unserem eigenen Leid eingeschlossen. Wenn ich darüber sprach, was mit Owen geschehen war, nickten die Leute, neigten die Köpfe und schalteten ab. Ich hatte es bei ihren Geschichten genauso gemacht. Wir waren alle »Mütter von Opfern«, wie sie in der Nachrichtensendung eingeblendet hatten, als sie mich interviewten. MUTTER DES OPFERS. Genauso war es mit meinen Trauerberatungssitzungen. »Menschen, die jemanden verloren haben, finden es oft …«, bekam ich zu hören, oder: »Mütter in Ihrer Situation empfinden …«

Die Leute gingen mit ihren Kindern schwimmen, organisierten Grillfeste und brachten sie zu Bett. Ich hatte das alles erlebt. Wenn sie hörten, was mir widerfahren war, sagten sie: wie furchtbar. Sie meinten es ehrlich, und doch sagten sie nicht ganz die Wahrheit. Sie taten, was man eben tut, wenn man eine Geschichte hört. Owen existierte nur noch als Geschichte. Die arme Frau, dachten sie alle und wandten sich etwas anderem zu.

Ich bekam einen Job in Dubai angeboten. Es war 2003, und ich war seit drei Jahren allein. Der Auftraggeber war eine Hilfsorganisation namens WorldWise. Ich flog hin und traf mich mit Christian Roper. Er war erfrischend attraktiv und wusste, was er wollte. Er kannte meine Geschichte bereits, legte mir den Arm um die Schultern und sagte mir, wie leid es ihm tue. Ich wohnte in ihrem Gästezimmer, und Jo kochte leckere Sachen und sah umwerfend aus, danach betrank sie sich und schlief mit anderen Männern. Ich blieb zwei Wochen bei ihnen. Nach einer Woche unternahmen wir eine Stadtrundfahrt. Christian erzählte mir, dass sie zehn Immobilien gekauft und weiterverkauft hatten und der Gewinn in ihre Organisation geflossen sei. Jo besuchte ein

Einkaufszentrum mit mir, wo sie alles umsonst bekamen, weil sie die Ropers waren. Wir gingen an einen Privatstrand und bestellten Hummer und Champagner. Am letzten Abend luden sie mich in das Restaurant im Burj Al Arab ein, das von einem riesigen Aquarium umgeben ist. Zu Hause las ich in den Reiseführern, dass es allgemein als »Unterwasser-Restaurant« beschrieben wird. Das Hotel hatte sich seine sieben Sterne selbst verliehen, und niemand konnte sie ihm wegnehmen. In dieser Stadt machte man sich seine eigene Wirklichkeit und lebte gut damit.

Christian holte mich 2005 nach Dubai zurück, um einen aus einer Reihe von Kurzfilmen zu drehen. Die Stadt war in einer Expansionsorgie begriffen: In jeder Gesprächspause hörte man das Dröhnen der Baumaschinen. Auf den Plakatwänden war überall von »ZUKUNFT« die Rede. Man ging vom Hotel ins Einkaufszentrum, von dort ins Kino und weiter zu einer Party, ohne auch nur den Himmel zu sehen. Genau diesen Abstand zur Wirklichkeit brauchte ich jetzt. Wenn ich mit Christian und Jo eine Bar besuchte, gingen sie oft nicht zusammen nach Hause. Einmal versuchte Christian sein Glück bei mir, wirkte aber nicht beleidigt, als ich meinte, das sei wahrscheinlich keine gute Idee.

Christians Beweggründe waren durchaus einleuchtend: Er war reich geworden und wollte sein Vermögen jenen zugutekommen lassen, die nichts hatten. Er finanzierte die Modernisierung eines ganzen Dorfes in Sambia: ein neues Krankenhaus, Schule, all die Anlagen, die auf den Wänden des WorldWise-Büros abgebildet sind. Doch auf jeden neuen

Impfstoff, den er bezahlte, kam ein schreiendes Kind, das irgendwo anders Hilfe benötigte. Kaum hatte er ein Projekt organisiert, erhielt er schon wieder neue Informationen, Details über einen noch dringlicheren Fall. Natürlich konnte er die Welt nicht im Alleingang retten. Doch er glaubte daran, dass sich die Welt selbst heilen konnte. Das Schlimme war, dass sie es nicht tat. »Er beklagte sich immer darüber, wie gleichgültig die Menschen gegenüber dem Leid seien«, erzählte mir Jo einmal. »Ich sagte, gut, dann gründe doch eine eigene Hilfsorganisation. Und so kam es dann auch.«

WorldWise nutzte alle finanziellen Schlupflöcher, die Dubai bot, wie es so viele Unternehmen in den vergangenen Jahren getan hatten. Die Ropers zockten wie alle um riesige Beträge – an einem Ort, wo Glücksspiel offiziell verboten war. Im Gegensatz zu den anderen gaben sie die Erträge an die Armen weiter. Dennoch setzten sie sich dem gleichen extremen Risiko aus: Wenn das Spiel irgendwann ausgespielt war, würden sie genauso abstürzen wie die anderen. Der Crash kam in einem Moment, als keiner damit rechnete, schon gar nicht in Dubai. Briten, Amerikaner und Russen kamen wie Goldsucher in Scharen in die Stadt. Sie feierten dreitägige Partys in der Wüste. Spielten Golf und kauften Wohnungen. Alles auf Kredit. Geld war, was man als Geld definierte.

Ich fühlte mich wohl in dieser Blase. New York bedeutete mir nichts mehr. Ich war nur noch unterwegs. Die einzige Realität, auf die ich mich einließ, war die des Augenblicks. Dieser Schauspieler muss abgeholt werden. Für die Crew müssen Hotelzimmer reserviert werden. Alles für einen guten Zweck. Irgendwo auf der Welt profitiert jemand von dem, was wir hier tun.

Christian und ich waren auf verschiedenen Wegen zu einer ähnlichen Einstellung gelangt: Uns beiden waren Projekte und Überzeugungen wichtiger als die Leute um uns herum, sogar als wir selbst. Ich machte kleine Werbefilme in Ostafrika und Brasilien für ihn und etwas später, 2008, erneut in Dubai. Ich flog zuerst nach London, um mich mit Raf Kavanagh zu treffen. Er war als Produktionsleiter engagiert worden und ich als Assistentin, obwohl es nach der Berufserfahrung eigentlich umgekehrt hätte sein müssen. Doch mir waren Status und Geld in diesen Tagen ziemlich egal. Beides hatte für mich seine Bedeutung verloren. »Ich komme normalerweise gut aus mit den Leuten unter mir«, erklärte er, fragte mich nach meinem Alter und verzog mitleidig das Gesicht, als er erfuhr, dass ich vierzig war. »Nicht verheiratet?«, hakte er nach. Nein, antwortete ich. Wieder dieser mitleidige Blick.

Während unseres Gesprächs nahm er einen Anruf von einer jungen Frau entgegen und tauschte Nachrichten mit ihr aus, nachdem er aufgelegt hatte. In den letzten zwanzig Minuten sah er mich nicht mehr an. »Wir sehen uns am Flughafen«, sagte er und prahlte noch ein bisschen mit Dingen, die er auf früheren Flügen umsonst bekommen habe.

Einige Tage später kamen Raf, ich, Tim, Miles und Bradley an einem grauen Morgen in Heathrow zusammen, um einen Werbespot zu drehen, der mindestens eine Million

Dollar kosten würde. Ich wusste bereits, dass WorldWise das Geld leider nicht mehr hatte. Die Organisation besaß zwar einige Immobilien, die theoretisch viel mehr wert waren als eine Million. Aber eben nur noch theoretisch.

Zu dem Zeitpunkt, als Tim den Auftrag für die Kampagne bekam, hatte ich bereits genug aufgeschnappt, um zu wissen, dass Christian in Schwierigkeiten steckte. Dubai vermarktete sich genauso aggressiv wie immer, aber die Immobilienverkäufe gingen zurück, die Resorts waren halb leer, und die Unternehmer kriegten die Panik, obwohl sie ständig beteuerten, dass sie die Ruhe bewahrten und alle anderen das auch tun sollten. Der Fixer betonte in einer E-Mail zwei Wochen vor dem Abflug, dass dieser neue Werbespot »absolut nicht ratsam« sei. Er nahm es jedoch nicht weiter tragisch, und wir kamen überein, dass es besser war, die Sache durchzuziehen.

Die Anzeichen des Niedergangs äußerten sich bei Christian genauso wie in ganz Dubai: Alles lief weiter wie gewohnt, was eigentlich noch beunruhigender war. Er sprach unentwegt von der »Chance, etwas zu bewegen« und davon, wie überzeugt er von dem Projekt sei. Bei jeder Gelegenheit gab er seine Slogans von sich. In den folgenden Tagen fiel mir auf, dass Jo immer abwesender wirkte und sich mit einer eigentümlichen Kombination aus Drogen und Fitnessstudio aufrecht hielt. Wie betäubt wandelte sie durchs Leben, so wie viele andere in Dubai. Dazu kam das Geheimnis um Jason Streng. Es gab zunehmend Probleme mit Drehorten und Mitarbeitern, weil sich bereits das Gerücht verbreitete, dass keiner sein Geld bekommen würde. Ich stellte mich taub. Die Dreharbeiten würden ohnehin nur eine Woche dauern, danach würde ich mich etwas anderem zuwenden.

Doch die Zusammenarbeit mit Raf machte es mir unmöglich, die Arbeit mit der nötigen distanzierten Haltung und einer gewissen Gleichgültigkeit abzuspulen. Irgendetwas an ihm bewirkte, dass sich der Nebel, der mich so lange von meinen eigenen Gefühlen getrennt hatte, aufzulösen begann. Er trat mit einer verblüffenden Arroganz auf und kam damit aufgrund seines guten Aussehens überall durch. Entspann dich! Ich will einfach nur Spaß haben! Er war nach Dubai gekommen, um sich zu amüsieren, so wie er vielleicht nach Las Vegas fahren würde. Der »karitative Kram« war für ihn so nebensächlich, dass er kaum daran dachte. Während der zwei Abende, an denen er sich am Kampf gegen Überfluss und Ungerechtigkeit beteiligte, trank er eine Menge und dröhnte sich mit Drogen zu, die Jo besorgte. Er benahm sich rüpelhaft und behandelte besonders mich wie ein Dienstmädchen. Natürlich wäre niemand so weit gegangen, ihn deswegen umzubringen. Aber wie man weiß, töten Menschen oft aus Gründen, die ihnen selbst gar nicht bewusst sind.

Und es gab bestimmte Auslöser. Da war der Moment, als ich am ersten Tag meine Tasche fallen ließ und meine Sachen überall verstreut lagen. Dabei fiel auch ein Bild von Owen heraus, das ich fast vergessen hatte. Es zeigte ihn bei einem Sportfest der Schule, nach einem Rennen: gerötet, sommersprossig, mit leuchtenden Augen. Tim sah das Foto, und ich verspürte den plötzlichen Wunsch, ihm alles zu erzählen. Doch mir war klar, dass es sinnlos war: Was hätte er anderes sagen können als »Gott, das tut mir so leid«? Was hätte ich von noch mehr Beileidsbezeugungen gehabt? Doch während ich mich zu beruhigen versuchte, platzte Raf herein und fing sofort wieder an, auf mir herumzuhacken. Es erinnerte mich an den herablassenden Ton, mit dem er schon bei unserer ersten Begegnung mit mir gesprochen hatte. Etwas in mir wurde hart wie Stein.

Und dann der vielleicht entscheidende Moment: das Gespräch über den Jungen, der erstickt war, weil der Krankenwagen das Haus nicht rechtzeitig gefunden hatte. Raf pfiff »Where the Streets Have No Name«. Die Tragik des Ereignisses hielt ihn nicht davon ab, einen billigen Scherz anzubringen. Es war so abartig, dass jemand, der einfach mehr Glück hatte, ein Menschenleben so geringschätzig abtat. Im Laufe dieses Abends wuchs in mir ein Drang, der mir selbst Angst machte – als müsse ich irgendetwas tun, um das Unrecht wiedergutzumachen. Als wir alle im Restaurant saßen, blickte ich zu den Sternen hinauf, die in einer so unwirklichen Schönheit den Himmel über Dubai schmückten. Die schreiende Ungerechtigkeit stieg mir die Kehle hoch und verursachte einen Würgereiz, wie ich es nicht mehr für möglich gehalten hätte. Owen war nicht hier bei mir, er würde auch nicht im Chalet auf mich warten, damit ich ihn in den Arm nehmen konnte. Ich würde ihn nie wiedersehen. Aber Raf machte Witze darüber, dass ein Kind gestorben war, und niemanden schien es zu stören.

Ich lag in Tims Bett und hörte, wie drüben im Wohnzimmer geplaudert, gelacht und getrunken wurde. Raf führte das große Wort und behauptete vor dem versammelten Team, dass die ganzen Hilfsprojekte im Grunde sinnlos seien. »Ein Fass ohne Boden«, wie er es ausdrückte. Sein Argument: Die Welt ist am Arsch, und wir können absolut nichts tun, um sie zu verbessern, darum sollte man's gar nicht erst versuchen. Natürlich hatte er nicht ganz unrecht. Es ging einfach ungerecht zu auf der Welt, und vielleicht blieb einem wirklich nichts anderes übrig, als zu hoffen, dass man selbst von den Launen des Universums verschont blieb. Dennoch gibt es Dinge, die wir ändern können. Wie ich da im Bett lag, spürte ich, wie etwas in mir halb bewusst auf eine Entscheidung zustrebte und mich drängte, etwas zu unternehmen. Wenigstens eine Sache zu verändern.

Es war ein Prozess, der tief in meinem Inneren ablief, still und heimlich, wie ein Gift sich im Blutkreislauf ausbreitet. Und eine innere Stimme flüsterte: *Dubai ist der Beweis dafür, dass nichts real ist. Alles ist eine Geschichte. Die Hilfsorganisation ist genauso eine Geschichte wie diese ganze Stadt. Es sind alles nur Worte, und Worte können alles Mögliche bedeuten. Owens Tod in deinen Armen ist für Raf Kavanagh nur eine Anekdote. Wenn Raf Kavanagh in deinen Armen stirbt, ist es eine Anekdote für jemand anderen.*

Ich hätte einfach schlafen können, und vielleicht hätten sich diese Gedanken bis zum Morgen verflüchtigt. Aber ich schlief nicht, im Gegensatz zu Tim. Ich ging heimlich hinaus, um Miles herum, der im Wohnzimmer auf dem Fußboden schlief. Ich ließ die Tür angelehnt. Die angenehm kühle Luft roch würzig und einladend. Ich klopfte an die Tür und hörte seine schlurfenden Schritte. Er trug nur eine Unterhose und wirkte etwas weggetreten.

»Wie komme ich zu dem Vergnügen?«, lallte Raf.

Ich war in diesem Moment nicht von Wut, Hass oder Rachegefühlen durchdrungen. Es war vielmehr so, als würde ich einer inneren Anweisung folgen. Ich legte mich zu ihm aufs Bett. »Wow«, murmelte er, »hab ich's doch gewusst, dass du nur so zickig tust. Ich hab gleich im ersten Moment gespürt, dass du's willst.«

»Und du?«, fragte ich.

»Ich lass mich gern überreden«, lallte er.

Ich setzte mich auf ihn. Er schloss die Augen. Flüsterte etwas, als er in den Schlaf driftete. Ich drehte ihn auf den Bauch und drückte seinen Kopf ins Kissen. Er begann sich zu wehren, aber ziemlich schwach. Ich war stärker als er, selbst wenn er nicht zugedröhnt gewesen wäre. Er wand sich ein bisschen, und ich drückte ihn fester nach unten. Es war unglaublich, wie leicht es ging. Ich spürte seinen Körper nach und nach erschlaffen. Er stieß ein schrilles Quieken aus, wie ein Meerschweinchen. Unter uns breitete sich etwas Warmes aus, als er die Kontrolle über seine Blase verlor. Nun gab es kein Zurück mehr.

Ich drückte ihn ins Kissen, bis es getan war. Dann schleifte ich ihn wie einen Crashtest-Dummy vom Bett ins Badezimmer und setzte ihn in den Whirlpool. Verließ das Haus und ging zurück. Mein Herz schlug schnell, aber eher wie nach einer intensiven Einheit im Fitnessstudio, nicht mehr. Keine halbe Stunde, nachdem ich weggegangen war, lag ich wieder in Tims Bett, in genau der gleichen Position wie zuvor. Ich konnte nicht schlafen, war aber ganz ruhig. Tim erwachte, ging ins Badezimmer und glaubte, mich geweckt zu haben. Ich fragte ihn, ob er nicht zu mir ins Bett kommen wolle. Ich hätte gerne die Nähe eines Menschen gespürt. Er murmelte etwas und ging zurück zur Couch, und ich lag da und schlief irgendwann ein, so wie jede andere Nacht auch.

Es war mir bewusst, dass ich einen Menschen umgebracht hatte. Nur dass dieses Wort und diese Vorstellung für mich keine größere Bedeutung hatten als die Tatsache, dass ich eine Frau war oder eine Amerikanerin irischer Abstammung.

Deshalb fiel es mir auch nicht schwer, während der Ermittlungen so gefasst zu bleiben. Ich hatte keine wirkliche Angst, dass es herauskommen könnte. In den Fernsehkrimis werden oft Leute als Täter entlarvt, die voller Schuldgefühle herumlaufen. Viele denken, dass sich der Mörder irgendwann selbst verrät und die Wahrheit quasi von allein herauskommt. Das Problem dabei ist, dass man nie wissen kann, wie viele Wahrheiten *nicht* herauskommen.

Zudem waren alle anderen mehr in Panik als ich, weil sie alle ihre Geheimnisse hatten, die nun ans Licht kommen konnten: keine Geheimnisse, die objektiv gesehen mit meinem vergleichbar waren, die aber für den Betreffenden durchaus eine ähnlich große Bedeutung hatten. Jo bemühte sich, ihren Drogenkonsum zu verheimlichen, der zwar für

Dubaier Verhältnisse nicht übermäßig war, der sie aber dennoch ins Gefängnis bringen konnte, falls die Behörden wieder einmal ein Exempel statuieren wollten. Christian tat alles, damit nicht herauskam, in was für einer prekären finanziellen Lage sie sich befanden. Der Fixer besaß keinen gültigen Pass und hätte gar nicht hier arbeiten dürfen. Streng konnte nicht lesen. All diese Faktoren machten die Sache undurchsichtig. Zudem wollten die Behörden es nicht als Mord sehen, worauf viele Blogger zu Recht hinwiesen. Ein Selbstmord oder Tod durch Überdosis passte viel besser in die Geschichte, die Dubai von sich erzählte: die Geschichte eines einzigartigen Ortes – so traumhaft, dass man selbst schuld war, wenn man hier keine wunderbare Zeit erlebte. Mir war klar, dass es in England eine zweite Obduktion geben würde. Doch bis dahin würde ich längst weg sein.

Die folgenden Ereignisse spielten mir in die Karten. Im Golfklub stürzte eine Kamera so nah an mir vorbei, dass es so aussah, als wolle mich jemand zum Schweigen bringen. Ich glaube, Miles hat sie runtergeschubst, um dank der Versicherung von WorldWise eine viel bessere neue Kamera zu bekommen, zumal zu befürchten war, dass wir für unsere Arbeit hier leer ausgehen würden. Inzwischen war allen klar, dass kein Geld da war; nur Tim wusste wahrscheinlich nicht, wie es um WorldWise stand, weil er auch bei dem Gespräch im Büro nicht dabei gewesen war.

Tim war mein Alibi und wird es wieder sein, falls – was ich für unwahrscheinlich halte – der Fall neu aufgerollt werden sollte. Da ich um seine Neigung zum Schlafwandeln wusste, redete ich ihm ein, dass er in der Nacht des Mordes mehrmals aufgestanden wäre und um die Zeit, als Raf gestorben war, mit mir gesprochen hätte. In Wahrheit war Tim nur ein Mal hereingekommen, um auf die Toilette zu gehen. Er setzte sich zu mir aufs Bett, und wir wechselten ein paar Worte, das war alles. Eine Stunde zuvor hatte ich Raf umgebracht. Zum Glück war Tim zu betrunken gewesen, um den Ermittlern eine klare Geschichte liefern zu können, und deshalb entwickelte sich die Geschichte so, wie ich sie haben wollte: dass es – falls es Mord war – irgendein Unbekannter getan hatte, während wir nichtsahnend schliefen. Es war ein zusätzliches Plus, dass Tims Albtraum ihn auf den wahnwitzigen Gedanken brachte, er könnte es selbst getan haben. Ich glaube nicht, dass er es immer noch für möglich hält, obwohl er nicht weiß, was wirklich geschehen ist.

Auch ich selbst habe nicht auf jede Frage eine Antwort. Wahrscheinlich werde ich nie erfahren, wer die zwei waren, die sich vor dem Chalet geküsst haben. Vermutlich Jo und Raf. Ich weiß auch nicht mit Sicherheit, ob Miles die Kamera vom Gerüst geschubst hat. Und ich habe keine Ahnung, warum Bradley so tat, als habe er in seinem Zimmer etwas Schreckliches zu verbergen. Vielleicht ist es einfach nur ein starkes Bedürfnis, andere auf Distanz zu halten. Und selbst was den Mord betrifft, kann ich nur ungefähr sagen, warum ich es getan habe. Weil ich meinen Jungen verloren habe und weil so viele andere schlimme Dinge geschehen und wir so tun, als wäre es gar nichts. Und Raf war sogar noch stolz darauf, sich um niemanden zu scheren. Zudem befanden wir uns an einem Ort, der so willkürlich mit der Wirklichkeit umgeht, dass man selbst den Tod eines Menschen nicht unbedingt als gravierend empfindet.

Würde ich das auch seiner Mutter sagen? Wenn ich jemandem erklären müsste, warum ich als Reaktion auf das Schlimme, das mir selbst widerfahren ist, jemand anderem Leid zugefügt habe, könnte ich es nicht rechtfertigen. Ich schreibe das auch nicht, um irgendetwas zu rechtfertigen.

Letzte Woche erhielt ich eine E-Mail von Tim, nachdem wir – wie erwartet und von mir auch so beabsichtigt – jahrelang keinen Kontakt hatten. Er und sein Bruder betreiben heute eine NGO für gemeinnützige Dienstleistungen, schreibt er. Erst neulich war er auf einer Konferenz in Dubai – sein erster Aufenthalt in der Stadt seit damals. Er wollte sich einfach wieder einmal melden, schreibt er, und hofft, es geht mir gut. In der Mail erzählt er einiges über seine neue Aufgabe, die Konferenz in Dubai, seine Verlobte, über alles. Das hat mich dazu gebracht, zum ersten Mal über die Ereignisse damals nachzudenken und alles niederzuschreiben.

Vielleicht werde ich Tim irgendwann antworten, ohne ihm zu sagen, wo ich mich aufhalte. Mir geht es gut, werde ich schreiben. Ich mache immer noch Werbefilme, hauptsächlich für Hilfsorganisationen. Ich lebe zurückgezogen und habe wenig Kontakt zu Freunden und Bekannten. Kein aufregendes Leben. Natürlich gäbe es noch ein paar Dinge zu erzählen, aber die behalte ich für mich. Ich lebe damit, in dem Wissen, dass es meine Geschichte ist.

13

Heute

Sie sind an einem trüben Nachmittag von Heathrow abgeflogen. Jetzt, an diesem Morgen strahlt die Stadt tief unter ihm genauso wie vor sieben Jahren. Als Tim den Burj Dubai – der heute Burj Khalifa heißt – zuletzt gesehen hat, wurde er gerade auf einer riesigen Baustelle in der Nähe ihres Drehorts hochgezogen.

Bevor er hier heraufgekommen ist, hat Tim eine Weile unten gestanden und erfolglos versucht, die unglaubliche Höhe des Gebäudes zu erfassen. Dann ist er durch eine Ausstellung über das Design und den Bau des Gebäudes geschlendert. Der sechseckige Kern und die drei Gebäudesäulen auf einem Y-förmigen Grundriss verleihen dem Gebäude die nötige Stabilität. So konnte man es höherziehen, als man es je für möglich gehalten hätte. Wie in Dubai nicht anders zu erwarten, ist der Burj viel mehr als nur ein Gebäude. Er ist eine »Stadt im Himmel«. Eine »Ikone«, »legendär«, »Dubais großer Triumph«.

Tim hält die Aussicht auf Fotos fest, die Ergebnisse sind allerdings nicht gerade überwältigend: Seine iPhone-Kamera kommt nicht sehr gut mit der dicken Glaswand zurecht, die die Touristen von den knapp sechshundert Metern leerem Raum zwischen der 163. Etage und dem Erdboden trennt. Zudem ist die Aussicht nicht so bewegend, wie er es sich vorgestellt hat. Die Wolkenkratzer wirken gar nicht mehr so imposant, wenn man von hier oben erkennt, dass sie weit davon entfernt sind, an den Wolken zu kratzen, sondern auch nur mürrisch in der Hitze der Stadt hocken. Die milliardenteuren Türme aus Stahl, Glas und Chrom erinnern fast an Mr. Callaghans Miniaturdorf in Devon, das nach einer finanziellen Krise dank eines Lotteriezuschusses nun wieder in bestem Zustand ist.

Tim überlegt, wie er das Erlebnis seiner Verlobten Gaby und Rod beschreiben soll. Obwohl er schon vor zwei Jahren bei Facebook ausgestiegen ist, neigt er immer noch – wie es in seiner Generation allgemein üblich ist – dazu, das Leben als eine Serie von Status-Updates zu sehen und sich schon während eines Ereignisses zu überlegen, wie man darüber berichten und es darstellen wird. Ich werde sagen, es war beeindruckend, aber eher unpersönlich. Vielleicht drückt das Wort »Ikone« genau das aus.

Die Aussicht mag zwar nicht emotional berührend sein, aber auf andere Weise wird sie den Erwartungen durchaus gerecht. Tim sieht die ganze Stadt, die er 2008 aus einer viel niedrigeren Perspektive erkundete. Den Strand, das immer noch genauso unergründliche Burj Al Arab. Auch die weißen Hütten des Village kann er gerade noch erkennen und in der Mitte – wie ein Bauklötzchen – das Centrepiece. Er hat kurz daran gedacht, sich wieder im Village einzuquartieren, dessen Website es nun als »eine der beliebtesten Institutionen von Dubai« beschreibt und eine leicht abgeänderte Version des Service-Versprechens präsentiert: Statt »Wir sagen Lebewohl und gute Reise« heißt es nun »Wir sagen *au revoir* und freuen uns auf das nächste Mal!«

Er hat das Village gegoogelt und nur wenige Hinweise auf Raf Kavanagh gefunden. Ein unabhängiger Filmemacher hat der BBC eine Dokumentation über den Fall angeboten, die jedoch nie zustande kam, weil so viele Fakten strittig waren. Rafs Familie bemüht sich immer noch darum, dass der Fall neu aufgerollt wird. Dieses Ziel verfolgt auch der Fonds »Gerechtigkeit für Raf«, der vor Jahren eingerichtet wurde und heute mit etwa 30.000 Pfund ausgestattet ist.

Tim hat sich gegen das Village entschieden und sich ein Zimmer in einem zweitklassigen amerikanischen Hotel nahe dem Dubai Creek genommen. In seiner freien Zeit streift er durch diese Gegend, in der die Stadt einst entstanden ist. Man findet hier genug Restaurants, die nichts von der glatten Eleganz der Touristenzentren haben, und Händler, die Unmengen von Gewürzen in großen Gläsern anbieten. Alte Männer machen sich auf traditionellen Daus zu schaffen und bringen Touristen von einer Sehenswürdigkeit zur nächsten.

Es gibt jetzt eine U-Bahn, die fahrerlos unterwegs ist und wie von unsichtbaren Händen durch die Stadt gelenkt wird. Mit ihr ist er heute Morgen zum Burj Khalifa gelangt. Im Wagen hat er eine Werbung für Dubai Pearl gesehen; eine kurze Internet-Suche hat ergeben, dass das Projekt immer noch als »die Zukunft des Wohnens in Dubai« gilt, als »die modernste Seite der am schnellsten wachsenden Stadt der Welt«, obwohl dieser Hochhauskomplex genauso wenig fertiggestellt ist wie die Inselgruppe »The World«, geschweige denn verkauft oder bewohnt.

Über Google informiert sich Tim gelegentlich über die anderen Angehörigen des Filmteams von 2008, auch wenn die Geschichte längst Vergangenheit ist. Er weiß, dass Bradley und Miles immer noch in dem Geschäft tätig sind; Miles verschickt jedes Jahr an Weihnachten eine Rundmail mit einer Illustration, in der der Weihnachtsmann etwas Ungehöriges tut. Heutzutage kann jeder so etwas fabrizieren. Zu Tims Zeit bei Vortex war kreative Bildgestaltung noch etwas sehr Gefragtes, doch heute ist das mit der entsprechenden Software ein Kinderspiel. Es wundert niemanden mehr, wenn sich herausstellt, dass ein Bild nicht die Wirklichkeit widerspiegelt.

Die Ropers leben heute in Hongkong – vielleicht zusammen, vielleicht getrennt, oder beides zugleich, wie in der Zeit, als Tim mit ihnen zusammenarbeitete. Er hat ihnen mit der Bitte um einen Rat geschrieben, als er und Rod ihre NGO gründeten, und Christan hat mit einer Auswahl seiner beliebtesten Parolen geantwortet: Es gebe so viel zu tun, es sei unsere Pflicht zu helfen. In gewisser Hinsicht war das sogar mehr wert als ein konkreter Rat; denn wie Tim seinen jüngeren Mitarbeitern gern erklärt, kann man gar nicht oft genug daran erinnert werden, wie viel auf dem Spiel steht. Außerdem sind sie nicht wirklich auf Hilfe bei der Betriebsführung angewiesen. Rod ist zweimal die Woche im Büro und regelt die finanziellen Angelegenheiten ohne jede Mühe. Erst letzten Monat widmete ihnen der *Guardian* einen Bericht mit dem Titel »Es bleibt in der Familie«. Obwohl es nicht Mrs. Callaghans Lieblingszeitung ist, hat sie drei Exemplare gekauft, um den Artikel einzurahmen. Er wartet nun darauf, neben Tims Hochzeitseinladung aufgehängt zu werden, sobald Mr. Callaghan, der immer noch im Miniaturdorf arbeitet, seinen nächsten freien Sonntag hat.

Nur Ruth hat Tim völlig aus den Augen verloren – und natürlich den Fixer, von dem man schon damals nie wusste, wo er steckte und was er tat. Tim überlegt, es mit Ruths alter E-Mail-Adresse zu versuchen; der Anblick des fernen Centrepiece hat etwas in ihm berührt, eine lange vergessene Gefühlsregung. Der Aufzug gleitet die Speiseröhre des Gebäudes hinunter, unglaubliche 163 Etagen in zwei Minuten. Die Stadt wird immer größer und nimmt Gestalt an, und Tim erinnert sich leicht amüsiert an die Stimmung an jenem letzten Abend vor sieben Jahren: das Donnergrollen des drohenden Finanzkollapses, das Gefühl der Vergänglichkeit, als würde sich die Stadt auflösen, was es ihm umso leichter machte, sich – betrunken, wie er war – auf eine Affäre einzulassen, die vorbei war, noch bevor sie so richtig begonnen hatte.

Eine Zeit lang hatte man tatsächlich das Gefühl, das alles hier könnte verschwinden. Leute, die jahrelang vom Boom profitiert hatten, flüchteten aus den Emiraten und verkauften ihre Immobilien für ein Zehntel des tatsächlichen Werts. Journalisten schrieben Artikel, in denen sie Dubai wie einst das Römische Reich an seinen allzu großen Ambitionen zugrunde gehen sahen. Für viele Kommentatoren war die Stadt ein Sinnbild für die Gier, die die Zivilisation lähme. Die Ropers waren nicht die einzigen Prominenten, die ihre Luxusimmobilien auf den Palm Islands verkauften.

Doch ein paar Jahre später, 2015, ist die Krise schon wieder vergessen. Die Malls und Resorts ziehen nach wie vor Leute an, die das tun, was Menschen immer schon gerne getan haben: Geld ausgeben für Dinge, die sie haben wollen. »Finanzkrise« ist für die meisten ein Wort wie »Bürgerkrieg«: Jeder kennt es, aber nur als abstrakten Begriff, nicht als reales Ereignis, das einen unmittelbar betrifft. Die Welt hält offenbar einiges aus.

Tim hält einen Vortrag in einem Hotel nahe der Old Town, wo sie vor sieben Jahren einen einzigen Drehtag hatten. Der moderne Souk ist inzwischen gut etabliert, obwohl sich nur eine Handvoll Interessierte zwischen Keramikschalen, Statuen und Teppichen umsehen. Er setzt sich in eines der Restaurants am Fuße des Burj und sieht den Baumaschinen zu, die träge hin und her rollen. Er bestellt eine Cola Life, das jüngste Mitglied der Coca-Cola-Familie, das ähnlich wenig Kalorien und Zucker enthält als seine Vorgänger, aber keinen so nihilistischen Namen wie Cola Zero trägt, das bei Tims letztem Besuch in Dubai gerade neu auf dem Markt gewesen war. Ein Freund aus dem Werbegeschäft, der an der Kampagne für das Getränk beteiligt war, hat ihm verraten, dass es mehr oder weniger das gleiche Produkt in anderer Verpackung sei. Noch vor einigen Jahren wäre das für Tim ein Grund gewesen, etwas anderes zu bestellen, um den Marketing-Tricks nicht auf den Leim zu gehen; heute interessieren ihn diese Tricks ganz einfach nicht mehr.

Er holt seine Notizen hervor und studiert sie, wie es der gute alte Bradley vor und nach den Dreharbeiten ständig tat. Es ist seine erste Rede bei einer Konferenz, aber er ist es gewohnt, seine Arbeit zu präsentieren. Zudem ist es viel einfacher, wenn einem das, worüber man spricht, ein Anliegen ist. Er weiß genau, was er den etwa hundert Anwesenden sagen wird: Wenn man die Ungleichheit anpacken will, ist es entscheidend, die Öffentlichkeit zu überzeugen, dass auch kleine Beiträge etwas bewirken. Die Auffassung, dass die Arbeit von Hilfsorganisationen ein »Fass ohne Boden« sei, entsteht aus einem Mangel an effektiver Kommunikation. Tim hat einen guten Witz über die »bodenlose Tasse« auf Lager, das unbegrenzte Nachschenken, wie es in manchen Restaurantketten angeboten wird. Falls die Sache zu trocken werden sollte, könnte er ihn einflechten.

Wenn die Leute hören, dass eine Hilfsorganisation eine Milliarde Pfund in ihre Projekte gesteckt hat, und sie erfahren, dass die betreffende Region immer noch von Armut und Krankheiten geplagt wird, verlieren sie natürlich den

Glauben daran, dass ihre zehn Pfund irgendjemandem helfen können. Gute Organisationen machen deutlich, wie wichtig auch diese zehn Pfund sind, weil sie eine Verbindung zwischen einzelnen Menschen über Tausende Meilen hinweg herstellen. So hat jeder von uns, der hier ein komfortables Leben führt, die Möglichkeit – vielleicht sogar die Pflicht –, etwas Gutes zu tun. Die Pflicht, sich um andere zu kümmern. Das ist der einzige Satz, den Tim aus Christians Repertoire übernommen hat.

Zuletzt wird er noch einmal das Wesentliche hervorheben: Unsere NGO bietet Hilfsorganisationen einen kostenlosen Service und unterstützt sie dabei, das Gute, das sie tun, den Leuten nahezubringen. In den letzten zehn Jahren ist das Image, die »Marke«, fast wichtiger geworden als die Arbeit selbst. Sie steht nicht bloß für die Arbeit, sondern beginnt sie mehr und mehr zu ersetzen. Nun erkennen wir, dass …

»Wie gefällt Ihnen Ihr Aufenthalt in Dubai, Sir?«, fragt ein klein gewachsener Mann, der an seinen Tisch tritt. Einen Moment lang schlägt Tims Herz schneller, weil er denkt, es könnte Ashraf sein, doch er ist es natürlich nicht.

»Sehr gut, danke«, versichert Tim.

Es ist natürlich wichtig, »eine Geschichte zu erzählen«, aber hinter der Geschichte muss etwas Reales stehen – mehr als ein schöner Jahresabschlussbericht oder eine flotte Website, mehr als Worte. Etwas Konkretes zum Anfassen.

Tim überlegt, sein Argument zu veranschaulichen, indem er einen Gegenstand zum »Anfassen« präsentiert, vielleicht die kleine Weltkugel aus Schaumstoff, die er mitgebracht hat, doch als er aufsteht, um zum Hotel zu gehen, kommt es ihm doch etwas zu aufgesetzt vor. Eine Geste, bei der Stil wichtiger wäre als Substanz. Und nur um Substanz geht es hier. Zudem würde ihn Rod damit aufziehen, wenn er den Vortrag zu Hause auf Video sieht.

Vor dem Burj Khalifa kann man die größten Wasserspiele der Welt besichtigen, die etwa 800 Millionen Dirham gekostet haben. Um einen passenden Namen zu finden, hat man einen Wettbewerb ausgeschrieben: Gewonnen hat der Vorschlag »Dubai Fountain«. Ab 18 Uhr werden halbstündlich bis zu 150 Meter hohe Wasserfontänen in die Luft geschossen. Mehrere Tausend Lichter und 50 Farbprojektoren verwandeln das Wasser in ein buntes Spektakel, einen rhythmischen Tanz zu den Klängen diverser Musikstücke. Nur manchmal, vor allem zu besonderen Anlässen, werden die Wasserspiele von einer größeren Anzahl Schaulustiger bewundert, ansonsten sind sie einfach nur da.

Tim bleibt stehen und betrachtet die tanzenden Fontänen. Er spürt die Intensität der Musik im Nacken, die ein Komponist aus dem neunzehnten Jahrhundert zu Ehren eines toten Freundes geschrieben hat. Einen Moment lang fühlt er sich durch die jahrhundertealte Melodie mit einer anderen Wirklichkeit verbunden, fernab der Welt, in der er sich bewegt. Er denkt an Raf, der zwei Meilen von hier gestorben ist, und empfindet so etwas wie Trauer, vielleicht auch Mitleid. Der Moment verflüchtigt sich in den weiten blauen Himmel, und das Leben geht weiter.

»SCHARFSINNIG UND TIEF BERÜHREND.«
USA Today

Marty Fullilove und sein Sohn Ted sind beide auf ihre ganz eigene Art im Leben gescheitert. Der Vater als zynischer Lebemann, der an nichts ein gutes Haar lassen kann. Der Sohn als Möchtegern-Schriftsteller, der als Erdnussverkäufer im Stadion arbeitet. Beide haben seit Jahren kein Wort miteinander gewechselt. Erst die Krebserkrankung des Vaters und die gemeinsame Liebe zum Baseball bringen die beiden wieder zueinander.

ISBN 978-3-453-20114-9

HEYNE ENCORE

Leseprobe unter **heyne-encore.de**